Janet Frame

Dem neuen Sommer entgegen

Inhalt

‹… and from their haunted bay
The godwits vanish towards another summer.
Everywhere in light and calm the murmuring
Shadow of departure; distance looks our way;
And none knows where he will lie down at night.›
Charles Brasch: ‹The Islands›

‹… und ihrer Lieblingsbucht
Entfliehen die Godwits wieder sommerwärts.
In Licht und Stille überall das Rauschen
Des Abschiedsschattens; Ferne blickt uns an;
Und keiner weiß, wo er sich abends betten wird.›
aus Charles Brasch: ‹Die Inseln›

Erster Teil
Das Wochenende

I

Als sie in diesem Land ankam, war ihr Körper schon ausgewachsen, ihre Knochen hatten genug antipodische Substanz angelagert, dass sie bis zu ihrem Tod reichte, ihr Haar,
das in der südlichen Sonne früher flammendrot geleuchtet
hatte, wurde in der neuen Hemisphäre stumpf und staubfar-
ben, und sie war dreißig, unvermählt, abgesehen von ein paar
ehebrecherischen Monaten mit einem amerikanischen Schriftsteller (von eigenen Gnaden), der morgens aufwachte, sagte:
 – Ich schreibe am besten mit leerem Magen,
    einen kleinen Zettel aus seiner Tweedjacke zog, die am
Ende des Doppelbetts hing, und eine Zeile schrieb. Jeden Tag
eine Zeile. Auch sie war eine Schriftstellerin, von eigenen
Gnaden, und im Übergang vom zweiten zum dritten Teil des
Romans, an dem sie gerade schrieb, drängte sich mit einem
Mal dieses Wochenende auf; es setzte sich in der Gurgel ihres
Romans fest; nichts ging mehr hinein oder hinaus, ihr Buch
war in Gefahr, ein ‹Ziehkind des Schweigens› zu werden.
    Um ihre Figuren zu befreien, zu dem ihnen aufgezwun-
genen Tanz oder zur Flucht, entschloss sie sich daher zum literarischen Schnitt; sie schrieb die Geschichte des Wochenendes.

Es schneite. Seit Wochen zeigten die Pflanzen im Garten eine
erschrockene graue Miene, so dass man meinte, sie wären
vom Schlag getroffen und müssten sterben – es war der gleiche Ausdruck wie im Gesicht des alten Mannes, der vor dem

Victoria-Bahnhof auf dem Bürgersteig zusammengebrochen war, wo die Umstehenden, während die Sanitäter ihn in eine graue Decke wickelten, gefragt hatten:

– Ist er tot, kann man das erkennen, wenn das Gesicht so grau ist …

Der Ruß hinterließ überall Fingerabdrücke; nach der ersten Nacht im leuchtend weißen schneegefüllten Tiefschlaf setzte sich die Stadt mit ihrer Gier nach Rauch, Papierfetzen und Busfahrscheinen durch. Die zwölf Krokusse im Garten vor ihrer Wohnung erweichten unter ihrer hellbraunen Schale und brachten schlaffe cremefarbene Austriebe hervor. Vom Baum an der Mauer in der Ecke, der vor Weihnachten sein Laub abgeworfen hatte, rieselten unbegreiflicherweise immer noch trocken raschelnde Gerippe, die an der Hintertür und auf den Abflüssen liegenblieben und das kleine Korallenriff aus Rost an der Öffnung des Ablaufrohrs, aus dem es spritzte. Hinten im Garten standen drei Pflanzkübel – zwei mit immergrünen Bäumen, immergrün nur dem Namen nach, denn ihre dicken ledrigen Blätter waren rußverschmiert; und eine Geranie, die Blätter verwelkt, die Stängel wie alternde Haarranken aus der ruß- und schneematschbedeckten Erde ragend. Waren die Geranien tot? Jedes Mal, wenn sie hinsah, fragte sie sich, ob sie tot waren, denn in ihrem Land, da wo sie herkam, hatte sie niemals Geranien gesehen, die nicht in Blüte standen, sie besaßen zu viel Feuer, um die ganze lange Winternacht hindurch, vergraben unter ihrer eigenen todgrauen Asche, zu schlafen.

Da, wo ich herkomme.

Sie sagte es inzwischen nicht mehr so oft wie in der ersten Zeit nach ihrer Ankunft. Damals war es in einem fort gegangen: Daheim, bei uns zu Hause, drüben bei uns … Komisch ist das hier, ihr … während wir immer … ihr macht dies, wir machen das … ihr … wir … hier … dort …

Auch mit dem Kreuz des Südens hatte sie es damals gehabt und versucht, Gestirne, die sie nur im Sinn hatte, in den ohnehin schon übervollen nördlichen Himmel einzufügen, Aldebaran und den Großen Bären beiseitezuschieben oder wenigstens die schummrigen Stadtlaternen durch vereinzelte südliche Sterne zu ersetzen, in ihrem Kopf hatte sich alles gedreht, aber nie hatte sie weit genug um die Erde langen können, um sie einzufangen; schließlich hatte sie aufgegeben und das ‹Wir, drüben, bei uns, zu Hause, da, wo ich herkomme, in meiner Heimat› vergessen; mittlerweile fühlte sie sich bloß noch durch ein oder zwei Dinge daran erinnert – das Wetter in diesem Klima; die welken Geranien –, wenn die Geranie starb, musste doch bestimmt alles sterben, oder?

In der Wohnung saugten die elektrischen Heizöfen dieselbe verbrauchte stickige Luft ein und bliesen sie wieder aus; der Treteimer in der Küche war mit leeren Suppendosen gefüllt; an den Wänden im Bad glitzerte muffige Feuchtigkeit, der Niederschlag der nassen Wäsche von letzter Woche.

Sie saß und tippte an ihrem Roman.

Ende des zweiten Teils.

Dritter Teil, Seite eins, Seite zwei, Seite drei: ‹Sie haben mir erzählt, du wärst bei ihr gewesen und hättest mich ihm gegenüber erwähnt› …

Seite vier.

Dann eines Morgens die Times für Mr Burton, das Director's Journal für Mr Willow, ein Brief aus Nigeria für Mr und Mrs Mill-Semple, eine Postwurfsendung für Grace – Putzfrauenvermittlung – ist Ihre Putzfrau sauber, fleißig, pünktlich? Und ebenfalls für Grace die Postkarte mit der sorgfältig gewählten Anrede – Miss Grace Cleave: Sie mögen es glauben oder nicht, in Relham zeigt das Thermometer null Komma einsfünf Grad mehr an als in London. Kommen Sie und genießen Sie die Wärme! Philip Thirkettle.

Nun war das Reisen für Grace nicht einfach; nichts ist einfach, wenn man einen Kopf hat, der sich immer nur Bröckchen aus der gefährlichen zersplitterten Außenwelt in die geheime sichere Innenwelt holt; wenn das Denken bei Nacht hinausschleicht wie ein in der Dunkelheit verborgenes Pelztier, um seine Beute zu erlegen und in seinen geheimen Bau in der geheimen Welt zurückzuschleppen und dann entdecken zu müssen, dass die geheime Welt verschwunden ist oder sich zu einem öffentlichen Albtraum ausgewachsen hat; wenn auf einmal seltsame Viecher kopfüber laufen wie Fliegen an der Decke; tiefrote Flügel schlagen, die Vorhänge fliegen; ein trauriger Mann mit einer blauen Weste und grünen Knöpfen in der Zimmermitte sitzt und weint, weil er den Spiegel verschluckt hat und das wehtut und er Glas- und Lichtblitze aufstößt; wenn Wachtelkönige aufwachen und rufen; die Welt einen Schubs bekommt und sich über die weite Marmortreppe entrollt; ein fleckiger abgewetzter Teppich; die hohlen silbernen Tanzschuhe, Jagdhörner …

Es hat keinen Zweck zu sagen: Freud, Freud. Das wird oft gemacht, wissen Sie. So wie man einen muffigen Schwamm ausdrückt.

Nichts war einfach, bekannt, sicher, geglaubt, verbürgt. Wo nichts abgeschlossen, die Formen nicht umrissen waren und es nirgends einen Anfang gab, ließen sich keine Grenzen ziehen. Ein Sturm tobte, und in seiner Mitte stand Grace

Cleave, presste mit einer Hand ihren Rock an die Knie, mit der anderen ihr staubfarbenes verblassendes Haar fest auf den Schädel. In dieser Situation brauchte es Mut, unter Menschen zu gehen, und sei es auch nur für fünf oder zehn Minuten. Ein Wochenende in Relham mit Philip Thirkettle, seiner Frau Anne, ihrem Vater Reuben und vielleicht – das wusste Grace nicht – ein oder zwei Kindern konnte nur ein Albtraum werden. Ohne Entrinnen. Zwei oder drei Tage. Die Probleme, wann sie aufstehen, zu Bett gehen, was sie sagen, wohin sie gehen sollte und wann, waren für Grace vollkommen unlösbar geworden: Denn siehe, Grace Cleave hatte sich nachts in einen Zugvogel verwandelt.

Oh, inzwischen konnte sie darüber lachen, obwohl es ihr anfangs Angst gemacht hatte. Am Nachmittag hatte der Sprecher, der den Wetterbericht vor den Dreizehn-Uhr-Nachrichten verlas, gesagt:

– Eine Tauwetterwarnung. Von Westen her breitet sich langsam Tauwetter aus, begleitet von Regen.

Grace ging ans Wohnzimmerfenster und sah hinaus und spürte in ihren Knochen das von Westen anrückende schleichende Tauwetter und fühlte, wie ihr Blut erst stockte und anschließend nach links, dann nach rechts strudelte, um sein warmes Frühlingsfließen einzuüben; durch ihren Kopf zog eine poröse graue Regenwolke, blieb stehen und tränkte ihre zuvor klaren kalten präzisen Gedanken, um sie dann als vereinzelte Silberglieder abzusondern, Regentropfen aus lichtem Nebel.

Sie schaute am hell erleuchteten Autosalon vorbei – European Cars – und an den hohen Wohnungen mit ihren schwebenden Treppen, Fußbodenheizungen, 999-jährigen Mietverträgen vorbei nach oben in den düsteren Himmel, wo ein kleiner Sonnenstrahl sich mühselig durch die dichte Wolkenbank schob und grünbeärmelt, gelbbemützt in einer plötzlich sommerlichen Gasse stand und leuchtete. Ihre Haut wurde warm, sie ließ ihren Rock los, den sie sich wie erstarrt an die Knie gepresst hatte, trat vom Fenster weg und ließ sich, einfach so, mit gespreizten Beinen in den niedrigen Sessel fallen, den der Makler bei der Inventur der Möbel als Element einer ‹dreiteiligen Polstergarnitur mit geblümten Bezügen› beschrieben hatte. Und an diesem Abend setzte sich Grace nicht an die vierte Seite des dritten Teils ihres Romans. Sie ging früh ins Bett, mit einer Schlaftablette aus einer kleinen Aluminiumschale, die vorher Lyon's Individual Apple Pie enthalten hatte. Sie nahm ihre Tablette und wachte um Mitternacht auf und blieb liegen und dachte an Temperatur, Licht, Zugvögel, die Corioliskraft und das Tauwetter, das sich, begleitet von Regen, langsam von Westen her ausbreitete, und die trübe Wolke, die sich in ihrem Kopf sammelte, und ihr frei fließendes Blut, das aus seinem Eisbett erlöst war; und ihr Herz schlug schneller, als sie auf der Haut ihrer Arme und Beine, an Brust und Bauch und selbst auf dem Kopf das leise Prickeln sprießender Federn spürte. Rasch zog sie den Arm unter der Decke hervor und drückte auf den weißen Knopf der Bettlampe; sie warf die Decken von sich und untersuchte ihre Haut. Keine Federn. Bloß ein Gefühl von Daunen und Kielen, und die ließen sich, wie andere Erscheinungsformen der anderen Welt, geheim halten; von ihnen musste niemand erfahren. Irgendwie war es erleichternd, ihre wahre Identität zu entdecken. Sie hatte sich schon so lange nicht wie ein Mensch gefühlt, ohne jedoch eine Möglichkeit zu finden, sich auf eine alternative Gattung zuzubewegen; jetzt war die Lösung für sie ge-

funden; sie war ein Zugvogel; Grasmücke, Bachstelze, Gold-
ammer? Kuckuckswürger, Reisstärling, Raubmöwe? Albatros,
Feuerweber, Schnepfenvogel, Godwit?

*

Sie schlief ein und wachte erst wieder auf, als der Frühverkehr
zu fließen begonnen hatte und die ersten Bahnen der Underground durch die Erde bebten, sie wirkten recht nahe, Grace
fragte sich, ob die Linie direkt unter ihrer Wohnung verlief,
sie wollte längst danach gefragt haben, doch vergaß sie immer wieder, das regelmäßige Alle-fünf-Minuten-Beben zu lo-
kalisieren. Ah, nun fiel es ihr wieder ein: Sie hatte sich auf den
Verkehr konzentriert, um das dringlichste Thema zu vergessen, das sie beschäftigte: Sie hatte sich in einen Zugvogel verwandelt.

– Wie fühlst du dich?, fragte sie sich, nunmehr ohne
Angst, fast mit Freude an der komischen Situation.

– Nicht schlecht, antwortete sie. – Kaum verändert, nur erleichtert, dass ich es endlich weiß; aber jetzt wird es einsamer
werden, ich denke, wenn ich mich erstmal in mein Dasein als
Vogel gefunden habe, wird es kein Halten mehr geben, ich
könnte mich wieder verwandeln, in die nächste Tierart, ich
könnte weiter und weiter gehen – wohin? Das weiß ich nicht,
aber weiter und weiter von der Menschenwelt fort.

Sie vergrub ihr Gesicht im Kissen; in den farbigen Lich-
tern, die hinten in ihren Augen blinkten, in den roten und
gelben Streifen, den braunen Bäumen, der Sonne, die sich in
der westlichen Ecke am Ende eines roten Bandes bewegte,
suchte sie nach Gründen. Warum ein Zugvogel? Höchstwahr-
scheinlich, weil ich von der anderen Seite der Erde hierher

gereist bin. Vielleicht habe ich Heimweh nach meinem Land und habe es nicht gemerkt. Habe ich Heimweh? Ich habe so lange nicht mehr an mein Land gedacht; mein Land und mein Volk, so sagt man das, wie ein Gebet, ein Gebet, das ‹ich habe› sagt und nicht ‹ich will›, ein Austausch von Glückwünschen zwischen mir und Gott; ich habe versucht, mein Land und mein Volk zu vergessen; wenn die Zeitschriften ankommen, werfe ich sie ungeöffnet hinten in den Schrank; aber die Briefe lese ich: – Erinnerst du dich noch an Willy Flute, der früher in Mary Macintosh verliebt war, nun, der ist gestorben. Willy Flute? Der mit der Sonne in den Augen? Mary Macintosh? Die eingebildete Ziege am Schalter für die Fahrzeugsteuer im Postamt? Nein, an die kann ich mich nicht erinnern, ich wiege mich in den Schlaf wie benommen, nein, ich werde jedenfalls keine Gedichte und Geschichten schreiben, die anfangen mit In meinem Land und triefen vor Wehmut nach ‹raschelnden Zweigen› ‹vor dem Mond› – wo? In Oamaru, Timaru, Waianakarua? Nein, die Art zu denken und träumen ist nichts für mich.

Ich bin ein Zugvogel. Storch, Schwalbe, Nachtigall, Kuckuck, Sturmtaucher. Rußsturmtaucher – du weißt noch, dass sie in Höhlen brüten, man fängt sie unten im Süden, und ihr dunkelbraunes Fett verschmiert einem Mund und Gesicht, sie schmecken wie zu Fleisch und Fett verwandelte Erde, und hinterher fühlt man sich so schwer, dass man in ein fettgefülltes Grab zu sinken vermeint, tief und warm wie eine Muttonbirdmulde – da, ich hab's gesagt. Muttonbird. Nein. Rußsturmtaucher. Außerdem gibt es noch den Maori-Namen Titi, der alte Jimmy Wanaka kannte ihn, er war der älteste Freund meines Vaters, der erste Lokomotivführer im Land, der ein

Maori war – du weißt noch, wie sie an den Wochenenden zusammen nach Lachsen angelten und dabei einmal ihre Fische im Motorschuppen unten am Waitaki ließen, während sie beim Essen waren, und die Fische gestohlen wurden und Mutter ein Lied auf sie dichtete, so wie sie immer Lieder dichtete:

Einmal gingen wir ins Haus,
Jim und ich, zum Mittagsschmaus,
als jemand in den Schuppen schlich,
wo wir schlafen wollten, Jim und ich,
der stahl unsern Lachs,
der stahl unsern Lachs,
ich weiß, es war nur Flachs ...

– und darauf folgte eine genuschelte letzte Zeile, die keiner verstehen konnte, in dem Ton, in dem man unanständige Dinge sagte, bloß dass meine Mutter eigentlich nie etwas ‹Unanständiges› sagte ...

O nein, ich darf mich nicht mit Erinnerungen aufhalten, dachte Grace. Ich bin ein Zugvogel. Ich lebe in London. Das Kreuz des Südens schneidet mir durchs Herz, weil es nicht am Himmel steht, ich kann es weder sehen noch darunter einhergehen, aber das kümmert mich nicht, es kümmert mich nicht. Ich melke keine Kühe mehr und sitze auch nicht mehr den ganzen Tag da und hüte die Schafe und gehe nicht mehr unter entrindeten Eukalyptusbäumen an Bächen und Wasserfällen mit Betten aus goldenen Kieseln spazieren; was für eine klare Luft; ich habe noch nie so viele Blätter gesehen, Frühling, Sommer, Herbst und Winter, ich bin unter Blättern begraben, sieh doch, wie sich meine Hand aus dem weichen Haufen emporreckt: Hilfe.

*

Hier – das bebende nimmerendenwollende Verkehrsgetöse. Sprießende Autos am Wegrand. Jeder Vergleich eine Falle, so sinnlos wie ein Wettlauf, bei dem Kartoffeln in einen Korb zu legen sind.

Lächelnd stand Grace Cleave auf, wusch sich, kleidete sich an, machte ihr Bett und trat, inzwischen ohne Angst davor, ein Zugvogel zu sein, wieder ans Fenster und sah hinaus auf das schleichende Tauwetter, das, begleitet von Regen, von Westen nahte. Dann entriegelte sie die Hintertür und die Haustür, zog die Ketten aus den Schienen (Räuber! jede Nacht ein Einbruch!), entsicherte das Yale-Schloss, schloss das Chubb-Schloss auf, öffnete die Haustür und ging nach oben, um die Post zu holen.

– Miss Grace Cleave: Sie mögen es glauben oder nicht, in Relham zeigt das Thermometer null Komma einsfünf Grad mehr an als in London. Kommen Sie und genießen Sie die Wärme! Philip Thirkettle.

2

Grace Cleave war, wie gesagt, Schriftstellerin, obgleich Hauswirte mit Geldängsten es lieber hörten, wenn sie angab, sie sei ‹Journalistin› oder ‹Privatgelehrte› oder ‹akademisch tätig›. Die Leute, die Schriftsteller als Beruf angaben, so erfuhr sie, landeten vor Gericht, weil sie angeklagt wurden, ihre Miete, Fahrkarten, die Zeche für Mahlzeiten, die sie leichtsinnigerweise in Gaststätten eingenommen hatten, nicht bezahlt zu haben.

– Als Beruf hat er Schriftsteller angegeben, Sir.

– Schriftsteller? Ach, du liebe Zeit, ich dachte, Autoren wären heutzutage gut bezahlt. Fernsehen, Filme, etc. Reißen Sie sich doch mal zusammen, junger Mann, und versuchen Sie beim Fernsehen unterzukommen, schreiben Sie was, das die Leute lesen wollen, lassen Sie sich nicht mit diesen Randexistenzen ein, die für Frieden und Poesie ins Feld ziehen, suchen Sie sich einen gutbezahlten Job, dann werde ich Sie nicht Monat für Monat vor mir haben, weil Sie Makler, Restaurants, British Railways geprellt haben … diese Verstöße können zu Schlimmerem führen … und dabei war Ihr Vater Staatsbeamter …

Ein Schriftsteller zog Komplikationen an, ähnlich dem rußigen Staub, der unauswaschbare Flecken auf den Kleidern hinterließ, wenn man über eine Weide mit Paspalumgras ging – damals in Auckland. In einer Gegend voll von tickenden Insekten, laut singenden Vögeln, von Trällern, Zirpen, Glockenschlagen, die Luft wie blankpoliertes Silber …

Als Schriftsteller stellt man jedes Mal, wenn man nach einem Ausflug in die Welt müde heimkehrt, überrascht fest, dass man unterwegs einen Schmutzfleck abbekommen hat, vom Verleger, Kritiker oder Agenten. Panisch schlägt man die Haushaltstipps in *Pears Cyclopaedia* auf; geht mit dem Finger die Liste der Flecken durch: Ausziehtusche, Blut, Brandspuren, Graphit, Kalkfarbe, Kerzenfett, Nagellack, Nikotin Rost Ruß Säure Siegelwachs Teer grüne Tinte Wäschetinte Wein − und die Gegenmittel: Wasser, Terpentin, Spiritus, Tetrachlorkohlenstoff, Fixiersalz, Essig. Man fragt sich, welcher Fleck und welches Gegenmittel für Verleger, Agent, Kritiker passen könnte. Nagellack? Blut? Wein? Kerzenfett? Fixiersalz? Dann geht einem auf, dass nichts passt, der Fleck lässt sich weder benennen noch entfernen. Resigniert, deprimiert, macht man sich zu seinem nächsten Ausflug auf, abermals über die Weide mit dem Paspalumgras; und der Schmutzfleck wird größer.

Am Ende ihres letzten Ausflugs, als sie gemächlich nach Hause spazierte, hatte Grace ein Interview vereinbart, mit einem Mann von einer Zeitschrift. Mist. Essigsäure? Fixiersalz? Es hatte keinen Zweck, es gab nur das altbewährte langwierige Hausmittel, das ihre Mutter immer angewandt und damit Zorn und Ungeduld auf sich gezogen hatte.

− An der Luft wird er rausgehen. Lüften ist das beste Mittel.

Doch gab es so viel Luft, und wie sollte man ihr etwas mitteilen, ihr sagen, dass sie vorbeikommen und helfen möchte, und woher sollte man wissen, an welche Luft man sich zu wenden hatte?

*

Der Mann von der Zeitschrift kam in die Wohnung. Vom zweiten Sessel der Garnitur mit den geblümten Bezügen aus stellte er Grace Fragen, die sie vom ersten Sessel her beantwortete. Alles war in Ordnung. Sie murmelte:

– Ich habe nicht viel zu sagen, es gibt nichts, worüber ich sprechen könnte. Einflüsse? Oh, lassen Sie mich nachdenken, lassen Sie mich nachdenken.

Schweigen.

Philip Thirkettle besaß das frischgewaschene, konzentrierte Aussehen der englischen Intellektuellen. Er gestikulierte viel, er war beflissen, lebendig. Grace hatte ihren blaukarierten Rock und ihre ausgeschnittene blaue Nylonstrickjacke angezogen und sich ein oder zwei Haare zwischen den Brüsten ausgerupft, für den Fall, dass sie zu sehen wären, wenn sie sich bückte, aber sie hätte unbesorgt sein können. Auch reichlich Deo hatte sie aufgetragen, eine schmutzig weiße geruchlose Masse aus einem rosa Gläschen, aber auch deswegen hätte sie unbesorgt sein können. Was ihn interessierte, war ihr Geist, und an Grace' Geist war in einem Gespräch nicht heranzukommen. Wie das Grab war er ein ‹verschwiegner Ort›, und niemand konnte mit hinein.

Einflüsse?

Ach, die üblichen vermutlich.

– Wie arbeiten Sie?

– Ach, ich, warten Sie, ich kann nicht denken, ich habe noch nie ein Interview gegeben, ich kann nicht denken, ich bin senil – glauben Sie, ich werde senil?

Sie machte Tee. Sie tranken ihn stehend in der Küche. Sie winkte zum Kühlschrank hin, der wie ein Brutkasten pochte, umgeben von säuglingsheimfarbenen Wänden und ‹Arbeitsflächen›.

– Ich bin das hier nicht gewöhnt. Ich bin gerade erst eingezogen, ich habe vorher noch nie eine eigene Wohnung gehabt.

Er erzählte ihr von seiner Frau, seinem Schwiegervater, seiner Zeit in Neuseeland.

– Neuseeland? Nun, davon weiß ich nichts, sagte sie wegwerfend. – Ich bin schon so lange fort. Jetzt bin ich hier zu Hause. Hier gibt es Freundlichkeit.

Er beharrte weiter. Erinnern Sie sich an dies, an das?

– Ich erinnere mich nicht. Ich habe keine Ahnung. Das war nicht zu meiner Zeit. Das war, nachdem ich weggegangen bin …

– Wollen Sie denn nicht wieder zurück?

Grace lächelte nachdenklich und wählte ihre Antwort aus einem Vorrat an unkomplizierten Beispielen, die sie für diesen Zweck bereithielt.

– In Neuseeland hat man mich offiziell für geisteskrank erklärt. Und dahin soll ich zurück? Man hat mir geraten, Hüte zu verkaufen, um mich zu retten.

Ein mitleidiges Zucken huschte über Philips Gesicht. Guter Gott, dachte sie, ich habe etwas Falsches gesagt, das sensible Gemüt usw.

– Aber fehlt Ihnen denn nicht vieles, ich meine … fehlt es Ihnen nicht? Ist es Ihnen denn nicht lieber als – dies hier?

– Ich weiß nicht, ich weiß es nicht. Die Flüsse fehlen mir natürlich. O ja, die Flüsse fehlen mir und die Gebirge. Ich habe noch nie ein Interview gegeben.

– Vergessen Sie das Interview. Wir trinken Tee.

– Tut mir leid. Ich muss mich entschuldigen. Ich habe noch nie ein Interview gegeben.

Philip Thirkettle wirkte verlegen.

– Sie müssen sich nicht entschuldigen. Hören Sie, kommen Sie doch mal für ein paar Tage zu uns hinauf. Jederzeit. Sie werden Anne mögen, Sie werden Annes Vater mögen, er war früher Schafzüchter, Sie können sich mit ihm über Schafe unterhalten, Schafkrankheiten, Leberegel, Fußfäule –

– Breinieren, Breinieren –

– Kommen Sie gerne. Jederzeit. Warum nicht zu Weihnachten?

– Weihnachten?

– Denken Sie drüber nach. Auf Wiedersehen dann.

– Auf Wiedersehen, sagte Grace und fügte, während er hinausging, hinzu:

– Ich habe noch nie in meinem Leben ein Interview gegeben!

3

Einen Monat vor Weihnachten ging Grace in die Klinik, in einem für ihr ‹Wohnviertel› nicht zuständigen Bezirk, und schwebte während der vier Wochen in der Klinik ständig in der Angst, sie könnte in einen anderen Bezirk ‹geschafft› werden, wo man nicht so freundlich und verständnisvoll wäre. Zwischendurch fühlte sie sich sicher. Sie lernte zwei Lieder – ‹I want to be Bobby's girl› und ‹Let's twist again like we did last summer›.

Es gab jede Menge Beschäftigungen – Tanzen, Malen, Spiele. Einmal spielte Grace in einem Nebenraum Schach mit einem der Ärzte. Am Hinterkopf hatte er eine münzrunde kahle Stelle. Er beugte sich vor und setzte sorgsam, entschlossen, seinen schwarzen Bauern und schlug en passant ihren Läufer.

– Sie kriege ich noch, sagte er. – Ich werd Sie kriegen.

Der Raum war klein und viel zu warm. Grace wurde rot.

Sie verließ die Klinik, kehrte in die Wohnung zurück und verbrachte Weihnachten mit der Lektüre von Samuel Pepys und dachte nur ein- oder zweimal an die Thirkettles und die hastig hingeworfenen Briefchen, die sie ihr geschrieben hatten.

– Freuen uns, dass Sie Weihnachten kommen. Es gibt einen Nachmittagszug. Unbedingt reservieren, sonst stehen Sie auf dem Gang. Philip holt Sie am Bahnhof ab.

– Ich musste in die Klinik …

– Das tut uns leid. Kommen Sie doch einfach, wenn Sie

wieder raus sind. Wenn Sie wollen, können Sie den ganzen Tag im Bett bleiben.

– Gut. Dann also später, Ende Januar, Anfang Februar.

Und auf einmal, zwischen dem zweiten und dritten Teil des neuen Romans, diese Karte: *Kommen Sie und genießen Sie die Wärme.* Diese Karte, die eintraf, als eben die Entscheidung gefallen war, auf die sie seit Jahren wartete, schon seit der Zeit, als sie aufgehört hatte, ein Mensch zu sein, als sie sich in ihre eigene Welt zurückgezogen hatte, auch wenn sie sich noch ein paar unentbehrliche fragwürdige Kanäle für nichtssagende Kommunikationen mit der Außenwelt offenhielt: Sie war ein Zugvogel. Storch, Schwalbe, Rußsturmtaucher? Godwit?

Wie sollte sie das irgendwem erklären? Wie konnte sie übers Wochenende irgendwohin fahren, ohne irgendwann, irgendwo eine Bemerkung fallenzulassen, die überall nur Angst oder Mitleid oder Peinlichkeit auslösen konnte?

– Natürlich wissen sie, dass ich kein Mensch bin. Ich bin ein Zugvogel.

Bei dem Gedanken an die Situationen, die entstehen könnten, wurde sie von hysterischem Lachen geschüttelt.

– Es gibt eine mögliche Erklärung, sagte ihr Arzt weise, als sie ihm davon berichtete. – Essen und schlafen Sie? Sie müssen essen, wissen Sie. Lassen Sie mich festhalten, dass Sie essen müssen.

Bei dem furchtbaren Festessen hatte sie sich gefühlt wie so ein Komiker im Film, der vergeblich auf sein Essen wartet, Kellnern winkt, die ihn ignorieren, und schließlich die Karte nimmt und von ihr abbeißt, dann mit dem Tischtuch weitermacht, ein Stuhl- oder Tischbein abbricht, weil sein Hunger nicht länger zu ertragen ist, und das Publikum brüllt vor

Lachen, oh, hast du schon mal so was Witziges gesehen, dieses Essen ist so witzig.

– Natürlich esse ich, sagte Grace kühl.

– Gut, gut. Ich wollte es nur einmal festgehalten haben.

Sie nahm den 45er Bus zurück zur Wohnung und stierte aus dem Wohnzimmerfenster unglücklich auf den Haufen aus totem Laub, Schachteln, Zeitungen, Busfahrscheinen – und genau in dem Moment ging ein Mann an der Wohnung vorbei. Da. Er zerknüllte seinen Fahrschein und warf ihn über die niedrige Ziegelmauer in den Garten. Busfahrscheine, Zigarettenschachteln und Zeitungen, Schokoladenpapier, Müll aller Art wurde in den Garten geworfen. Manchmal holte Grace den festen Besen aus der Garderobe im Flur und kehrte energisch den Fahrscheinhaufen zusammen, während Passanten (sauber, wohlsituiert, mit Ledertaschen und sicherem Blick) erstaunt guckten und bei Grace' Anblick dachten: Was für eine Perle unter den Putzfrauen. Als der Schnee getaut war und die mitgenommenen Pflanzen in ihrer ganzen ausgefransten Leblosigkeit hervorkamen, riss Grace auf der Suche nach Zeichen grünen Wachstums ungeduldig etliche aus der Erde. Sofort bereute sie den Impuls und versuchte sie wieder einzupflanzen, obgleich sie ohne Wurzeln waren. Vor der Mauer der *Offices of the Examining Board* stand die Reihe der ausgerissenen Pflanzen noch täuschend aufrecht da, und keiner wäre daraufgekommen, dass der Saft in ihren Stängeln für immer versiegt war, von seiner Quelle abgeschnitten. Diesen Pflanzen widmete Grace besondere Aufmerksamkeit. Wenn sie auf dem Weg in die Wohnung durch den Garten kam, achtete sie sorgsam darauf, ein- oder zweimal bei ihnen vorbeizugehen, in der Hoffnung, ihnen durch ihre Nähe den nötigen Zuspruch für ein Wiedererwachen zu geben, doch es half nichts, sie hatte sich in Fragen von Leben und Tod noch nie getäuscht, sie konnte nicht hoffen, die Pflanzen zu täuschen, die sie ausgerissen hatte. Nachrichten musste man rasch und unmissverständlich übermitteln; batsch; mit einem Häuflein Erde oder besonderer Pflege war nichts zu verschleiern.

4

Zu Grace' Erleichterung darüber, nun zu wissen, dass sie ein Zugvogel war, gesellte sich auch eine gewisse Freude. Sie stellte fest, dass sie die Figuren in ihrem Roman verstand. Ihre Worte flossen, sie war erregt, sie konnte alle, alles *sehen*. Sie hakte die Tage in ihrem Taschenkalender ab und dachte: Nicht mehr viele Wochen, dann werde ich meine Geschichte fertighaben, und dann kann ich raus und durch die Straßen streifen und Frühlingsluft schnuppern.

Es ist so:

Sie sprach vor sich hin:

– Los geht's. Ah, die Kameras stehen an ihrem Platz, die Mikrofone sind eingestellt. Sie steigt ein, schaut noch einmal zurück. Bedauern? Die Tür wird zugeschlagen. Die Menschen auf der Welt werden kleiner. Ungeheuer froh über ihr Alleinsein, ist sie jetzt alles Mögliche, nur kein Mensch – ein Ei, eine Schildkröte im Winterschlaf, eine Haselnuss; sie wird die Erde umkreisen wie eine Murmel, die im dunklen Mund des Himmels herumgerollt wird; und ha, bald wird sie im All sein, sie wird ihren Körper, ihre Nahrung, ihre Instrumente anreden wie Hunde. Aus jetzt, aus! Die freischwebenden, wirbelnden Teilchen kratzen wie Zungen an ihrer Haut, dringen ins Fleisch; um sie steigt alles auf, wie Erbrochenes; es ist der Tag, an dem das All, nicht das Meer oder die Erde, seine Toten aufgibt. Sie lächelt, sie murmelt: – Was hat mich nur da unten festgehalten?, lässt ihren Blick zu den Sternen wandern, dem

Flammenschweif, zur Erde wunderbar bebaut mit Pflanzen Ziegeln Steinen und ohne jedes Zeichen von Menschengewusel, Tieren, Insekten, Liebeswirren. Aus, Traum, aus!

Die Kommunikation bricht ab.

Ein defektes Instrument, menschliches Versagen; im Stillen die Freude an ihrem sicheren Tod, öffentlich die verfrühte Trauer um eine Heldin; auf den Meeren die Gruppen kleiner Schiffe, die sich in das Gebiet bewegen, wo nichts mehr zu bergen ist, um das Ende mitzuerleben; Fahnen wehen; eine Regatta; Repräsentanten des In- und Auslands.

Ihr Schiff explodiert, verbrennt; ein Blitz am Himmel, Fleck im Meer; keine menschlichen Überreste geborgen. Die Schiffe zerstreuen sich, die Repräsentanten des In- und Auslands kehren heim, um Erklärungen ab-, Kommuniqués herauszugeben.

Nacht. Die Schriftstellerin erwacht aus ihrem Traum.

– O Gott, weswegen bin ich so getäuscht worden? In welcher Welt lebe ich?

Aus, Traum aus!

5

Alle paar Tage muss das Weizenschrotbrot gekauft werden, neuneinhalb Pence; freitags die Milchrechnung bezahlt werden, sieben halbe Pints zu viereinhalb Pence; ein halbes Dutzend Eier die Woche, ein halbes Pfund Käse; die tägliche Zeitung, das literarische Wochenblatt, die Sonntagszeitung kracht aus dem Himmel nieder, gefährlich wie ein herabfallendes Teil eines Gerüsts, ein Brett, das ein kräftiger Wind von einem niemals vollendeten Gebäude pustet – was wird es am Ende werden?, fragst du. Eine Kathedrale, ein kleines Haus, ein Bahnhof, eine Flugzeughalle? Es ist zu hoch, als dass die Konstruktion zu erkennen wäre, der Samthimmel verbirgt sich im Nebel, die Zeitung mit ihren Beilagen, Beilage in Beilage in Beilage (Ah, Vierfarbendruck) legt sich schwer auf Fuß und Herz.

Außerdem müssen Besuche hier und dort sein, um die Schmutzflecken an ihren Ursprungsorten zu konsultieren – den Verleger mit der sanften Stimme (ein Buchmacher, der leise einen Tipp gibt) und der Aura von Aftershave; seinen Sohn mit dem Pfingstrosengesicht und den erloschenen dunklen Augen; seinen Cheflektor; Lektoren, Lektorinnen, den Agent, der sich um seine Ernährung sorgt und darum, dass er ausgeschaltet werden könnte; und auch ich bekomme Besuch. Das Telefon klingelt. Oft wenn das Telefon klingelt, heißt es Entschuldigung, ich muss mich verwählt haben, doch heute Abend ist es Harvey.

– Ein Freund aus den Staaten hat mir Ihre Adresse gegeben. Kann ich heute Abend vorbeikommen, gegen neun?

Zögern.

Ein Medizinstudent aus Amerika? Das wird bestimmt hübsch. Tête-à-tête, Sherry, Kaffee. Sehe ich wie eine Schriftstellerin aus? Ich sollte glattes schwarzes Haar haben, das mir über die Schultern fällt; mein Gesicht sollte picklig und bleich sein; meine Schuhe an den Seiten gerissen; aber *interessant* sollte ich aussehen. Sehe ich überhaupt aus wie jemand, wie ich selbst? Wenn ich doch nur wüsste, was ich sagen sollte, wenn ich doch nur nicht immer verstummen würde, sobald ich Menschen begegne. Eine schwache Hoffnung; heute Abend; Sherry; tête-à-tête.

Zögern.

– Ja, kommen Sie gerne. Ich werde Sie um neun erwarten.

– Darf ich meine Freundin mitbringen?

Zögern.

– Aber ja, ja.

Die alte frustrierte Hexe tanzt um den Kessel:

‹Wie eine Ratte ohne Schwanz,

So schwimm ich nach im Sieb, ich kann's,

Ich tu's, ich tu's, ich tu's …›

*

Abends kurz nach neun klingelte es an der Tür, und Grace ließ Harvey und seine Freundin Sylvia ein.

– Ich bin Harvey.

– Ich bin Grace.

– Ich bin Sylvia.

Lächeln, alle waren nun miteinander bekannt, und während Grace sie in das Wohnzimmer mit der geblümten Polstergarnitur führte, mit Stehlampe, Stiltischchen, Heizofen, chinesischen Drucken, dem Kalender von Beautiful New Zealand, der Beethovenpostkarte («Celui à qui ma musique se fera comprendre sera délivré de toutes les misères où les autres se traînent»), dachte sie: Diese Amerikaner sind mit einem drehbaren Radarschirm ausgestattet, mit dem sie Frauen orten.

Sie dachte an ihren eigenen Amerikaner, der sich angenehm in ihrer Vergangenheit eingenistet hatte; ihre impulsive Liebelei über einen Zeitraum, der lang genug war, um sich mit Regenbogentönen, Lichtreflexen, Meer und Himmel und Mandelblüte anzureichern, ehe sie zur üblichen sonderbaren Blase aus Nichts wurde und sie beide überrascht die nassen Finger spreizten, anhauchten, trockenbliesen und nirgends mehr ein Zeichen fanden, das wahrnehmbar gewesen wäre; nichts, nur der Schatten, die sorgsam gehegte Erinnerung; und auch sie wurde bereits von der Säure angefressen, in die sie eingelagert war; Grace hatte gehofft, dass es nicht geschehen würde, aber was hätte sie dagegen machen können? Wie hätte sie weiter mit einem Mann schlafen können, der im Moment des Höhepunkts *Gunga din* aufzusagen begann? Vielleicht war das noch nicht einmal so schlimm – er hätte auch Zeilen aus *Wenn* aufsagen können: ‹Wenn du den Kopf bewahren kannst, da alle um dich … wenn du mit Königen verkehren kannst und darüber nicht die einfachen Menschen vergisst …›

Die Berührung mit einfachen Menschen.

Grace hatte sich über das Klinefelter-Syndrom informiert, doch anscheinend hatte sich Harvey inzwischen einem anderen Forschungsgebiet zugewandt. Seine Freundin erzählte, sie unterrichte Wirtschaftswissenschaften an der Uni.

Er war dunkel, wenig beredt und wirkte schmächtig.

Grace schenkte Sherry ein. Die andere Welt verlangte ihre Aufmerksamkeit. Sie konnte wenig sagen.

– Nette Wohnung haben Sie hier. Sylvia hat in ihrer Wohnung ein Bad mit Oberlicht, und es schneit auf die Klobrille –

– Es schneit schon so lange. Wird es je wieder aufhören?

– Seit Wochen. Kennen Sie Marihuana?

– Wen?

– Marihuana.

– Ich habe irgendwo was drüber gelesen, ich habe gehört, man kann es in London anbauen und ernten. Dort, wo ich auf Ibiza gewohnt habe –

(Ah, jetzt bekam sie Lust, mit ihnen zu reden und ihnen von dem Mondlicht zu erzählen, das klar wie Flötenmusik auf das Kopfsteinpflaster fiel.)

– Ja, ich kenne jemanden, der auf Ibiza gewohnt hat. Er ist Schriftsteller.

– Du willst sagen, Sylvia, er behauptet, Schriftsteller zu sein. Er würde gern mal bei Ihnen vorbeischauen.

– Ach?

Grace schenkte Sherry nach. Sie spürte, wie sich eine Röte über ihre Wangen breitete und sich zu beiden Seiten ihrer Nase zwei besonders heiße Flecken bildeten.

– Nein, ich rauche nicht.

– Nicht? Silvie auch nicht, oder, Sylvie?

– Sylvie!

– Und ich mache mir auch nichts draus.

Grace beobachtete sie sorgsam und verspürte plötzlich ein Gefühl der Überlegenheit. Sie waren jung, noch im Werden, auf so konventionelle Weise bemüht, sich unkonventionell zu geben. Und in ihrem Verhalten Grace gegenüber lag ein kleines Element von Heldenverehrung, auch wenn diese möglicherweise durch die Entdeckung gedämpft worden war, dass sie als Schriftstellerin eine Wohnung mit einer dreiteiligen geblümten Polstergarnitur hatte. Sie waren enttäuscht gewesen, dass sie kein rechtes Interesse an Marihuana zeigte. Sie passten so sauber in die psychologische Kategorie der Postadoleszenz, dass Grace Zweifel kamen, ob es ihnen jemals gelingen würde, daraus zu entkommen, sich durch das öde unfreundliche Niemandsland durchzuschlagen, Hunger zu riskieren, Verwundungen, den Tod, um in die nächste für sie vorgesehene Altersregion vorzustoßen.

(Einen Augenblick lang spürte Grace den einsamen, eisigen Wind zwischen den Schulterblättern und zog mit einem kurzen Schaudern die Luft ein.)

Die beiden starrten sie an. Sie schwieg. Sollte sie es wagen, dachte sie, sich vorzubeugen und als eine, der die Flucht gelungen war, die Frage stellen:

– Harvey, Sylvia, wollen Sie ewig steckenbleiben?

– Steckenbleiben. Wie meinen Sie das?

– Können Sie sich da, wo Sie sind, frei bewegen? Sicher? Wenn Sie das Niemandsland erreichen, werden Sie rennen, tanzen, schreien, hungern, sterben dürfen. Fühlen Sie sich nicht eingeengt?

Immens überlegen, frei, Angehörige einer anderen Generation, füllte Grace erneut die Sherrygläser und verschüttete ein paar Tropfen über die Kante des Glastisches.

– Oh, der Teppich!

Ja, der Teppich. Der Makler hatte ausdrücklich darauf hingewiesen, dass er neu und von guter Qualität war. Der Teppich, die Sessel, die geblümten Polster, der chinesische Druck über dem Kaminsims, die Stiltischchen ...

Harvey und Sylvia unterhielten sich. Grace dachte: Ich muss versuchen zuzuhören, mich zu konzentrieren, eine intelligente Bemerkung zu machen. Schließlich bin ich eine Schriftstellerin, und viele Schriftsteller sind intelligent, und habe ich nicht die Tests in der Klinik ganz erfolgreich bestanden, Muster erkannt, Bauklötze aneinandergefügt, Fünf und Sieben-Pint-Gefäße ausgeleert und gefüllt, unzutreffende Wörter und Begriffe ausgestrichen?

– Gehen Sie viel ins Theater?

– Nein, sagte Grace rasch. – Aber ich möchte es gern, irgendwann. Ich habe *Macbeth* gesehen. Ja, *Macbeth* habe ich gesehen. Duncan war ein alter Mann, der im Nachthemd umherwanderte.

– Ach? (Höflich.)

Vielleicht interessieren sie sich nicht für Shakespeare, dachte Grace. Sie interessieren sich mehr für das Avantgarde-Theater. Wahnsinnige werden heute sehr gut auf die Bühne gebracht. Ich kann das beurteilen. Trotzdem ist für mich, wenn ich darüber nachdenke, das Avantgarde-Theater nicht weniger veraltet als Shakespeare.

– Noch Sherry? Oh, Verzeihung, die Flasche ist leer. Kaffee?

Harvey stand auf. Er hatte auf dem Sofa gesessen. Zu Grace' Überraschung hatten sie auf verschiedenen Sitzmöbeln Platz genommen, während sie erwartet hatte, dass sie zusammensitzen und ihr mit Blicken, die sie wechselten, und mit verschlungenen Gliedmaßen zu schaffen machen würden, doch sie hatten sich getrennt und jeder für sich steif auf der Sofa-beziehungsweise Sesselkante Platz genommen. Grace war enttäuscht gewesen, dass sie sich nicht gänzlich in ihre Klassifizierung fügten ... wusste nicht jeder, dass alle Amerikaner ... alle Studenten ...

Harvey würde einen guten Psychiater abgeben, auch wenn sein Gesicht noch nicht den gewissen Ausdruck trug, der die notwendige Obstipation der Gefühle verrät.

– Es wird spät, sagte er. – Ich muss packen. Ich fahre morgen früh weg.

– Sie fahren weg?

Grace war bestürzt. Das hätte er mir sagen müssen, dachte sie.

– Ach, ich hatte keine Ahnung, dass Sie wegfahren wollten, wenn Sie wegfahren, ja, dann müssen Sie gehen –

– Ja, wir müssen jetzt gehen, es war nett, Sie kennenzulernen, und danke für den Sherry. In Sylvias Wohnung ist –

– Ja, und in Harveys Wohnung ist –

Aha, sie übernahmen bereits wechselseitig ihre Identitäten, wie ein geübtes Liebespaar. Grace vermutete, dass sie miteinander schliefen. Der Gedanke gefiel ihr. Ach ja, dachte sie leichthin, ein wenig eifersüchtig: Wie jung sie anfangen, was ist das nur für ein wunderbares fleischliches Gemenge, und es ist ihr gutes Recht, oh, oh, und meine Frisierkommode ist so aufgeräumt, Handcreme, Talkumpuder, und mein Bett so ordentlich gemacht, mit der unter dem Kissen gekniffte Chenilledecke ...

Auf dem Weg zur Tür lächelte Harvey scheu und zog ein in Packpapier gewickeltes Päckchen aus dem Mantel. Er packte es aus.

– Würden Sie das signieren? Sie haben doch nichts dagegen?

Es war ihre jüngste Veröffentlichung. Sie war aufgebracht und verlegen.

– Oje. Ich werde nicht gern so plötzlich damit überfallen. Ich verstecke sie gewöhnlich im Schrank.

Harvey und Sylvia sahen sie an. Sie wirkten verwundert und enttäuscht. Eine Schriftstellerin, die keine engen schwarzen Hosen trug, keine langen schwarzen Haare hatte, in einer schicken Wohnung wohnte mit einer dreiteiligen Sitzgarnitur mit geblümten Polstern (*geblümten Polstern*) im Wohnzimmer, die nicht Marihuana rauchte und sich zudem ihrer Werke schämte.

– Sie sollten stolz darauf sein, sagte Harvey. – Dieser Freund von uns, der sich als Schriftsteller ausgibt, ist die ganze Nacht aufgeblieben, um Ihr Buch zu lesen.

– Wirklich?

Sie bemühte sich, begeistert zu klingen. – Wirklich? Wie schön. Das freut mich aber.

Sie freute sich tatsächlich.

Sie nahm Harveys Exemplar des Buches an sich.

– Was soll ich reinschreiben?

– Ach, einfach nur Ihren Namen, wissen Sie, mit den besten Wünschen von der Verfasserin oder so.

Abermals beschämt schrieb sie: Von Grace Cleave, schlug schnell das Buch zu und reichte es ihm.

– Wenn Sie Tom schreiben, sagte Harvey, – grüßen Sie ihn von mir. Er arbeitet zu viel, wissen Sie. Wir machen uns alle Sorgen um ihn.

Sie sagte: Auf Wiedersehen, schloss die Tür, drehte den Schlüssel im Chubb-Schloss um, murmelte: O Gott, o Gott, kehrte ins Wohnzimmer zurück, richtete die Polster, trug die Sherrygläser in die Küche.

Wieder eine Begegnung mit Menschen erfolgreich überstanden, ohne Geschrei oder Tränen oder allzu viel Verwirrung.

Gut mache ich das, sagte sie sich, als wäre sie einen oder

zwei Tage alt und hätte endlich die Kunst des Atmens gemeistert.

*

Nachts im Bett dachte sie an Tom. ‹Der arme Tom friert, der arme Tom friert.› Von ihm hatte Harvey ihre Adresse bekommen. Sie und Tom waren eine Generation. Harvey hatte gesagt, er mache sich Sorgen um Tom, als wäre Tom alt und den Autoverkehr nicht gewöhnt, nicht ganz richtig im Kopf, als wüsste er nicht, was das ‹Beste› für ihn sei, in der lästigen Art alter Männer. Es fiel Grace schwer, Tom so zu sehen – für sie war er, zumindest bis vor einem Jahr, der gutaussehende blonde Student gewesen, der sich bei einem Mittagskonzert (erstaunlicherweise) neben sie gesetzt, ihren Mantel bewundert (hätte er doch nur gewusst, dass es der erste Mantel war, den sie je besessen hatte!) und sie gefragt hatte:

– Was ist Mittwoch mit Phyllis Hall – gehst du hin?

Begriffsstutzig wie üblich hatte sie erwidert:

– Da war ich noch nie. Wo ist das?

Phyllis Hall sei eine Pianistin, erklärte er taktvoll, ob Grace vielleicht mit ihm ins Konzert gehen wolle.

Grace erbebte vor Entzücken und sagte Nein.

Auch wenn ihr Bild von Tom letztes Jahr durch seinen Besuch bei ihr in London auf einen neueren Stand gebracht worden war (Mandeln weg, Geschwür herausgeschnitten, Hämorrhoiden unter Kontrolle, Brille angepasst, Haar schon ziemlich dünn), war er in ihren Gedanken immer noch der romantische junge Mann, der auf dem Grammofon des Musikinstituts *Die Toteninsel* spielte, in der WEA-Filiale der Stadt Vorträge hielt und eine Sensation auslöste, weil er rote Socken trug; den alle Männer beneideten, weil ihm die Frauen zu Füßen lagen … Und jetzt machte sich einer seiner Doktoranden großen Sorgen wegen seiner allzu langen Arbeitszeiten, seiner Gesundheit, seiner Unfähigkeit oder auch fehlenden Bereitschaft, Einladungen zu Vorträgen auf Konferenzen schlichtweg auszuschlagen, und weil er so mutig war sich in seinem Alter noch auf ein ganz neues Forschungsgebiet zu begeben.

In seinem Alter!

– Ich habe das Buch, das er über Dyslexie geschrieben hat, hatte Grace stolz zu Harvey gesagt, und er hatte voll glühender Bewunderung geantwortet:

– Ja, es braucht viel Mut, in seinem Alter noch ein neues Forschungsgebiet anzugehen.

Tom war vierzig.

– Ich habe so viel von ihm gelernt, hatte Harvey gesagt. – Arbeitsdisziplin zum Beispiel – ja, er macht kaum einen Abend vor elf Uhr Schluss, und morgens ist er immer der Erste …

Und trotzdem klang hinter Harveys Bewunderung und Dankbarkeit beständig das Motiv durch: ‹Der arme Tom friert, der arme Tom friert.›

Grace schauderte, sie drückte auf den Knopf am Fuß ihrer Nachttischlampe, kehrte dem Fenster den Rücken und der Dunkelheit das Gesicht zu und schloss die Augen. Harvey und Sylvia hatten gesagt, sie würden sie wieder besuchen, bevor sie in die Staaten zurückkehrten, aber sie wusste, sie würden es nicht tun. Grace war es gewohnt, nicht besucht zu werden. Immer folgte auf die Begeisterung, sie kennengelernt zu haben, die Enttäuschung, dass die Frau, die doch Bücher schrieb,

41

Schwierigkeiten hatte, auch nur einen zusammenhängenden Satz zu sagen; und ewig schwieg und schwieg.

Was war denn sonst von einer zu erwarten, die kein Mensch war?

*

An dem Morgen, nachdem sie die Postkarte bekommen hatte, schrieb Grace zur Antwort: Ja, sie würde über das Wochenende nach Relham kommen. Die Antwort warf sie in den Metallschlund des Glückstopfbriefkastens im Postamt an der Gloucester Road und sorgte sich den gesamten Heimweg lang, dass sie mit dem Arm vermutlich nicht weit genug hineinlangen könnte, um ihren Brief zu finden und in kleine Stücke zu reißen und in der rücksichtslosen Manier, die hier in London üblich war, über den Zaun zu werfen, zwischen die geduckten spatzengrau verwelkten Pflanzen und das brüchige tote Laub des Hereford Square Garden.

6

Am Freitag vor dem Wochenende erschwerte unerwartet ein weiterer Schmutzfleck Grace' Fortkommen durch ihr Feld (sie benutzte jetzt häufiger das Wort ‹Feld› als ‹Weide›) von Unternehmungen: Es sollte ein Interview mit ihr für den *Overseas Service* des BBC aufgenommen werden.

Trotz ihres Einwands, dass sie normalerweise kaum in der Lage sei, Fragen zu ihrer Arbeit zu beantworten, wenn man sie ihr nicht im Voraus gebe, wurden ihr die Fragen vorenthalten, bis sie im Studio eintraf. Halbherzig hatte sie, weil sie keine Bücher von sich zu Hause hatte, ein Exemplar ihres letzten Buches dieses von einem Freund geborgt, in der Absicht, es noch einmal zu lesen und auf die Weise herauszufinden, worum es darin ging; sie hatte es durchgeblättert, aber nicht gewagt, die Seiten zu lesen – Gott, wozu sollte das gut sein? Dann hatte sie das Buch des Freundes in ihren Garderobenschrank geschoben, auf die Pappablage mit den nicht gebrauchten Teilen des Staubsaugers, der Gartenschaufel und -gabel, einem blutbefleckten Taschentuch, Glühbirnen. Dann hatte sie sich zur BBC aufgemacht.

Weil sie wie üblich überpünktlich war, trödelte sie im Bahnhof Charing Cross herum, in der Damentoilette, wo sie eine zerknitterte *Daily News* las, gefunden auf einem Platz neben einer älteren Frau, die schlief und schnarchte, den prall gefüllten Einkaufsbeutel noch fest im Klammergriff. Jedes Mal, wenn sich die Frau im Schlaf rührte, schien die Bewegung einen Luftstrom auszulösen, der ihr entwich, und ihr Geruch wehte zu Grace herüber, wie aufgestiegen aus einer Plantage von Schweiß. Hinter der Tür des Vorraums klebte ein Plakat: *In London müssen Sie nicht auf der Straße sitzen.* Dazu die Adresse eines preiswerten Hotels im East End. Grace betrachtete die Frauen und ihre jeweiligen Stadien des Schlafs und der Verwahrlosung, warf die *Daily News* ERBIN WIRD GERICHTSMÜNDEL SCHOKOLADENGEBOT auf den von Röcken polierten Holzsitz mit Gitterlehne, ging mit der Hand auf dem Messinggeländer durch den Gang zu den Toiletten in der Underground hinunter, bekam ihr Wechselgeld für drei Pence von einer stämmigen Wärterin oder Klofrau, die mit schwingendem Staubwedel eine der Türen aufstieß, an denen Frei stand, sich hineinbeugte, die Klobrille wischte und sich verzog.

Immer noch zu früh verließ Grace den Bahnhof Charing Cross und trat auf den Strand hinaus. Sie überquerte die Straße und ging am *New Zealand House* vorbei. Davor standen ein paar Leute und betrachteten mit der üblichen Februarsehnsucht die ausgestellten Fotografien von Sonne und Himmel und Schafen; mit dem Gedanken: Soll ich auswandern, das Leben dort soll herrlich sein, Sonne, Strände, ein eigenes Haus. Grace fühlte sich von dem neugierigen Sehnen angesteckt; sie verspürte den Impuls, sich in die Auswanderungsabteilung zu begeben, Auskünfte einzuholen, Formulare auszufüllen. Ein oder zwei Betrachtern konnte sie ansehen, dass sie unentschlossen schwankten; dann wandten sie sich von dem Schaufenster *Neuseeland Land des Sonnenscheins* ab und setzten, wie Grace auch, ihren Weg durch den grauen nieseligen Schneeregen fort, die jahreszeitliche Wanderung, ermöglicht durch die äußerst einfache, billige und glücklicherweise von keiner Macht kontrollierte Flucht in eine Traumwelt, war beendet. Spontan machte Grace noch für ein paar Minuten kehrt. Das *New Zealand House* betrat sie nicht. Als sie das letzte Mal hineingegangen war, um sich nach irgendetwas zu erkundigen, hatte der Mann am Empfang sie von oben herab angesehen:

– Denken Sie daran auszuwandern? Möchten Sie unsere offizielle Broschüre über Neuseeland haben? Dann können Sie über das Land nachlesen und überlegen, ob Sie vielleicht dort hin möchten.

Erfreut und zugleich beschämt, dass sie nicht als Neuseeländerin erkannt wurde, hatte Grace rasch Nein danke gesagt, eilig den Rückzug angetreten und beim Hinausgehen flüchtig ihren Blick über die Leute wandern lassen, die im Foyer saßen und die *New Zealand Air Mail News* lasen. Kenne ich jemand von ihnen?, dachte sie mit schlechtem Gewissen. Wer sind sie? Farmer, Studenten, Sekretärinnen, Anwälte, Lehrer, Ärzte? Sie wiesen keine besonderen Kennzeichen auf. Würden sie sie ansprechen und sagen: – Sie sind doch aus Neuseeland, nicht, aus dem Norden oder aus dem Süden? Wie lange sind Sie schon hier? Wann gehen Sie zurück? Wie gefällt Ihnen das Leben hier drüben?

Niemand sprach sie an. Sie fühlte sich wie ein Eindringling, nahm beflissen eine Broschüre für Einwanderer vom Tisch neben dem Pult wie zur Bestätigung, dass sie eine Engländerin war, trat wieder hinaus in den Menschenstrom auf dem Strand und setzte langsam ihren Weg zum *Bush House* fort. Auf den Reklametafeln stand in Kreide *Griesel – Graupel plus Niesel! Neues Wort für Wetter!* Das passiert nicht oft, dachte Grace, dass die Sprache in die Schlagzeilen kommt.

*

Die Technikerin war flott, der Interviewer flink. Beide hatten Notizen dabei; Grace hatte bloß ein Glas Wasser, das sie in der Hand drehte, während sie die Fragen beantwortete oder nicht beantwortete oder mitten im Satz abbrach, weil sie nicht mehr weiterwusste. Sie seufzte, wiederholte flüsternd Entschuldigung, Entschuldigung, schüttelte den Kopf.

– Ich weiß nicht, ich weiß nicht. Worum geht es in meinen Büchern? Woher soll ich das wissen? Mein Stil? Was tut der zur Sache?

Sie fragte sich, ob diese gesammelten Flecken, die ihre eigentlich privaten Unternehmungen so zu verunreinigen schienen, sich am Ende über den größten Teil ihres Lebens ausbreiten, tiefer und tiefer eindringen und wie ein Gift resorbiert werden würden, das nur zu entfernen war, indem sie ein äußerst starkes Medikament schluckte, das sie zwang, ihr ganzes Leben zu erbrechen – all ihre kostbaren Erfahrungen und Träume –, so dass sie danach schwach war, außerstande, noch mehr Leben zu verdauen, und von Krämpfen und Mattigkeit geplagt in einem Bett oder Rollstuhl saß, bis sie starb und hier begraben wurde, in London, und ein Mitarbeiter des *New Zealand House* sich freinahm, um die losen Enden und fallengelassenen Maschen aufzunehmen, die ganze lästige Unordnung, die entstand, wenn eine Ausländerin ohne nächste Angehörige zehntausend Meilen von der Heimat verstarb.

– Miss Cleave, gibt es eine Botschaft, die Sie zu übermitteln suchen? Es ist gesagt worden, Miss Cleave, Sie hätten Ähnlichkeit … Könnten Sie uns kurz die wesentliche Quintessenz Ihrer Werke erläutern … Glauben Sie, Sie werden jemals nach Neuseeland zurückkehren?

Endlich war das Interview zu Ende. Beschämt, sprachlos saß Grace da und drehte ihr Wasserglas in den Händen. Warum konnte sie nicht sprechen, warum konnte sie nicht sprechen?

Die Technikerin kam aus dem Aufnahmeraum, machte die Tür auf und schaute herein.

– Es tut mir leid, sagte Grace. – Ich hab nichts zu sagen, ich hab nichts zu sagen.

Die Technikerin hatte einen forschen Tonfall. Sie erinnerte Grace an die Inhaberin des Milchladens an der Straßenecke in der Nähe ihrer Wohnung: eine tüchtige Frau, die wusste, in welchem Teil des Kühlschranks die alte Milch und in welchem die frische stand, und die jedes Mal automatisch nach der alten griff. Es gab auch hart gewordene Plätzchen und abgepackte Kuchen und alte Pies oben auf dem Tresen; die Frau war allseits umgeben von Nahrungsmitteln und Getränken vom Vortag und der vergangenen Woche, die verkauft werden mussten.

– Nicht schlecht, sagte die Technikerin. – Das kriegen wir hin. (Die Plätzchen gibt es zum Sonderpreis – möchten Sie welche kaufen?)

– Ja, gar nicht schlecht. Die Pausen waren *sehr wirkungsvoll.*

Grace plusterte sich auf, schlug wild mit den Flügeln, trat aufgelöst hinaus auf den Strand, fand ein Café, in dem sie sich auf einen hohen Drehstuhl setzte und ein gebleichtes Kabeljaufilet mit Pommes frites aß, die aussahen wie ein Berg dünner, verdrehter gelber Nägel, und dazu Brot, über das man mit einem feuchten gelben Schwamm gegangen war. Anschließend nahm sie den Bus zum Bahnhof St. Pancras. Der gefrierende Nieselregen hatte sich in Schnee verwandelt, zu großen, für die Stadt viel zu verschwenderischen Flocken, so groß wie die Seiten eines riesigen Kalenders mit einem Monat pro Doppelseite, und sie segelten, trieben durch Straßen voller Menschen, die sich in panischer Hast fortbewegten, weil sie Angst hatten, darunter begraben zu werden. Grace rannte förmlich aus dem Bus und stieß mit einem Westinder zusammen, der dastand und sich in aller Ruhe zuschneien ließ, mit einer Zeitung auf dem Kopf.

– Schnee, sagte er. – Mögen Sie das nicht?

Grace schämte sich. Natürlich mochte sie Schnee, natürlich hatte sie ihr Staunen beim Anblick von Schnee nicht verloren – warum also war sie vor ihm geflohen?

– Doch ja, ich mag Schnee, o ja.

Sie zog sich ihren Regenhut fester über die Ohren und eilte zum Bahnhof; redete sich im Laufen ein: Das ist kein richtiger Schnee, das ist nur Stadtschnee, doch wenn man anfängt, solche Unterscheidungen zu treffen, ist dann nicht bald alles verloren?

Grace konnte es nicht ertragen, Dinge zu verlieren; ihr schwirrte ständig der Kopf; weil sie nach dem Verlegten, Gestohlenen, Versteckten suchen musste.

*

Im Bahnhof St. Pancras vollzog Grace, nachdem sie die Ankunfts- und Abfahrtstafeln und die in Kreide verzeichneten Verspätungen mitsamt Entschuldigungen studiert hatte, ihr übliches Warteritual. Sie kaufte eine Mittagszeitung und warf sie gleich wieder weg, weil sie fast ausschließlich Nachrichten über Greyhounds enthielt. Sie begab sich in eine Toilette, um sich die Hände zu waschen, und drückte den Fuß wie vorgeschrieben auf einen Hebel, der einen heißen Luftstrom auslöste, mit dem sie ihre Hände trocknete. Sie sagte Nein danke, als die Wärterin ‹Einmal Duschkabine, vier Pence› anbot. Im Wartesaal wärmte sie sich an der Heizung, dann ging sie in den schmucklosen offenen Bahnhof hinaus und setzte sich auf eine Holzbank, schaute, lauschte, und was ihr dabei beinahe die Tränen in die Augen trieb, war nicht der Ruß, sondern die Erinnerungen, die vom Anblick und dem Lärm der finsteren prustenden ächzenden keuchenden Dampflokomotiven ausgelöst wurden, dem langen triumphalen Haaaaaa, Haaaaaa, das sie von Zeit zu Zeit ausstießen, begleitet von Dampf, der aus tiefen Lungen aufstieg, und von einem weißen Band aus schrillen Schreien, jähen Dampfstrahlen und -stößen aus einem Seitenventil an der Stelle, wo die Ohren wären, wenn sie welche hätten. Auf dem Bahnsteig bewegten sich die Menschen durch Rauch, ihre Umrisse nebelhaft, ihre Körper ineinander verschmelzend, ihre schottischen Stimmen gedämpft und rauchgefüllt. Als Grace dem Pfeil zum Auskunftsschalter folgte, um sich des Gleises und Zielorts ihres Zuges zu versichern, beugte sich der Beamte über den abgewetzten Tresen und sagte düster, mit dem Finger in der angeschmuddelten Spalte auf und ab fahrend:

– Gleis sieben, Ankunft in Relham achtzehn Uhr acht. Hauptbahnhof.

Sein Gesicht war vorwurfsvoll.

– Haben Sie denn nicht den Anschlag draußen gelesen?

– O doch, sagte Grace. – Ich wollte nur sichergehen.

Der Beamte seufzte.

– Ja, das machen alle, sie können nicht einfach dem Gedruckten trauen, sie müssen es ausgesprochen hören. Alles Analphabeten.

Auf einmal befiel sie Angst, dass auch der Beamte sich nicht sicher war, denn schließlich musste das Vertrauen in das gedruckte Wort irgendwo seinen Anfang nehmen – und es konnte sein, dass der Beamte sich gar nicht so sicher war –, und sie hier, als Zugvogel, im Bahnhof St. Pancras stand und auf einen Zug wartete, obgleich vielleicht gar kein Zug fuhr oder ein solcher Andrang herrschte, dass sie keinen Platz mehr bekam.

– Kann ich einen Platz reservieren?, fragte sie aufgeregt.

– Was? Wenn der Zug in einer halben Stunde fährt? O nein, o nein, das wäre Wahnsinn. Zum Reservieren ist es zu spät.

Langsam kehrte Grace zu ihrem Platz auf der Bank vor Gleis sieben zurück. Eine junge Frau, die in der Nähe saß, öffnete den Reißverschluss an ihrer Aktentasche, zog einen Stapel Papier heraus, nahm einen Bleistift, drehte sich, den Bleistift über der ersten Seite bereit, zu Grace um und lächelte.

– Dürfte ich, begann sie. – Oder besser, hätten Sie was dagegen, wenn ich Ihnen ein paar Fragen stelle?

Ohne auf eine Antwort zu warten, rückte sie mit ihrem Bleistift unter die erste Frage auf dem per Matrize vervielfältigten Blatt.

– Sagen Sie, ist Ihnen denn schon die Werbeaktion für *New Fella Cornflakes* aufgefallen?

*

Der Zug quoll von Fahrgästen über. Wie konnten nur bei diesem Wetter so viele unterwegs sein? Sie hätten zu Hause bleiben sollen, dachte Grace grollend, fand einen Fensterplatz, wischte ihren kleinen Anteil der Scheibe sauber und lehnte sich zurück, um sich ihrer üblichen Zugfahrtsträumerei zu überlassen. Plötzlich wurde es unruhig auf dem Gang, die Tür wurde aufgestoßen, und ein Mann und eine Frau platzten herein, außer Atem, die Arme voll Gepäck, und setzten sich einander gegenüber, die Frau auf den Platz neben Grace.

Langsam setzte sich der Zug in Bewegung.

– Wir haben es gerade noch rechtzeitig mitbekommen, sagte die Frau. – Unser Wagen wäre in Derby abgekoppelt worden!

– Wir wussten es nicht, ergänzte der Mann. – Es hat uns niemand gesagt, der Zug war so voll, dass wir uns die ersten Plätze geschnappt haben, die wir finden konnten. Wir hätten in Derby enden können!

– Was für ein Gedanke, murmelte die Frau. – In Derby zu stranden!

Ihnen erschien Derby als so schreckliches Schicksal, dass Grace mitfühlend blickte und dann plötzlich mit schwindender Überzeugung sagte: – Aber *dieser* Wagen fährt nach Relham ... oder nicht?

Sie versicherten ihr, der Zugbegleiter habe ihnen versichert, dass dem so sei, und sobald das geklärt war, zogen sich die anderen Fahrgäste im Abteil (ein offenes mit Tischen und muffigen purpurroten Polstern), die in den Wirbel von Aufregung und Unsicherheit hineingezogen worden waren, wieder voneinander zurück in das bisschen Privatsphäre, das ihnen blieb.

Die Frau öffnete eine braune Papiertüte und entnahm ihr eine Birne, die sie schälte und in vier Stücke aufschnitt. Ein Stück gab sie dem Mann, und eines bot sie Grace an.

– Nein danke.

– Ach, kommen Sie.

– Nein danke, wirklich nicht, nein.

Der Mann blickte von seiner Zeitung auf.

– Kommen Sie, Sie sind die Einzige, die kein Stück will.

– Ach, na schön, vielen herzlichen Dank, das ist sehr nett von Ihnen.

Grace vertilgte ihr Stück Birne, wischte die beschlagende Scheibe sauber und sah hinaus auf die nicht enden wollende Müllkippe, denn nichts anderes war die Landschaft bis hinaus zu den Midlands, wobei allerdings, je weiter sie nach Norden vordrangen, durch den fortgesetzten Schneefall immer weniger zu sehen war, bis sich der Zug schließlich durch eine weiß-verschleierte Landschaft bewegte, als wären sie auf dem Mond.

Die anderen Fahrgäste im Wagen, deren Gefühle nicht durch die Drohung, ‹in Derby abgekoppelt zu werden›, unverhofft in Wallung geraten waren, schwiegen weiter vor sich hin, doch die Frau schwatzte ungehemmt mit Grace, und als ihr Begleiter, nachdem er das drohende Derby-Ungemach überwunden hatte und nun mit einem weitaus gravierenderen Problem konfrontiert war, dem Wunsch nämlich, in einem Nichtraucherwagen zu rauchen, sich entschuldigte und ans Ende des Ganges ging, um sich vor der Toilette seine Nelson anzuzünden, erklärte sie Grace, er sei ihr Schwager, von Beruf Schaffner, und er sei am gleichen Morgen dienstlich nach London gefahren, daher die Uniform, und jetzt seien sie auf der Heimfahrt nach Relham. Weil er die Eisenbahn in- und auswendig kenne, könne er es sich nicht verzeihen, sagte die Frau, dass er in den verkehrten Wagen eingestiegen war. Sie selbst sei bei ihrer Schwester in Devon zu Besuch gewesen; in Devon habe es seit Weihnachten ununterbrochen geschneit.

– Sie fahren auch nach Relham?

Grace machte den Fehler, ihrem Ja, sie fahre nach Relham,

hinzuzufügen, es sei ihr erster Besuch dort, ihr erster Besuch im industriellen Norden.

Die Frau betrachtete sie voll Mitleid und Staunen.

– Dann werden Sie sich dort gar nicht auskennen, sagte sie aufdringlich.

– O nein, sagte Grace.

– Relham ist eine große Stadt, wenn man sich nicht auskennt. Hier, sagte die Frau. Sie wühlte in einer ihrer Einkaufstüten und fand eine Tüte mit Bonbons.

– Nehmen Sie einen. Kommen Sie.

– Nein danke, lieber nicht.

– Kommen Sie, Sie werden Hunger bekommen, bis Sie in Relham sind.

Grace nahm den Bonbon, wischte erneut die Fensterfläche sauber und sah hinaus, und die Frau, die ihre Geste als Zeichen deutete, dass sie die Landschaft nicht kannte, sagte in beruhigendem Ton:

– Keine Sorge, ich sag Ihnen Bescheid, wenn wir in Relham ankommen. Hier – ihre Stimme war voller Mitleid – nehmen Sie noch einen Bonbon.

– Oh, danke nein, nun ja, danke.

Später, als der Schwager der Frau von seiner Zigarette vor der Toilette wiederkam, unterrichtete die Frau ihn mit so lauter Stimme, dass die Hälfte der Fahrgäste Grace anschaute:

– Sie ist noch nie in Relham gewesen! Das ist das erste Mal, das sie nach Relham fährt!

Auf diese Weise erkannt, errötete Grace, lutschte emsig an ihrem Bonbon und stierte aus dem Fenster. Es schneite immer noch; gelegentlich warfen Straßenlaternen Butterglanz auf den frischen brotweißen Schnee; in Abständen glühten entlang der Gleise goldrote Koksfeuer und warfen Sankt-Nikolausrote Schatten auf den Schnee, während Flocken auf die Wagenfenster trafen und dort hängenblieben wie weihnachtliche Wattebäusche. Die Welt schien tief in Schnee und Schlaf versunken zu sein, die Kissen und Decken aus Schnee vor dem dunklen Himmel aufgetürmt. Grace lehnte den Kopf an die Scheibe, schloss die Augen und schlief ein, und als sie aufwachte, mit heißen Wangen, die Augen von Dreck und Ruß verklebt, flüsterte ihr die Frau zu, die bereits vorsorglich ihr Gepäck zusammensuchte:

– Wir sind da. Nur noch ein paar Meilen, und wir sind da.

– Oh, sagte Grace kühl, gleichgültig.

– Sie kommen zurecht?, fragte die Frau besorgt, als Grace ihre Tasche aus dem Gepäcknetz holte.

– Ich werde abgeholt, entgegnete Grace steif, in der Hoffnung, der Frau den St.-Pancras-nach-Relham-Mythos auszutreiben, den sie erdichtet hatte und der sich (nach den Blicken der anderen Fahrgäste zu urteilen – es ist spät, wenn sie noch nie in Relham war, wird sie sich womöglich verirren) durch das Abteil zu verbreiten schien.

– Ich werde abgeholt, sagte Grace noch einmal mit lauterer Stimme.

Ach, sie hätte heulen mögen, warum wirkte sie immer so, als wisse sie nicht, wohin sie wollte, warum fühlten sich Fremde immer dazu berufen, sie zu umsorgen, Dinge für sie zu organisieren, sie zu bevormunden, sie auf den richtigen Weg zu bringen? Was war es bloß, an ihrem Aussehen und ihrem Verhalten, das Leuten den Wunsch vermittelte, ihr alles Mögliche zu erklären, in schlichten Worten mit ihr zu reden, als könnte sie sie sonst vielleicht nicht verstehen?

– Ja, ich werde abgeholt. Es ist alles in Ordnung, sagte Grace abermals, in der Absicht, unnahbar und ruhig zu klingen, doch im gleichen Augenblick wankte der Zug, blieb stehen und fuhr mit einem Ruck wieder an, so dass die Worte herauskamen wie ein unwürdiger Schrei, der auch als ‹Hilfe› gedeutet werden konnte. Ein kleiner dicker Mann, der Rücken an Rücken mit dem Schwager der Frau gesessen hatte, sprang auf und hielt Grace am Arm fest.

– Haben Sie sich wehgetan?

– Es ist nichts passiert, danke.

Erleichtert entfloh der Mann ans andere Ende des Wagens. Während sie darauf wartete, dass jemand die Wagentür öffnete, weil sie nie begreifen konnte, was man mit dem Lederriemen anstellen musste, um das Fenster zu öffnen, durch das man an den Türgriff kam, beobachtete Grace die hastenden schubsenden Menschen, die mit ihren Koffern zustießen, wo ihre Körper nicht als Rammbock taugten. Endlich machte jemand die Tür auf. Grace stieg aus und eilte den Bahnsteig entlang, gab ihre Fahrkarte ab und sah sich nach Philip Thirkettle um. O Gott, dachte sie, ich werde dieses Wochenende nicht überstehen, ich kann nicht drei ganze Tage mit Menschen zusammen verbringen, mit ihnen reden, mit ihnen essen, ich kann nicht entscheiden, wann ich mich zu ihnen geselen und wann ich sie allein lassen, wann ich ins Bett gehen und wann ich aufstehen soll. Was würden sie sagen, wenn sie wüssten, dass ich mich in einen Zugvogel verwandelt habe? Ich werde es nicht aushalten. Was soll ich sagen, wie soll ich Sätze bilden, Wörter aneinanderreihen, Subjekt, Prädikat, Objekt, während sie zuhören? Wenigstens, dachte sie mit Erleichterung, gibt es keine Kinder, zumindest hat Philip keine erwähnt. Kinder können so verwirrend direkt sein; sie glotzen, wie sie glotzen! Sofort wollte es ihr erscheinen, als wäre das Beängstigendste auf der Welt ein Kind, das vor ihr stand, ohne etwas zu sagen, und sie anglotzte, vorwurfsvoll, wissend, mitleidig, spöttisch, mit einem kindlichen Verständnis, das noch unbegrenzt, noch nicht erstickt oder zerstört worden war.

Aus den wenigen Informationen, die sie von Philip bekommen hatte, hatte sich Grace ein ‹Bild› der Thirkettles in ihrem Kopf zurechtgelegt. Mann, Frau, Schwiegervater. Philip, der wenig Zeit für seine Frau hatte, während seine Frau häufig zu sehr von der Sorge um ihren Vater in Anspruch genommen war, den einstigen Schafzüchter, der unglücklich, voller Heimweh aus den Fenstern auf die nordenglischen Schornsteinkappen schaute statt auf antipodische Schafe und Himmel und Berge. In dem Bemühen, sich auf die Ereignisse des Wochenendes vorzubereiten, hatte Grace sich ihre Ankunft ausgemalt –

– Kann ich Ihnen einen Drink anbieten? Sherry?

Anne, schön, kultiviert, Absolventin einer der ‹Privatschulen› Neuseelands, wo, wie Grace sich mit der Klarsicht einstiger Missgunst erinnerte, alle Schülerinnen Snobs waren, die hochnäsiges Englisch sprachen … Der Schwiegervater traurig in einem Sessel am Feuer, von den Canterbury Plains träumend und von dem ‹Hauch des Nordwest in den Pinien›. Philip frustriert, eifersüchtig auf seinen Schwiegervater, von dem Wunsch erfüllt, mit seiner Frau allein zu sein …

– Ja, einen Sherry nehme ich gern.

Grace' Unterhaltung war geistreich und schillernd, intelligent, denkwürdig; den anderen wurde warm vor Freude über die Schönheit ihrer Sätze; ihre Ideen (so originell, klar formuliert, profund) erregten sie so sehr, dass sie später gestanden, nach dem ersten Abend ihres Besuchs noch lange wachgelegen und geredet, mit beflügelter Phantasie philosophiert zu haben.

– Ja, einen Sherry nehme ich gern.

So betrachtet, wich die erschreckende Aussicht auf das Wochenende zurück. Jetzt war Grace sogar begeistert in ein Gespräch über Leberegel, Fußfäule, Breinieren vertieft, während Philip und Anne, zum ersten Mal seit Jahren glücklich allein …

Während Grace in Gedanken bei ihrer Selbstlosigkeit und Güte weilte, schien ihr, sie wäre nicht am Hauptbahnhof von Relham, sondern an einem geliebten sinnbildlichen Strand, unerreichbar von sämtlichen Flutwellen der Sorge, aufrecht, sanft von ‹Wohlwollen› bespült, kühl und zufrieden trotz der brennenden Sonne.

Wenn das Wochenende vorüber war, würden die Thirkettles ihr dankbar sein; sie würde Philip und Anne zu neuem Glück verholfen haben.

– Kommen Sie wieder, würden sie ausrufen. – Kommen Sie unbedingt wieder!

Und Grace, kompromissgewohnt, vom rechtschaffenen Erfolg erglüht, dem zweitbesten Speer in der Faust der Liebe, würde bescheidenes Glück verspüren, ihnen versprechen ‹wiederzukommen›, Abschied nehmen, ihren Fensterplatz im Zug finden und traurig hinausstieren, die Augen von Tränen und Ruß gefüllt.

7

Um sie herum auf dem Bahnsteig lagen vertrocknete Wörter wie Blutstropfen. Wer hatte sie verschüttet? Soweit sie wusste, hatte kein Pfeil und kein Schuss ihre gefiederte Brust durchbohrt, und das hohe Bahnhofsdach schützte sie vor Wunden, die der Himmel schlug. Sie nahm ihr Taschentuch und rieb heftig an der verschmutzten Fläche herum, dann zerknüllte sie ihr Taschentuch, stopfte es in den Ärmel und machte vorsichtig ein, zwei Schritte, schwankend, atemlos, unfähig zur Flucht. Noch war Zeit, den Heimweg nach London in ihre Wohnung anzutreten, sich in barmherzige Einsamkeit zurückzuziehen, an die Schreibmaschine zu setzen und laute Signale an sich selbst aussenden, wie es ihrem Stil und ihrer Intention beim Schreiben entsprach. Der dritte Teil ihres Romans wartete in seiner Boa-Mappe (‹fest wie die Schlingen einer Boa›). Dort hatte sie ihre Arbeitsroutine, die ihr half, Macht über ihre Tagträume zu gewinnen. Als letzte Rettung gab es eine Schlaftablette, einen kleinen weißen Schlusspunkt, der wie vergiftete Schulkreide schmeckte. Die Tür zu der anderen Welt stand weit offen. Der Inhalt ergoss sich auf den Bahnhof von Relham. Fieberhaft kniete sich Grace auf den Boden und begann am Müll herumzuschaben.

– Was verloren? Ich besorge uns ein Taxi.

Da war Philip, im Dufflecoat, größer, als sie ihn in Erinnerung hatte; sein Haar war sandgelb, wie die Grasbüschel am Meeresrand; seine Augen hatten die gleiche Farbe, ein wenig dunkler vielleicht, mit braunem Treibholz gefleckt.

Er nahm ihre Tasche.

– Haben Sie gefunden, was Sie verloren hatten?

– Wer tut das schon?, antwortete sie geschickt, zufrieden.

Sie stellten sich in die Schlange, und nach zehn Minuten Wartezeit saßen sie im Taxi zur Holly Road in Winchley, zehn Meilen außerhalb von Relham.

– Eine gute Reise?

– Ja, danke.

– Wie gefällt Ihnen der Bahnhof St. Pancras?

– Geht so, danke.

– Mussten Sie lange warten?

– O ja, sagte Grace aufgekratzt, stolz, ein paar Details über sich loswerden zu können. – O ja, ich muss immer lange warten. Ich bin von Natur aus überpünktlich, ich bin überall Stunden um Stunden zu früh. Ich glaube nicht, dass ich je im Leben einen Zug verpasst habe!

Ihre Augen leuchteten, ihr Gesicht war gerötet. Oh, wie wunderbar, ein typisches Charaktermerkmal zu besitzen! Unpünktlich, pünktlich, ordentlich, unordentlich, ich bin schrecklich langsam, ich bin immer rechtzeitig fertig, ich kann so gut mit Kindern …

Kinder? Was sagte Philip da über Kinder?

– Anne ist genau das Gegenteil, sie lässt nie irgendwo Luft. Bei ihr geht es immer auf den letzten Drücker, im Lauftempo zum Zug, rein mit den Kindern, mit einem Satz hinterher, und schon knallt die Tür zu …

Kinder?

Plötzlich drehte sich Philip, fröhlich lachend, zu ihr um.

– Ich hoffe doch, es macht Ihnen nichts aus, dass bei uns zwei kleine Kinder rumwuseln?

– Nein, woher denn. Aber nein!

Grace fragte sich, ob ihr Herz nicht durch den Boden des Taxis gesunken war. Noch ist Zeit, dachte sie kopflos, noch ist Zeit zu entkommen: Kinder, die glotzten, spöttisch, mitleidig, verständnisvoll – das war das Schlimmste – verständnisvoll; sie würden alles mitkriegen; vielleicht würden sie zu ihr ans Bett kommen und sagen: Was ist die Zirbeldrüse? Beschreib mal deine Flugfedern. Erklär mir mal die Corioliskraft.

Um ihrer aufsteigenden Panik Herr zu werden, fragte Grace tapfer:

– Wie alt sind Ihre Kinder?

Während sie sprach, ging ihr auf, dass sie nicht nur Angst vor den Kindern hatte, sondern auf Anne eifersüchtig war, weil sie an der Fortpflanzung eines Menschen teilhatte, der so einzigartig war wie Philip.

– Sarah ist zweieinhalb, Noel vierzehn Monate.

Noch kein gefährliches Alter, dachte Grace mit Erleichterung. Es hätte schlimmer kommen können.

Trotzdem kamen ihr beinahe die Tränen. Warum hatte ihr Philip nichts von den Kindern gesagt? Sie wusste noch, wie oft sie sich nach ihrer ersten Begegnung mit Philip gesagt hatte: Natürlich haben sie keine Kinder. Natürlich nicht. Mit gehässiger Befriedigung hatte sie es gesagt, sich sicher geglaubt, weil es so war, und sich eine merkwürdige Phantasie zurechtgelegt, in der sie ein verlorenes Puzzlestück war, das sich perfekt ins Bild der Thirkettles fügte.

– Dad werden Sie verpassen, sagte Philip gerade. – Er ist drei Wochen auf Urlaub in Edinburgh.

– Oh, wie schade, ich hätte ihn gern kennengelernt.

Dann wird es also kein Entrinnen geben, dachte Grace, indem wir uns über Leberegel, Fußfäule, Breinieren unterhalten. Beinahe hätte sie laut geschluchzt. Wäre sie doch nur nicht nach Relham gekommen, ach, wäre sie doch wieder zu Hause in ihrer Londoner Wohnung, hörte den Wetterbericht und die Nachrichten, schaltete danach ab, um sich in die Ecke am Bücherregal zurückzuziehen, wo ihre Schreibmaschine stand und der erste und zweite Teil ihres Romans in den Boa-Mappen warteten. Dort würde die Stehlampe ihr blassweißes Licht direkt auf die Tasten der Olivetti werfen; und die Bücherreihen auf den Regalen linkerhand würden sie von den zudringlichen Einflüssen des Prüfungsausschusses nebenan abschirmen – sie wusste nicht, was dort geprüft wurde, und nicht, wann oder warum, doch konnte sie trotz des Verkehrslärms draußen das heimliche Gemurmel der Prüfungen hören, unterbrochen dann und wann von Krachen und Geschiebe, das klang, als würden neue Maßstäbe gesetzt.

*

Du kamst zu mir; du sagtest ...
Gestern Abend sah ich meine Hand an, und sie war verbrannt,
ich habe dem Feuer zugeschaut.
Nichts, was ich tun kann, würde irgendwer beneiden oder mit entsetztem Fuß austreten.
Ich habe dem Feuer zugeschaut;
jetzt sind meine Knochen eingerenkt, definiert,
wie die Kriterien, die du nennst, da das Prüfungsgemurmel
des Regens unter die Haut kriecht, das heulerische Mitgefühl
des Schnees sagt: Es geht nicht

(Schneeflocken als Genesungswünsche, errötete Geburts-
    tagsrosen,
zwischen Fleisch und Knochen geschummelte
seidige Verschleierung, das alles,
um mir noch ein beflissenes Jahr abzuheitern).

Liebe Mutter, lieber Vater lieber Mann liebes Kind,
es gibt keine Antwort,
dies Mikrofon ist für allezeit
wie ein mit Honig verwabter Bienenstock
mit der Süße des Todes verstopft.

Seit du gestern Abend da warst
und sagtest,
was du sagtest,
fuhr ich mit einem roten Bus,
in einem Blutgerinnsel
fuhr ich in Trauer über London,
ich schlug nichts entzwei, nicht Spiegel, nicht Fenster,
    nicht Himmelsglasscheiben.
Ich betete: Gib Staunen genug, dass die Welt aufmerkt,
wenn Dichter leben,
und trauert, wenn sie sterben.

                            *

– Viertausendpfundhäuser.
– Dreitausendpfundhäuser.
– Zweitausendpfundhäuser.
– Häuser für knapp unter zweitausend Pfund. Da wären
wir.

Die Vororte von Relham gingen über in die kleine Ort-schaft Winchley, und dort stand das Haus der Thirkettles fast am Ende der Holly Road, am Rand des Moorlands. Die Bäume waren kahle zerfranste Stöcke mit gerippten Eishaufen um die Wurzeln, und auf der dunklen Straße glänzten von dunklen Schneeflecken getrübte Spiegel aus Eis. Das Haus der Thir-kettles war das einzige in der Straße, das keinen Namen trug; es hieß nicht The Nook, Rydal Mount, Dell Lane oder Coral Cottage; bloß Nummer 5 – eine Doppelhaushälfte, alt, klot-zig, behaglich, die andere Hälfte stumm und dunkel wie ein eingeschlafener Arm.

Philip rüttelte an der Tür, sie war mit einer Kette zuge-sperrt.

– Das war Anne, sagte er.

Schritte. Die Kette wurde entfernt. Die Tür geöffnet.

– Das ist Anne.

Anne war rotwangig, beinahe drall, ganz gewiss schön, auch wenn (wie Grace zufrieden feststellte) sie ein Doppel-kinn hatte. Kaum war sie an der Tür, folgte ein Gewirbel aus Weiß wie winzige tanzende Kerzenflammen, und stolpernd und sabbernd klammerten sich Sarah und Noel an den Rock der Mutter, um ihren Vater zu begrüßen und Grace neugierig zu beäugen.

– Grace Cleave ist angekommen, flüsterte Sarah wissend.

Grace brachte ein steifes Lächeln zustande. Sie hatte schreckliche Angst, dass die Kinder sie womöglich umarmen wollten, doch die klammerten sich weiter an ihre Mutter, die mit ihnen in die Küche vorausging, während Philip und Grace folgten. Grace stolperte über Spielsachen und Bücher und Bauklötze.

Anne lachte.

– Da hat heute jemand um sich geschmissen.

Sie sprach mit einem starken neuseeländischen Akzent.

Die Küche war groß, unaufgeräumt, mit Regalen in einer Ecke, die so mit Vorräten vollgestopft waren, als rechnete die Familie damit, monatelang von der Welt abgeschnitten zu sein. Einzeln und in Haufen über den Raum verteilt war ein phantastisches Sammelsurium aus Kinderkleidung, Spielsachen, Küchenutensilien und Zeitungen. Traurig ließ Grace ihren Blick über diese, wie ihr schien, verstreuten Zeugnisse eines Hauses voller Liebe wandern; sie fühlte sich an ihr eigenes Zuhause als Kind erinnert, wo die Zimmer ein einziges Chaos aus Habseligkeiten und Möbeln und Essen und Nachttöpfen gewesen waren und der Mann von der ‹Fürsorge›, der eines Tages zur Inspektion kam, weil sich die Nachbarn beschwert hatten, es nicht vermocht hatte, unter dem wilden unaufgeräumten Gewucher die Wurzeln der Liebe wahrzunehmen; wie auch ihr Vater nicht, dachte Grace; und auch nicht die ordentlichen gepuderten Verwandten, die bei ihnen Ferien machten und im Wohnzimmer schliefen, in einem frisch bezogenen Bett und mit einer Vase mit Dahlien auf dem Frisiertisch, und die sich vorn auf die Kanten der Küchenstühle setzten:

– O nein Lottie, o ja Lottie,

und sich voll Entsetzen in der unordentlichen Küche umsahen.

– Räumen Sie das Haus auf, hatte der Mann von der ‹Fürsorge› streng befohlen.

– Und lassen Sie diese ganzen Hunde einschläfern!

(Er meinte die streunenden Spaniels, die ständig Junge kriegten, weil es so viel frischen Teer auf der Straße gab, dass die Hunde, wenn sie rausgingen, an anderen Hunden festklebten.)

– Kannst du das Haus nicht sauber halten?, hatte ihr Vater geschimpft, und die Mutter hatte beschämt erwidert:

– Ach, Curly, ich tu doch schon mein Bestes.

Und unterdessen hatten die aus ihren Ferien heimgekehrten Verwandten in der ganzen Familie, auf der Nordinsel, der Südinsel und sogar in Australien die Nachricht verbreitet, dass ‹Lottie eine hoffnungslos schlechte Hausfrau› war.

Mit ernsten Blicken huschten die beiden Kinder um Grace herum. Sie trugen lange weiße Nachthemden mit ausgefransten Säumen; von ihren Nasen tropfte honigfarbener Rotz, und dann und wann griff Anne nach einer Rolle Klopapier auf dem Kaminsims, riss ein Blatt ab und wischte ihnen die Nase. Grace konnte ihre Augen nicht von Sarah und Noel wenden. Wie schön sie waren! Sie waren Findelkinder mit spitzen Ohren und den bernsteinfarbenen Augen ihres Vaters; sie sahen aus wie Bettlerkinder. Anne erklärte Grace, dass sie aufgeblieben waren, um mitzubekommen, wie ‹Grace-Cleave› ankam, und jetzt ins Bett müssten. Sie scheuchte sie zur Tür; sie jammerten widerwillig. Grace bestaunte sie mit leuchtenden Augen.

– Wissen Sie, sagte sie leise, – diese Kinder sind wie kleine Illustrationen aus den *Borgern*.

– Ich bin keine ‹stration›, widersprach Sarah.

Philip und Anne wechselten einen Blick, den Grace nicht zu deuten vermochte und der sie verlegen machte – hatte sie etwas Unpassendes gesagt, nahmen die Thirkettles vielleicht Anstoß an Bemerkungen über ihre Kinder, aber waren zu Duldsamkeit gegenüber Gästen gezwungen, von denen man nicht erwarten konnte, dass sie verstanden, was kluge Eltern im Sinn hatten?

Auf einmal wollte Noel einen Gutenachtkuss haben. Er bewegte sich halb auf allen vieren, halb stehend auf Grace zu und murmelte etwas in einer Sprache vom Mars, die Anne für sie übersetzte.

– Er will Ihnen einen Gutenachtkuss geben.

Grace gab ihm einen Kuss, sie wurde über und über rot.

– Ich habe oft mit Kindern zu tun, sagte sie defensiv und fügte leichtfertigerweise vage hinzu, – ich hab früher mal Kinder in diesem Alter gehütet.

Jetzt entwischte Sarah ihrer Mutter und rannte mit der Bitte zu Grace: – Ich will auf deinen Schoß!

Schüchtern sah Grace zu Philip und Anne. Anne nickte.

– Ja, du darfst zu Grace auf den Schoß.

Unbeholfen half Grace Sarah hinauf, die ein- oder zweimal unruhig auf und ab wippte und sich dann beschwerte:

– Du hast gar keinen Schoß. Grace-Cleave hat keinen Schoß.

Grace errötete vor Scham über ihre Mangelhaftigkeit.

Ungehalten glitt Sarah aus Grace' Armen, lief zu Anne, klammerte sich an ihren Rock und verbarg ihr Gesicht darin, dann rieb sie sich die Augen und war auf einmal schon halb eingeschlafen. Anne schob sie sanft vor sich her und ging, Noel mit geübtem Griff fest auf dem Arm, nach oben, um die beiden ins Bett zu bringen.

– Ich werde Ihnen mal Ihr Zimmer zeigen, sagte Philip, als sie hinausgingen. – Und das Arbeitszimmer oben im Dach.

Grace folgte ihm müde und verwirrt.

*

Sie stand allein mitten im Zimmer und nahm die Besonderheiten in sich auf. Philip hatte erklärt, dass es weniger sparta-

nisch sei als das Zimmer, in dem sie geschlafen hätte, wenn
‹Dad› nicht in Edinburgh gewesen wäre. Dies war ‹Dad's
Zimmer›. Schilfmatten auf dem Boden, ein bequemes Einzel-
bett; ein Tablett mit Saatkartoffeln auf der Kommode; zwei
oder drei Regale mit Büchern – Noten für Dudelsack; *The First
War Rifle Brigade*; Lord Montgomerys Memoiren; Gedichte von
Robert Burns; die King-James-Bibel und eine Neue Bibel; Er-
zählungen von Sapper. An der Wand hingen gerahmte Fotografien von neuseeländischen Landschaften und über dem
Kamin eine große Karte von Neuseeland – blaues Meer, grüne
Ebenen, weißbemützte Berge. Grace langte hinauf und zeich-
nete mit dem Finger die Küste nach, von den einst vertrauten
Ortschaften zwischen Oamaru und Dunedin weiter in Richtung Süden, und hielt bei jeder inne, um zu sehen, ob sie eine
Erinnerung daran erwischte. Maheno: dort gab es am Fluss
einen Picknickplatz – The Willows –, dahin hatten die Mädchen aus der Schule samstags ihre Radausflüge gemacht, und
nach dem Kindergottesdienst hatten die Jungen und Mädchen
dort gepicknickt; und in dem erdigen bierbraunen Schwimm-
loch hatten die Liebespaare nackt gebadet. Maheno, wo die
Regionalzüge aus Nord und Süd vorbeifuhren, nicht weit
vom Waianakarua:

‹Hoch, wo zur Rast die Züge halten …›

Eine Eukalyptuspflanzung, in der glatte graue Blätterflammen
knisterten und staubblauen Rauch ausstießen, wenn sie der
Wind berührte; die rostfarbenen Lokomotivschuppen; Keu-
lenlilien, Grasbüschel, Sümpfe, Schafe – mit ihrem Finger auf
der Karte listete Grace die physischen Details des Landes auf.
Sie saß im Zug von Oamaru nach Dunedin – warum erschien

ihr der Zug so winzig klein und trotzdem die schwarze Stoff-
ziehharmonika über dem Verbindungsstück zwischen den
Wagen so wichtig und so grauenvoll beängstigend? Im normalen Bummelzug, der an jedem Bahnhof hielt, um be- und
entladen zu werden oder auch nur herumzustehen, und für
die 78 Meilen sieben oder acht Stunden brauchte, gab es diese vornehmen schwarzen Ziehharmonikaverbindungen nicht,
durch die man im Verborgenen von Wagen zu Wagen gehen
konnte. Wenn man das im Bummelzug tun wollte, musste
man sich dem Luftzug auf dem ungeschützten Absatz aus-
setzen, wurde durchgeschüttelt und durchgepustet, nassge-
regnet, und hatte auf einmal nie gekannten Lärm um die Ohren, bekam nie gekannte Mengen von Ruß in die Augen.

Grace betrachtete die verschwitzten geröteten Gesichter
der Fahrgäste, deren Alteingesessenheit – die meisten von ihnen stiegen in Lyttelton direkt von der Fähre über den Cook
Strait in den Zug um – ihnen so viel Einfluss und Macht zu
verleihen schien; sie beäugten entrüstet die wenigen verstreuten Fahrgäste, die in Oamaru zustiegen, dem Erfrischungs-
halt; Cremetörtchen und Brause. Dann wandte Grace ihren
Blick aufs Meer hinaus, auf die Felsen, die überdachten Zwi-
schenstationen Waitati, Puketeraki, Mihiwaka ...

Rasch nahm sie ihren Finger von der Karte. Nein, sie wollte nicht mit dem Eilzug von Oamaru nach Dunedin fahren.

Sie blieb weiter im Zimmer. Die Farben der Karte waren in
so zarten Pastelltönen gehalten, als wäre Landwirtschaft ein
Schönheitsprodukt. Nirgends das Blutrot des Britischen Empire; nur friedliches Umbra, Blattgrün, Gold und die Ansammlung von Satzzeichen beziehungsweise Punkten und
Flecken, die für Menschen standen – lebende, sterbende, begrabene; und überall auf der Karte die vielen silbernen Bän-

der, die Flüsse waren, richtige Flüsse, keine englischen Pfützen oder spanischen Täler, die schon so lange ohne Wasser waren, dass die Menschen im Flussbett Picknick machten. Grace konnte die beschneiten Gipfel und die schneegespeisten Wildwasser nicht vergessen; in ihrer ganzen Zeit in Großbritannien hatte sie noch kein einziges Mal höflich und bescheiden an einem schmalen Flüsslein am Fuß eines Hügels gesessen und hinterher den Lieben daheim von einem Besuch an einem Fluss und einem Berg geschrieben. Nur Keats konnte schreiben: ‹Auf Zehenspitzen stand ich auf einem Hügelchen›, ohne seine empfindlichen Landsleute zu kränken!

Im Zimmer war es kalt. Grace zündete den Gasheizofen an und wärmte sich die Hände. Sie schaute aus dem Fenster in die dunkel werdende Landschaft von Winchley hinaus. Sie berührte die glattrasierten schlummernden Kartoffeln. Sie zog ihr Nachthemd aus der Reisetasche und legte es unter ihr Kissen. Als der Akt, sich mit Philip und Anne zu Tisch zu setzen, nicht mehr aufzuschieben war, stieg sie langsam hinunter in die Küche und nahm ihren Platz ein, als wohnte sie schon ihr Leben lang bei der Familie; mit leicht geöffnetem Mund wie ein Kind, wie ein hilfloses ‹Küken›, wartete sie auf die ausgeteilte Fleischpastete mit Pfirsichen.

Philip fragte sie erneut, ob sie eine angenehme Reise von London gehabt habe. Sie antwortete: Ja, danke.

Philip schien nach Geräuschen von oben zu lauschen.

– Stille, sagte er. – Dies ist der beste Teil des Tages, wenn die Kinder schlafen.

– Ja, das kann ich mir denken, sagte Grace.

Sie hatte die Angewohnheit, wenn Leute mit ihr redeten, deren Bemerkungen mit Ja, ja, ich verstehe, ja, und manchmal einem gemurmelten M-m-m-m zu untermalen. Nein,

nein, nein, sagte sie nie. Wie erschrocken sie und andere reagieren würden, wenn sie Nein, nein, nein! Nein, das sehe ich nicht so, das verstehe ich nicht!, sagte. Doch ja, ja, sie verstand, ja, ja natürlich, m-m-m-m.

Sie aßen, ohne zu reden, obschon Philip Grace mitunter einen Blick zuwarf, wenn er beiläufig eine gastliche und einladende Bemerkung machte. Ihr ging auf, dass sie fast gänzlich in einer Welt von blauäugigen Menschen gelebt hatte. Philips Augen waren haselnussbraun – nein, weder hasel- noch gelb-, noch bernsteinfarben; herbstlich mit Tupfen in der Farbe der Adern goldener Blätter; nein, auch nicht herbstlich – da war etwas – ja, seine Augen hatten etwas von dem bräunlichen Fleisch gegarter Forellen, sie hatten den gleichen erdigen goldenen Geschmack, und das Fleisch ließ sich genauso leicht von den Gräten lösen; auch die unschuldige Bosheit eines kleinen Jungen auf dem Schulhof war darin zu erkennen; und eine verschmitzte Naschgier; und reine wahrhaftige winterliche Sorge um Klarheit, ein herbstliches Verschwinden allen Laubs, aller blühenden Verdunkelungsmassen aus – sagen wir – einem Gedankenhain, einer Landschaft menschlichen Verhaltens.

Während Grace Philips Augen musterte, konnte sie spüren, wie sich in ihrem Hinterkopf eine Schiebetür öffnete und kleine übelriechende Pelztiere mit scharfen Klauen und Zähnen an die Sonne entließ; Grace konnte fühlen, wie sich die Tür bewegte, sie roch den Gestank, den das kleine Tier hinterließ; als es neugierig, aber vorsichtig aus seinem Käfig kroch, kniff es in dem gleißenden Licht rasch die glänzenden Augen zu, um dann, als es sich an das neue Gehege gewöhnte, die Augen wieder zu öffnen und es zu erkunden, bis es das Drahtgitter, die Grenzen entdeckte; es war doch nicht frei; man hatte es nur rausgelassen, um in der Sonne zu blinzeln, während sein Käfig gereinigt wurde!

*

Nach dem Abendessen setzte sich Grace mit Philip und Anne ins Wohnzimmer, wo ein Kohlenfeuer brannte. Grace nahm in einem Sessel am Kamin Platz, neben Bücherregalen, die mit Büchern vollgestellt waren. Philip saß ihr gegenüber, während Anne mit dem Gesicht zum Feuer saß, eine neue Ausgabe von *Ulysses* aufgeschlagen auf dem Schoß. Grace sah sich die Bücher an – Neuseeland-Jahrbücher, neuseeländische Geschichte, Neuseeland, Neuseeland …

Angespannt harrte sie der abendlichen Unterhaltung am Kamin. Philip schlug die neueste Ausgabe der *Church Times* auf und begann zu lesen.

– Hör dir das an. Es wird dir nicht gefallen.

Er sprach mit Anne, die gehorsam lauschte.

– Lesen Sie auch manchmal die *Church Times*, Grace?

– Ja, ganz gelegentlich.

Philip und Anne redeten nicht über das, was Philip vorgelesen hatte. Anne wandte sich wieder ihrem Buch zu, Philip seiner Zeitung, während Grace die beiden verstohlen beobachtete und ihre Geheimnisse zu durchdringen versuchte.

– Haben Sie den *Ulysses* gelesen, Grace?

– Ja, aber das ist lange her.

– Wie haben Sie das bloß geschafft?

Oh, sagte Grace, plötzlich erschrocken, dass sie womöglich zu kühn und stolz geklungen hatte, beinahe angeberisch, denn offenbar war es etwas zum Angeben, wenn man den

Ulysses gelesen hatte. – Oh, ich hab ihn einfach durchgelesen. Zwar habe ich nicht viel davon verstanden, sagte sie entschlossen, weniger unbescheiden zu klingen, – aber ich habe ihn gern gelesen.

– Ich weiß nicht, sagte Anne resigniert, – wie man das überhaupt schaffen soll.

Philip, der aus ihrem Tonfall einen Kommentar zu ihrem Dasein als Hausfrau und Mutter, zu ihrem Leben in Winchley heraushörte und nicht nur zur Lektüre des *Ulysses*, sah sie liebevoll an und sagte mit ermunterndem Trotz-Winchley-und-alledem-Klang in der Stimme zu Grace:

– Anne ist sehr fleißig, wissen Sie; sie besucht einen Volkshochschulkurs über den modernen Roman, und da wird James Joyce gelesen. Sie hat in letzter Zeit unglaublich viel gelesen. Sie ist grauenhaft fleißig.

Er sah Anne bewundernd an. Er hatte ziemlich laut gesprochen, vielleicht um die Stimme von Winchley und alldem zu übertönen.

Unterdessen teilte Grace ihre Aufmerksamkeit auf, in Betrachtungen über Philip und Anne und deren gemeinsames Leben und nebenbei in das Bemühen, sich die Wahrheit ihrer Beziehung zum *Ulysses* so zurechtzulegen, dass sie sich dazu äußern konnte. Dabei stellte sie fest, dass ihr Gedächtnis den *Ulysses* nicht unter der Überschrift Literatur abgelegt hatte, sondern in dem Schubkasten, in dem die peinlichen und schmerzlichen Fakten des Collegelebens verwahrt wurden. Sie hatte den *Ulysses* auf dem College gelesen. Anwesenheitsappell – Childs, Cleave, Coster, Crawley – die einzigen Namen, die sie, abgesehen von den üblichen durch Leistung, Schönheit oder Exzentrik glänzenden, vom morgendlichen Aufrufen der Namen in alphabetischer Reihenfolge behalten hatte. Und nicht einmal von Childs, Coster, Crawley, die unmittelbar vor beziehungsweise nach ihr kamen, besaß sie ein klares Bild – Childs spielte Hockey, war eine ‹Sportskanone›; Coster eine Streberin und eine geschickte Bastlerin von Handpuppen; Crawley ... was sie betraf, konnte sich Grace an keine persönliche Eigenschaft erinnern, sondern lediglich daran, dass sie aus Timaru stammte, dem Rivalen von Grace' Heimatort Oamaru, und so lebte sie in Grace' Gedächtnis eher als Symbol für Timaru fort denn als Mensch, und zwar so sehr, dass ihr, wenn sie an Crawley dachte (Joyce? Noeline? Bertha?), sofort die Caroline Bay vor Augen stand und deren Rivalität mit der Friendly Bay vor Oamaru, und damit die von Oamaru jedes Jahr wieder erlittene Schmach, wenn die Caroline Bay erneut im Touristenführer gepriesen wurde, während die Friendly Bay unerwähnt blieb. Warum, hatte Grace früher gedacht, wenn sie bedrückt in der Geomorphologievorlesung saß, die Friendly Bay hat alles, und die Caroline Bay hat nichts, nichts, nichts. Und trotzdem hatten zwei Jahre lang auf dem College und noch ewige Zeiten danach Childs, Coster und die Crawley aus Timaru getreulich den Namen von Grace eskortiert.

Aber der *Ulysses*. Ach ja. Grace besaß durchaus Erinnerungen an den *Ulysses*, doch abermals war es nicht das Buch selbst, das ihr im Gedächtnis geblieben war. Ihr ging auf, dass die seltsame Atmosphäre und die Unsicherheit der letzten Kriegsjahre, die sie auf der Schule und dem College verbracht hatte, für sie am eindringlichsten und schrecklichsten in dem Papier verkörpert waren, auf dem die Bücher in diesen Jahren gedruckt wurden: blassgelbes gesprenkeltes Papier, auf dem das gedruckte Wort wirkte, als wäre es bloß eine weitere Verunreinigung, die man im Vorwort auf die Kriegswirtschaft schieben konnte. Grace erinnerte sich daran, wie sie beim

Aufschlagen dieser Bücher von Angst und bösen Vorahnungen befallen wurde; wie ihr schien, als wäre alles zu Ende, als wäre alles ohne Bedeutung; irgendwie waren ihr Bücher als die letzte Hoffnung erschienen, und da nun die Sprache nur noch eine Art lässlicher Fleck auf rauem Küchenpapier war, war es mit der Hoffnung aus.

So kam Grace jetzt der Gedanke: Kann es sein, dass mich Philips Augen mit ihren dunklen Einsprengseln an die Schrift auf dem gelblichen Billigpapier aus dem Krieg erinnern?

– Oh, sagte sie unvermittelt und völlig aus der Luft gegriffen. – Oh, ist es still hier, man hört keine Autos!

Philip und Anne hörten auf zu lesen und sahen sie geduldig an.

– Ja, das ist bestimmt eine Umstellung, sagte Anne und wandte sich wieder dem *Ulysses* zu.

– Winchley ist ruhig, pflichtete ihr Philip bei und schlug den *Spectator* auf.

– Ich stelle fest, sagte er, – dass die Kritiker nicht mehr so nachsichtig gegenüber jedem russischen Autor sind, der hier erscheint. Manche verreißen sogar den *Doktor Schiwago*. Mir hat er auch nicht besonders gefallen.

– Aber ich habe ihn gern gelesen, sagte Anne. – Ich habe furchtbar geweint. Natürlich war ich damals schwanger.

– Wenn Sie ihn gelesen haben, als sie schwanger waren, und dabei geweint haben, dann sind die Kritiker vielleicht –, begann Grace.

Lachend vollendete Philip ihren Satz.

– Dann sind vielleicht die Kritiker schwanger?

– Haben Sie den Roman gelesen, Grace?

– Ja, nein, ich meine ja. Ich lese nicht viele Romane.

– Berufsbedingter Neid?

– Kann sein; ja.

– Ich hoffe, Ihr Wochenende bei uns unterbricht Sie nicht gerade mitten in einer Arbeit.

– Nein, nein, ach nein.

Grace widmete sich weiter den Büchern in ihrer Nähe, wählte dann und wann eins aus, las ein wenig, stellte es zurück. Sie war müde. Sie sehnte sich nach London zurück, nach ihrer Wohnung, nach ihrer Schreibmaschine; sie wollte schlafen; ihr Gesicht von den Straßenlaternen abwenden und die Augen schließen.

– Philip hat viele Bücher über Neuseeland.

– Ja.

Sie schlug das *Book of New Zealand Verse* auf, das sie in Neuseeland immer am Bett stehen gehabt hatte, aber in Großbritannien nicht mehr hatte lesen können. Sie berührte den vertrauten roten Umschlag, betrachtete mit Freude die klaren großen Buchstaben, die wohlgeformten Torbögen der m und n, die sturzartigen t, die zartkehligen r … dann blätterte sie die lange Einführung durch, eine entschieden liebevolle Hommage an ‹diese Inseln›, und begann danach einige Gedichte zu lesen.

‹Ich bin der Hauch des Nordwest durch die Pinien›

Ich bin …

‹Ich bin … der Rost an Schienen …
milchschwere Kühe … der Elster Schrei›

*

Ich also, ein Zugvogel, leide Not, weil ich mich nach der Rückkehr an den Ort meiner Herkunft sehne, bevor die Jahreszeit und der Sonnenstand meine Rückkehr ermöglichen. Werde ich auf Sommer oder Winter treffen? Hier lebe ich immerzu in einer anderen Jahreszeit, in der ich den Himmel, die Sonne, die Temperatur, die Zeichen für die Rückkehr nicht zu lesen verstehe. Ist es Heimweh? ‹Ich weiß 'nen Platz …› wo Matagouri, Manuka, Cabbage Tree wachsen …

Ich weiß 'nen Platz.

Grace sagte sich: Meinen ersten Platz habe ich mit drei gefunden. Das ist eine Erinnerung, die so tief sitzt, dass sie immer da ist und sich nie verändert. Ich bin ganz allein an die staubige Straße gegangen. Es war Spätsommer, die Ginsterblüten in der Hecke färbten sich an den Spitzen braun, schrumpelten und fielen zu Boden. Der Himmel war grau mit ein paar weißen, vom Wind getriebenen Wolken. Nirgends waren Leute zu sehen, weder zur einen noch zur anderen Seite auf der staubigen Straße. Ich schaute hin und her, hinauf und hinunter und auf die andere Seite, und es war niemand da. Dies ist mein Platz, dachte ich und stand still und lauschte. Der Wind ächzte in den Telegrafenleitungen, und der weiße Staub wirbelte durch die Straße, und ich stand an meinem Platz und fühlte mich einsamer und einsamer, weil die Ginsterhecke und ihre Blüten mir gehörten und auch der Wind und sein Ächzen in den Telegrafenleitungen. Ich kann nicht beschreiben, wie einsam mir zumute wurde, als mir aufging, dass ich an meinem Platz war; es war früh im Leben für die Erkenntnis, dass Besitz eine Last bedeutet, früh, etwas zu besitzen, das nicht abgegeben oder verleugnet werden konnte, das für immer mein bleiben musste. Ich erinnere mich, dass ich nicht lange an meinem Platz blieb: Ich weinte und lief heim, doch mein Platz folgte mir wie ein

Schatten, und er ist noch immer ganz in meiner Nähe, selbst hier in Winchley, ich muss nicht einmal die Augen schließen oder um Schweigen bitten, um hinzukommen, und sobald ich dort bin, will ich der Botschaft des Windes entfliehen, weil hin und her und hinauf und hinunter und auf der anderen Seite niemand da ist und weil nur Staub geschäftig durch die Straße wirbelt, aber nirgends Menschen sind.

Ich erinnere mich, dass ich ein Jahr darauf noch einen Platz fand, der mir gehörte. Ich fand ihn, oder vielmehr, ich zog los, um ihn zu finden; er wurde mir geschenkt; ich nahm ihn in Besitz. Wir waren umgezogen (wie so oft), in einen neuen Bezirk im Süden – eine Wildnis mit Schafen, Rindern, dunkler feuchter Vegetation und Sturzbächen in Erosionsrinnen; Sümpfen, Tussockgras; wenig Menschen. Das Eisenbahnerhaus stand auf dem Hügel und wartete darauf, dass wir einzogen. Wir Kinder waren durch alle Zimmer getrampelt, dass die Holzböden vom schweren Rhythmus unserer Okkupation widerhallten. Männer trugen unsere Möbel den Berg hinauf; meine Mutter kümmerte sich um Tee für alle; es kam zu erregten Ausbrüchen, Wutanfällen, Tränen, als wir unsere erste Nacht planten, die wir in jedem neuen Haus in einem Lager aus Matratzen auf dem Fußboden verbrachten, während das schwarzlackierte, zerkratzte eiserne Kopf- und Fußende mit den aufgeschraubten Messingknöpfen (in denen wir unsere verschlüsselten Nachrichten versteckten) und der rostige Rahmen an der Wand lehnten, schon bereit für das Zusammennageln am nächsten Tag.

– Mum, hast du den Bettschlüssel? Wo ist der Bettschlüssel? Warum können wir nicht immer auf dem Boden schlafen?

– Ich werde euch den Hintern versohlen, der ganzen Bande auf einmal.

Plötzlich war ich allein, und weil es mir nicht passte, wie das neue Haus in Besitz genommen wurde, spazierte ich die Stufen vor dem Eingang hinunter und durch den grasüberwucherten Garten auf eine Weide (Schafe glotzten mich an, die Köpfe geneigt, die langen edlen Gesichter nachdenklich, die Augen schmal, mit Lakritzbonbons geschlitzt; ihre Körper waren gedrungen und zu dick bekleidet wie Mrs Daniel, eine unserer Nachbarinnen in dem letzten Ort, wo wir gewohnt hatten). Ich ging ein kurzes Stück bis zur nächsten Weide, an einem Bachtal entlang, bis ich zu einer Gruppe Silberbirken kam, von denen einige tot waren oder gerade abstarben, mit frischen Blättern, die aus ihren hingestreckten Stämmen sprossen. Ich betrat die grüne und silberne Dunkelheit unter ihren Blättern. Ich schlurfte durch den Haufen aus altem Laub, meine Schuhe sanken durch die frische Schicht ganzer Blätter, durch die vom letzten Jahr und den Jahren davor, und ich deckte die verfaulten Blätter aus irgendeinem oder auch keinem Jahr auf; es waren keine Blätter mehr; sondern Erde. Ich setzte mich auf einen der Baumstämme. Ich roch die Blätter und die eingeschlossene silberne und grüne Luft, und mit plötzlich aufwallender Freude ging mir auf, dass ich losgegangen war, um meinen Platz zu suchen, und dass ich ihn gefunden hatte, dass ich ihn erwählt hatte. Es war nicht notwendig, ein Schild aufzustellen, dass es mein Platz war. Mein Platz. Ich hatte ihn mir erwählt.

Glücklich kehrte ich in das neue Haus zurück (was machte es schon, wer an der Wand schlief, zur Sicherheit, und wer an der Tür, wo ihn nachts der Butzemann schnappen konnte?). Von meinem neuen Besitz erzählte ich niemandem. Ich besuchte den Platz nie wieder, denn der neuerwählte Besitz brachte seine eigene Last mit sich – hatte ich etwas erwählt, das blieb, oder würde es verschwinden; konnte ich es mitnehmen und hinter mir lassen, wenn ich wollte; was war es, was ich mir erwählt hatte? Bis heute erinnere ich mich an die Freude, es zu finden und in Besitz zu nehmen; es erschien mir damals wie ein kleines Birkenbaumhaus; jetzt erscheint es mir wie Jahresschichten, die tief versinken, wie Blätter, in üppig fruchtbarem Zerfall.

Und welche Verwirrung empfinde ich jetzt, während ich hier sitze und diese Gedichte lese. Diese Dichter schreiben alle über *meinen* Platz, meinen Ort. Selbst wenn sie nicht über Neuseeland schrieben, würden sie über meinen Platz schreiben. Wie kann ich nur je so viel von einem Land in mir bewahren? Ist es mir geschenkt worden, oder habe ich es gesucht, gefunden und mich davor gefürchtet, dahin zurückzukehren?

‹... und ihrer Lieblingsbucht
Entfliehen die Godwits wieder sommerwärts ...
... Ferne blickt uns an ...›

*

– Sie lesen Lyrik aus Neuseeland?
    – Ja.
    – Vermutlich kennen Sie einige der Dichter?
    – Ja, ein paar.
Schweigen.
    – Ich glaube, sagte Grace, – ich werde mich jetzt zurückziehen – ins Bett gehen.
    – Möchten Sie vorher noch einen Kaffee?
    Sie tranken Kaffee, aufgebrüht und serviert von Anne. Grace wandte sich wieder den Regalen, den Büchern zu, die

sie um sich versammelt hatte, wählte aus, schlug auf, schlug zu. Sie schaute wieder ins *Book of New Zealand Verse* hinein.

‹*Ausblick auf Rangitoto*

… Doch unter dunkler Schale fristet der Berg noch
Das hitzigere Leben; blind für die Zeit,
Die dahinhuscht übers tatenlose Wasser,

Die kalten Strahlen, die an seinen Kaps erwachen
Und nachtbenommene Schiffe leiten. Er nämlich gehört
Einer Welt des Feuers an vor Stein und Wasser.›

Grace machte eine heftige Handbewegung, als wollte sie den Vulkan aus den Seiten heben, um ihn mit nach oben in ihr Zimmer zu tragen. Ich kenne Rangitoto, sagte sie sich. Ich kenne Rangitoto.

Doch natürlich kannte sie die Insel nicht. Die Leute in Auckland wandten sich in ihre Richtung, um sie zu mustern und auf sie zu zeigen und zu sagen: Die Form ist eigenartig; egal aus welchem Winkel man darauf blickt, wirkt sie gleich; sie ist das Wahrzeichen von Auckland, sein Naturdenkmal.

Sie schauten und schauten die Insel an, aber sie kannten sie nicht, und Grace kannte sie auch nicht, und trotzdem hatte sie gelernt, sich poetisch an ihr zu orientieren; ihre äußere Gleichförmigkeit verbarg die innere Überraschung.

Ah, dachte sie, ich kannte mal jemanden, der bei allen sehr beliebt war. Ich fragte: Warum? Man sagte mir: Er ist immer der Gleiche, nicht, immer der Gleiche!

Nein, es war nicht Gott.

*

– Gute Nacht.

– Bis morgen früh, sagte Philip, beinahe als rechne er nicht damit, sie zu sehen.

– Ja, sagte Grace.

Als sie die Treppe hinaufgegangen war und die Tür zu ihrem Zimmer geöffnet hatte und eingetreten war, konnte sie die Fassade nicht länger aufrechthalten; sie schüttelte das banale Ja Nein Ach so Ich verstehe ab, sie rief Nein, nein, nein, ich bin ein Zugvogel.

‹… und ihrer Lieblingsbucht
Entfliehen die Godwits wieder sommerwärts.
In Licht und Stille überall das Rauschen
Des Abschiedsschattens; Ferne blickt uns an;
Und keiner weiß, wo er sich abends betten wird.›

Zweiter Teil
Ein neuer Sommer

8

– Ich erinnere mich, sagte sie, im kalten dunklen Zimmer in Winchley liegend.

– Noch vor meiner Geburt trat der Leith River über die Ufer, und das Hochwasser erreichte das Haus in der Leith Street, in dem meine Mutter und mein Vater, seine Eltern, meine Schwester und mein Bruder wohnten, und auch wenn sie das Haus nicht aufgeben mussten, war das Hochwasser so furchtbar, dass es zu einer der lebendigen Erinnerungen unseres Lebens wurde – selbst *meines* Lebens; von diesem Hochwasser wurde geredet, geträumt, es war auf Fotos eingefangen, die immer wieder betrachtet wurden, auch noch lange nachdem wir von Dunedin nach Outram gezogen waren; als ich klein war, beteiligte ich mich genauso wie die anderen an den Reminiszenzen über die Katastrophe, die unsere Familie heimgesucht hatte.

– Da steht Granddad an der Haustür in der Leith Street. Das wurde gleich nach dem Hochwasser aufgenommen.

– Das ist die Leith Street. Beim Hochwasser. Die Leute sind auf Tischen durch die Straße gepaddelt.

– Das ist Dad mit Isy und Jim. Vor dem Hochwasser.

– Das ist Grandma. Siehst du, in ihrem Rollstuhl ist sie vor dem Hochwasser sicher.

Grandma hatte Diabetes, und eins ihrer Beine war amputiert worden. Manchmal trug sie ein Holzbein, aber im Rollstuhl konnte sie sich schneller fortbewegen.

Ich hatte so viel von dem Hochwasser gehört, es war so sehr Teil meiner Erinnerungen, dass ich bestürzt war, als ich erfuhr, dass ich es gar nicht miterlebt hatte, und es wurde noch schlimmer, als mir klar wurde, dass Isy und Jim, meine großen Geschwister, das Hochwasser als Waffe gegen mich verwenden konnten. Ha, ha, du warst beim Hochwasser gar nicht dabei!

– Aber ich erinnere mich doch dran, sagte ich.

– Du warst noch gar nicht geboren. Von uns gibt es Fotos beim Hochwasser, aber du warst noch nicht geboren.

Ich wusste, dass ich, weil ich zu spät geboren war, etwas Wichtiges verpasst hatte, vor allem da ich das Leith-Hochwasser mit dem anderen großen Hochwasser durcheinanderbrachte, der Sintflut, von der Mutter so oft sprach, damals, als es vierzig Tage und Nächte geregnet hatte und man eine Arche gebaut hatte und die Tiere immer paarweise gerettet hatte. Wie habe ich Isy und Jim darum beneidet, dass sie alle Tiere der Welt gesehen hatten, während ich nur die Rinder und Schafe auf den Weiden kannte und im Kuhstall, wo ich in meiner Kinderkarre saß, die Betty, unsere große, knochige braun-weiße Kuh mit den langen Hörnern. Ich sah meiner Mutter beim Melken zu. Als ich alt genug war, der Kinderkarre entwachsen, und meine Zeit in der Benzinkiste unter dem Walnussbaum abgedient hatte (jedes neue Kind bekam eine Benzinkiste zum Krabbeln, Spielen und Gehenlernen), stellte ich mich vor die Box und warf Betty Kartoffeln zu und sammelte die Äpfel unter den Bäumen im Obstgarten, um sie damit zu füttern. Meine Großmutter sang ihre Lieder über die Tiere der Arche Noah und große, gefährliche Flüsse:

‹The animals went in two by two,
One more river to cross.
One more river, and that's the river to Jordan …›

Und ich wünschte, sie würde es nicht singen, weil ich nicht dabei gewesen war und mich nicht an die Tiere erinnern konnte und die Vorstellung vom Jordan mir Angst machte und meine Mutter vom Roten Meer und vom Toten Meer erzählte und der einzige Fluss, den ich kannte, der Taieri war. Warum war ich nicht früher geboren, warum konnte ich das nicht auch alles kennen?

Ich wurde größer. Ich wurde eingelassen ins Territorium der Spiele für die Großen, das Isy und Jim bereits in Besitz genommen hatten – die Lokschuppen, die Güterschuppen an der ‹Eisenbahn› und weiter die Straße hinunter die Exerzierhalle mit dem ‹Magazin› hinten im Anbau, von dem immer mit Ehrfurcht gesprochen wurde. Uns war verboten, in die Nähe des Magazins zu gehen. Wir wussten nicht, dass es ein Munitionsdepot war, aber das Wort erfüllte uns mit Angst. Magazin. Jedes Mal, wenn wir zum Spielen rausgingen, mahnte uns meine Mutter: ‹Denkt dran, hinten an der Exerzierhalle ist ein *Magazin!*›

Im Güterschuppen spielten wir Nachlaufen über Säcke mit Weizen, die bei uns Kletterberge hießen. Ungefähr um die Zeit wurde ich zur Dohle, im Lexikon beschrieben als diebischer kleiner Vogel, der in Kirchtürmen wohnt. Meine Flügel waren schwarz, mein Schnabel war gelb, mein Ruf ein Kreischen, das Isy und Jim solche Angst machte, wie ihnen noch nie etwas Angst gemacht hatte, oder vielleicht taten sie auch nur so, als vergingen sie vor Furcht; aber ich war glücklich und mächtig, ich konnte auf den Kletterbergen wohnen, ganz oben unterm Dach, und plötzlich flügelschlagend hinter einem großen Berg auftauchen, meinen gelben Schnabel vorstrecken und losfliegen, um Isy und Jim zu fangen:

– Ich bin eine Dohle, ich bin eine Dohle!

Und wie stolz ich war, wenn wir zum Essen gerufen wurden und ins Haus marschierten und uns an den Tisch setzten und die Frage kam:

– Was habt ihr heute Morgen gemacht?

und Jim und Isy in ihrer Antwort das erwähnten, was bei unserem Spiel das Wichtigste gewesen war:

– Grace ist eine Dohle.

– Ja, Grace ist eine Dohle.

Ich weiß nicht, wie lange ich eine Dohle blieb; vielleicht lange genug, um meine Selbstachtung zu gewinnen, die jedes Mal Schaden nahm, wenn das berühmte Hochwasser erwähnt wurde.

*

Wie kommt ein Einzelkind zurecht, ohne die soziale Erziehung durch Brüder und Schwestern? Ich lebte mitten in dem, was die *Free Lance* oder *Weekly News* als ‹sozialen Wirbel› beschreiben würde: Schwester, Bruder, Tanten, Onkel, Großmutter, Großvater, gewöhnliche Nachbarn wie Mr und Mrs Widdowson, Mr und Mrs Brown; Leute, die Kollegen von meinem Vater waren oder uns Lebensmittel brachten oder ihren Bullen ausborgten oder sich am Zaun mit meiner Mutter unterhielten, oder deren Kinder, mit denen wir zu tun bekamen, weil sie uns zu sich einluden: – Kommt doch mal zu uns –, obwohl sie meilenweit entfernt wohnten; und über die gewöhnlichen Nachbarn hinaus die wichtigen Menschen, die das Sagen hatten und damit die Macht, Furcht einzuflößen, Krankheiten zu heilen, Leute einzusperren und zu entlassen (‹feuern›): Polizisten, Ärzte, Bürgermeister, Stadträte; und über diese ‹wichtigen Menschen› hinaus die entfernteren, deren Namen in der ‹Zeitung› standen – der König, der Prince of Wales, Gandhi, Mr Forbes, Mr Coates; Mörder, Schauspieler, Einbrecher, Künstler, ausländische Kaiser; und über allem Gott. Wenn einem der Gedanke an Gott durch den Kopf schoss, ging das so flink, dass man keine Zeit hatte, ihn zu prüfen. – Wer hat die Welt gemacht?, fragte dein Spielkamerad, und deine Antwort war: – Gott.

Seine Macht war gewaltig, mit ihm konnte man jedem Streit ein Ende setzen; wer ein Wort oder eine Tat Gottes anführen konnte, hatte gesiegt; das war noch besser als ein Wort oder eine Tat von Dad, mit dem man auch oft die Oberhand zu gewinnen suchte.

Herrschte um die Familie herum schon ein ‹sozialer Wirbel›, so war das häusliche Leben so dicht bevölkert, dass einem fast schwindelig werden konnte: Neben den Angehörigen – den Großeltern, die bei uns wohnten, Tanten, Onkeln, Verwandten, die ihre Ferien bei uns verbrachten, einer Mutter, einem Vater, mittlerweile zwei Schwestern, einem Bruder – gab es im Haus an Fußboden und Decke Spinnen, draußen Asseln und Nacktschnecken unter Steinen, Würmer im Garten, Marienkäfer auf Blättern, Schnecken im Gebüsch, Vögel in den Bäumen, Ratten und Mäuse im Müll, Forellen im Fluss, Rinder und Schafe auf den Weiden und unsere neue Kuh Beauty, kleiner, weniger wild und aggressiv als Betty, die, wie meine Mutter erklärte, als Ayrshire nicht so treu und sanft war wie eine Jersey. Jetzt gehörte es zu meinen Aufgaben, Beauty mit Kartoffeln zu füttern, während sie gemolken wurde. Sie stand eingeklemmt in der Box und käute langsam wieder oder mampfte die mit schwarzen Augen gesprenkelten Kartoffeln.

Wenn ihr eine Kartoffel vom Haufen fiel und wegrollte, reckte sie den Hals, öffnete das Maul, pustete Grasluft in die Gegend und rollte ihre lange signalrote Zunge aus wie einen Flurläufer – bis zur eingedrehten Spitze, die sich nicht langmachen lässt. Wenn sie sich die einzelne Kartoffel geholt hatte, begann Beauty zu mampfen, zog den Kopf in die Box zurück, und die schwarzgoldene Haut an ihrem Hals, die ihr so freundlich gestattet hatte, sich nach der verlorenen Kartoffel zu strecken, legte sich wieder in die gewohnten schlaffen Falten; dann schloss Beauty die Augen und träumte und wischte mit dem Schwanz durch die Luft, während die Milch spritz-spritz in den Eimer schoss, bis der Eimer voll war und der weiße Schaum überfloss.

*

Später, als ich keine Dohle mehr war, zog ich mich eine Weile von dem Trubel zurück und wurde ein einsames ‹Beastie› auf der Weide. Ich hatte sogar ein ‹Beastie›-Kleid aus goldenem Samt, und obwohl ich oft Angst vor den Beasties mit ihrem Fell aus goldenem Samt gehabt hatte, verging mir die Angst, als auch ich ein Beastie-Kleid besaß. Ich streifte den ganzen Tag auf der Weide herum und spielte; allein mit den Beasties; bis etwas passierte, das Mutter und Vater einen Schreck einjagte, da sahen sie sich an und sagten: – Sie hat unten am Sumpf gespielt. Damit war ich gemeint. Ach, der Sumpf! Dort wuchs ein rotes Kraut, von der gleichen Farbe wie das Innere des roten Gummiballs, den eine Tante uns ‹brandneu› geschenkt hatte und den wir zerrissen, weil wir unsere Neugier nicht bezähmen konnten und unbedingt wissen mussten, wie er von innen aussah, woraus er gemacht war und warum er springen konnte. Unsere Tante war furchtbar wütend, als sie wieder zu Besuch kam und den platten roten Gummifetzen vergessen auf dem Gartenweg fand.

Doch wenn wir den roten Gummiball nicht kaputtgemacht hätten, wie hätten wir dann herausfinden können, dass im Sumpf auf der nächsten Weide ein Kraut wuchs, das haargenau die gleiche Farbe hatte wie der Ball von innen?

Anscheinend war der Sumpf wie das ‹Magazin› ein verbotener Ort. Es gab so viele Orte und Dinge, die verboten waren und die man zu fürchten hatte – Hochwasser, Krieg, das Magazin, der Sumpf, Bullen, Ratten in der Wand, betrunkene Männer, fahrende Handwerker, der Riemen, Onkel und Tanten, die drohten: ‹Wir stecken dich in einen Sack und schmeißen dich ins Meer.› ‹Dich werden die Zigeuner holen.› Und dann hatte jeder von uns eigene verknotete Taschentücher mit den gesammelten Kostbarkeiten unseres kindlichen Glaubens und Aberglaubens – Mischungen aus Wahrheit und Phantasie, aus falsch gehörten oder falsch verstandenen Wörtern, aus halbgelösten Rätseln, aus verzweifelten Fragen, auf die man lieber verzweifelte Antworten fand, als dass man sie ganz ohne Antwort ließ … ich holte mir eine Verletzung am Auge … der Doktor machte es wieder besser, der Doktor und die Pixies, die ich ‹Pitties› nannte. Wer waren die ‹Pitties›? Warum lächelte meine Mutter, wenn ich von ihnen redete? Warum fragte sie mich immer wieder, als wüsste sie es nicht: – Wer hat dein Auge wieder besser gemacht? Und wenn ich, weil ich die ausgefallenere Erklärung bevorzugte, zur Antwort gab: – Die ‹Pitties›, warum sah sie dann so zufrieden aus und verschmitzt?

Ich konnte nicht richtig sprechen, mir gingen Wörter durcheinander. Eine meiner liebsten Spielsachen war mein *tin*, eine Petroleumbüchse am Band, die ich über die Wiese unter dem Walnussbaum zog und an den Zaun zu den Beasties, damit sie an meiner Freude teilhatten. Ich hatte ein Lied für meine Büchse, das ich immer sang, aber warum lachten alle, wenn ich es sang?

‹God save our gracious tin,
God save our noble tin,
God save the tin.›

Worte waren so geheimnisvoll, machten so viel Freude und Angst. Mosgiel. Mosgiel. Central Otago. Taieri, Waihola, Ao-Tea-Roa. Lottie. Lottie. So hieß meine Mutter, aber wir nannten sie nie Lottie, nur Tanten und Onkel durften ihren Namen sagen.

Meine Tante, die am Kropf operiert war (Kropf, Kropf), stellte sich an die Tür, in den Flur, und rief:

– Ach, Lottie, komm doch mal, Lottie.

Oder sie sagte zu meinem Vater:

– Was meint Lottie dazu? Wohnt Lottie gerne in Outram?

Wenn Besuch da war, kam das Wort seltsamerweise auch manchmal aus seinem Mund, und ich erschrak und versuchte zu glauben, dass er es wirklich gesagt hatte:

– Wie ich erst heute Nachmittag zu Lottie gesagt habe …

Das Wort war seltsam und beängstigend; es verlieh meiner Mutter einen Rang, der sie von uns abzuheben schien und besagte, dass sie uns gar nicht richtig gehörte. Es machte mich neugierig auf sie und eifersüchtig; ihr Name war eine Art, uns Nein zu sagen – aber waren wir nicht ihre Babys, war ich nicht ihr Lieblingsbaby gewesen, bis Dorry geboren wurde? Und wenn das nächste geboren wurde, würde das dann nicht auch ihr Lieblingsbaby werden? Wenn ich ihren Namen hörte, wurde ich von einer schrecklichen Panik erfasst; ich sah sie weiter und weiter von mir wegrücken; ich sah, dass sie uns in Wahrheit überhaupt nicht gehörte und dass wir ihr nicht gehörten und ich nur ich war, bloß ich und sonst niemand.

Manchmal sagte ich leise ihren Namen vor mich hin. Lottie. Einmal rief ich ihren Namen laut, und sie wurde böse, und mein Vater sagte: – Sei nicht so frech zu deiner Mutter. Lottie und George. Lottie-und-George. Sie waren meine Mutter und mein Vater. Niemand außer uns nannte sie Mum und Dad.

Ich spielte allein in der Nähe des Zauns, und das Beastie schaute mir zu. Wie es bei Beasties oft vorkam, weinte es, eine Träne rann über die dünne dunkle Spur auf seiner Wange. Ich sprach mit ihm.

– Lottie, sagte ich. – Wie gefällt es dir in Outram?

Dann rief ich sehr kühn mit lauter Stimme: – Lottie-und-George, Lottie-und-George!

*

– Ich bin versetzt worden, sagte mein Vater. – Wir ziehen nach Glenham. Wer ‹bei der Bahn› war, wurde ständig ‹versetzt›, und wenn sich meine Mutter mit Nachbarn unterhielt, kam irgendwo im Gespräch immer ‹bei der Bahn› und ‹versetzt› vor. Trotzdem glaube ich, dass meine Mutter sich freute, als wir nach Glenham zogen, weil es nicht so nahe an der Hauptlinie lag wie Outram und mein Vater nicht so viel Verantwortung zu tragen hatte wie in den Schnellzügen. Er war erst unlängst vom Heizer zum Lokomotivführer befördert worden, und hier draußen auf dem Lande bestand wenig Gefahr, dass er mit einem anderen Zug zusammenstieß oder von den Aber-tausenden Menschen, die in und um Dunedin lebten, welche überfuhr. Meine Mutter besänftigte ihre Ängste, indem sie abends für uns sang, wenn mein Vater zur Arbeit gegangen war (mit seiner selbstgenähten Arbeitstasche aus Leder, seiner Lokführermütze, seiner blauen Weste, seinen Lachsbroten):

‹Daddy's on the engine,
don't be afraid.›

Alles war in Ordnung. Wir hatten keine Angst. Und wenn mein Vater mit seiner Lok in der Nähe unseres Hauses vorbei-fuhr, ließ er sie immer pfeifen, damit wir wussten, dass alles gut war.

Ich schlief mittlerweile im Kinderbett; noch passte ich hi-nein. Dorry, die Kleinste, wurde größer und würde bald aus ihrer Benzinkiste rausdürfen und mit meiner Schwester, mei-nem Bruder und mir hinaus in die neue Welt von Glenham und der Glenhamer Eisenbahn, zwischen die alten verzoge-nen verrosteten Schienen, zu den gestapelten Gleisschwellen, zur stillgelegten Drehscheibe …

Bald wurde es Zeit, dass der Storch wieder ein Kind brach-te, aber noch war es nicht ganz so weit, denn Dorry trank noch an der Mutterbrust und schlief zwischen Mutter und Vater im ‹großen Bett›. Vielleicht nach unserer nächsten Ver-setzung, sagte meine Mutter, vielleicht kommt dann noch ein Baby, aber das interessierte mich nicht, weil Dorry mir gehör-te, das hatte mir die Mutter beteuert, und es war nicht zu vermuten, dass ich zwei haben durfte, so rasch nacheinander; auch an meine Geschwister musste gedacht werden, und ge-teilt wurde immer ganz gerecht.

Schneller, als mein Vater erwartet hätte, kam die nächste Versetzung – nach Edendale, nicht weit von Glenham. Die überraschende und aufregende Neuigkeit bei diesem Umzug war, dass unser Haus mitkommen sollte; es sollte auseinandergebaut, nach Edendale befördert und wieder zusammengebaut werden, und während der Wartezeit sollten wir in Glenham bleiben und in Eisenbahnhütten wohnen.

Es war Winter, und es schneite, und weil Glenham im Binnenland lag, blieb der Schnee liegen und lag höher und höher. Unsere Hütten standen im Schnee. Eine Hütte war für Mutter und Vater und das Baby, eine Hütte diente als unser Schlafzimmer, eine dritte als Küche und Wohnraum und die vierte als Waschhaus.

Ungefähr fünfzig Meter von den Hütten entfernt hob mein Vater eine Grube für ein Plumpsklo aus und umbaute sie mit einem Blechschuppen. So wohnten wir ein halbes Jahr. Wir erkälteten uns und wurden nicht wieder gesund, in unserer Hütte dampfte nachts ein Wassertopf mit Friar's Balsam, ich hatte Schmerzen in den Beinen und weinte und weinte, und die Tante aus Dunedin kam zu Besuch und fragte, Lottie, wie kannst du das nur aushalten, und die Welt war voller Krabbeltiere, Krabbeltiere an den Wänden und an der Decke und auf dem Boden, und ich sagte, Schau, die Krabbeltiere, und meine Mutter fragte, Wo, und ich zeigte auf sie, und die Tante aus Dunedin sagte:

– Sie phantasiert.

Es schneite und schneite. In den Wänden wisperten Ratten; über die Wände krochen seltsame Schatten; wenn wir uns nachts fürchteten oder Zahnschmerzen bekamen, konnten wir nicht zu Mutter und Vater, denn draußen war es dunkel, und der Schnee lag zu hoch. Das Baby hatte einen komischen kleinen Husten, wie wenn ein Schaf hustet, und sein Gesicht war rot und glänzte; meine Mutter hatte vom Kleider- und Windelwaschen ganz rote Arme und Hände. Manchmal redete meine Mutter mit meinem Vater oder uns wehmütig von der Zeit in Outram, als sie ihren Arm sechs Wochen ‹nicht gebrauchen› konnte, und ‹euer Vater die Wäsche gemacht und die Kuh gemolken hat›. Ich hatte keine Erinnerung daran, dass meine Mutter sich den Arm verletzt oder einen Verband getragen hatte, aber ich spürte, dass es eine wichtige Begebenheit in ihrem Leben gewesen war, beinahe so wichtig wie das Hochwasser, vergleichbar nur mit der inzwischen legendären Zeit, als mein Vater nach einem Fußballunfall in Dunedin den ‹Knöchel in Gips› gehabt hatte.

— Als ich den kaputten Knöchel hatte, sagte mein Vater oft.

Für mich war es immer eine Enttäuschung, dass mein Vater sich den Knöchel beim Fußball verletzt hatte; es erschien mir unwürdig. Und wenn meine Mutter von ihrem Arm sprach, war ich immer traurig, weil sie so wehmütig klang, als spräche sie von einer Zeit großer Freiheit, die sie nie wieder erleben würde — aber wieso Freiheit, wenn sie doch den Arm in einer Schlinge getragen hatte?

— Als ihr klein wart und ich meinen Arm sechs Wochen nicht gebrauchen konnte …

*

Unser Haus wurde fertig, und wir hatten kaum Zeit gehabt, uns darin einzugewöhnen, da kam schon die nächste Versetzung: nach Wyndham, die größte Stadt, in der wir je gewohnt hatten — mit einer Hauptstraße und ein paar Nebenstraßen, mit Nachbarn ‹nebenan›, einer Schule, einem Fluss und Menschen, überall Menschen. Es war ein aufregender Tag, als wir in die Ferry Street umzogen, in unser Haus an der Bahnlinie (und nicht vergaßen, Beauty mitzunehmen). Die ganze Straße bis hinunter zum Fluss und bis hinauf an die Hauptstraße war mit Häusern gesäumt. Aus einer Welt mit Weißgras, Schneebeeren, Manukasträuchern, Rindern, Schafen, Vögeln, mit meilenweit nichts als Himmel und Kaninchen und Weiden in Straßen mit Häusern und Menschen; Menschen zum Kennenlernen, zum Begaffen, zum Grimassenschneiden, zum Schimpfnamennachrufen, zum Angsthaben, zum Davonweglaufen.

Ich war vier. Wir krochen neugierig unter das Haus und befanden es für ‹gut›. Für Beauty wurde in der Gartenecke an der Bahnlinie ein offener Kuhstall gebaut. Am unteren Ende des Gartens war eine Pumpe für unser Wasser. Hinter dem Zaun bei der Pumpe stand noch ein Eisenbahnerhaus, in dem die Hadfords wohnten – Mr, Mrs, Mavis, Joan, Ronnie. Jetzt, wo wir von Menschen umgeben waren, schien meine Mutter ihre Wehmut zu verlieren; sie wurde zu einer geschäftigen Nachbarin, die heiße Scons, Pfannküchlein, Marmelade entgegennahm oder brachte; sich über Ansichten austauschte; und bei uns zu Hause Meinungen über die Nachbarn äußerte – die Hadfords, die Lyles, die Bakers. Obgleich sie mit Vater sprach und nicht mit uns, hörten wir zu und wurden klüger. So erfuhren wir zu unserem Stolz, dass wir ‹kräftige kleine Lungen› hatten, während Mavis Hadford ganz bestimmt schwindsüchtig war und Ronnie spindeldürr und die Baker-Kinder ebenfalls spindeldürr, und dass sie alle nicht genug Milch und Sahne bekamen. Ihre Schwächlichkeit, meinte Mutter, rühre daher, dass sie in der ‹Stadt› lebten. Wenn das Leben in Wyndham ein Leben in der ‹Stadt› war, dann gefiel es uns

Kindern, und auch, wenn Mutter bald sehnsüchtig und stolz von der Zeit zu reden begann, ‹als wir in den Hütten wohnten, ein halbes Jahr lang, den Winter hindurch, im Schnee, als Dorry noch ein Baby war›, hätten wir Wyndham nicht gegen Glenham oder Edendale oder Outram tauschen mögen. Wir spielten mit den Hadfords und den Bakers. Wir spielten Nachbarn und Besuch und Schule, und ich war die Lehrerin, und meine Mutter guckte von der Küchentür aus zu, und ich hörte, wie sie zu Mrs Lyles sagte, die gekommen war, um Mehl zu borgen: – Sie wird mal Lehrerin, wenn sie groß ist!

Das Leben in Wyndham war voller Aufregungen! Ronnie Hadford steckte sich eine Holzperle in die Nase und bekam sie nicht wieder heraus; Mavis Hadford brach sich ein Bein und musste ins Krankenhaus, und als sie wieder nach Hause kam, hatte sie Krücken, und wir sagten: – Leih uns mal deine Krücken, Mavis, und weil sie so damit geizte, versuchten wir mit einer von Großmutters Krücken gebrochenes Bein zu spielen, aber die waren zu groß, deswegen bauten wir uns lieber Stelzen und spazierten auf Stelzen in der Ferry Street auf und ab, bis Isy ausrutschte und sich an einem vorstehenden Nagel das Schienbein aufriss.

– Mein Schienbein, sagte sie.

Schienbein. Schienbein. Der Arzt nähte es, eine weiße Narbe blieb zurück, und eine Zeitlang sprach meine Mutter von einem anderen Unfall, den Isy vor meiner Geburt gehabt hatte.

– Als Isy ein Baby war und *Jeyes* Fluid getrunken hat und ich ihr ein Brechmittel eingeflößt habe.

Ein Brechmittel?

– Ich hab ihr ein Brechmittel eingeflößt und bin ganz schnell mit ihr zum Arzt.

Oh, meine Mutter war so mutig und so flink! Tommy Lyles arbeitete als Rotter bei der Eisenbahn und wurde ganz in der Nähe unseres Hauses vom Zug überfahren, und Mutter zerriss Bettlaken, um ihn damit zu verbinden, beinahe als hätte sie schon ihr ganzes Leben lang auf eine Gelegenheit gewartet, Bettlaken zu zerreißen. Es war etwas, das ständig vorkam; die Zeitung berichtete von Leuten, die zu einem Unfallort rannten und Bettlaken zerrissen. Von diesem Unfall mochte Mutter hinterher nicht erzählen. Sie machte ihn nicht zu einer weiteren Begebenheit aus ihrem Leben, ‹als Tommy Lyles überfahren wurde und ich die Bettlaken zerriss und ihr klein wart›, denn Tommy Lyles war gestorben.

Wir mieden es, in der Nähe der Gleise zu spielen, wo Tommy Lyles überfahren worden war, und wir blickten voll Ehrfurcht auf das Haus, in dem er gewohnt hatte, und wir starrten Mrs Lyles an, weil sie seine Frau gewesen war, und einmal machte ich nachts die Gardine auf und schaute aus dem Fenster auf ihr Haus, um es in der Dunkelheit zu überraschen und zu sehen, ob es sich verändert hatte und die Veränderung nur nachts zu erkennen war, aber ich konnte nichts Besonderes daran entdecken, es war ein ganz gewöhnliches Eisenbahnerhaus, genau wie unseres, nur dass vorn auf dem Rasen ein Cabbage Tree wuchs.

Noch Wochen nach dem Tod von Tommy Lyles hing das Thema Tod in der Luft. Manchmal legte meine Mutter plötzlich die Hand aufs Herz und keuchte, und in ihrem Gesicht stand Angst. Den Leuten schien auf der Zunge zu liegen: Denk dran, was Tommy Lyles passiert ist. Und wir, die wir vorher so gerne an den Bahndamm gegangen waren, um die wilden Wicken zu pflücken, gingen dort nicht mehr hin, weil Tommy Lyles dort gelegen hatte. Natürlich hatten wir ihn nie

Tommy genannt. Er war Mr Lyles. Im Kopf hörte ich bisweilen meinen Vater in schrecklich düsterem Ton sagen: – Mum, Tommy Lyles ist auf dem Weg ins Krankenhaus gestorben.

– O nein, Curly.

Denn es war mein Vater, der den Zug gelenkt hatte, welcher ihn überfahren hatte.

Jetzt war Krieg, und es gab Verletzungen, die keine Fußballverletzungen waren. Bei so vielen Nachbarn bekamen wir jetzt auch mehr Besuch, beinahe jeden Abend einen Mr und eine Mrs von hier oder da, und während meine Mutter mit den Frauen über Kinder und die Regierung plauderte, erzählten sich die Männer Geschichten aus dem Krieg. Mein Vater sprach immer mit einer besonderen Stimme, wenn er vom Krieg erzählte.

– Ja, wir waren im Krieg. In den Schützengräben.

– Die Schützengräben. O nein, Curly, sagte meine Mutter dann, wobei sie blass wurde und sich die Hand aufs Herz legte. Ich war mir nicht sicher, was Schützengräben waren, aber ich wusste, dass sie etwas Schreckliches sein mussten.

– ‹Mademoiselle from Armentières, *parley-vu*›, sang mein Vater. ‹Pack up your troubles in your old kit bag and smile, smile, smile. Carry me back to Blighty. I want to go home, I don't want to go to the trenches no more.› Ich will nach Haus, ich will nicht wieder in den Schützengraben.

Mir war der Krieg ungeheuer, und ich bekam Angst, wenn mein Vater sang:

‹I want to go home,
I want to go home,
I don't want to go to the trenches no more

where the bullets and shrapnels are flying galore.
Take me over the sea
where the Allemands won't get at me.
Oh my, I don't want to die,
I want to go home!›

Wir alle wussten, wenn Vater dieses Lied sang, war er im
Krieg; das Lied enthielt etwas, das hier, jetzt, für uns – in der
Ferry Street Wyndham Southland Südinsel Neuseeland Süd-
halbkugel Welt Kosmos – von Bedeutung war; und diese Bedeutung zeigte sich in den Zeilen:

‹Oh my, I don't want to die,
I want to go home!›

Ich will nicht sterben, ich will nach Haus. Wenn ich das Lied
hörte, entnahm ich der Art, wie mein Vater sang, und seinem
Mienenspiel, dass er Angst vor dem Sterben hatte, und wenn
meine Mutter ihn singen hörte, entnahm ich ihrer Miene,
dass sie sich wünschte, dass mein Vater niemals sterben müss-
te, aber fürchtete, dass er vielleicht – wer weiß – man denke
nur an Tommy Lyles – vielleicht doch sterben könnte, jederzeit, heute, morgen …
– O nein, Curly, sagte sie, – sing das nicht. Du bist jetzt
nicht im Krieg.›
Meistens redeten sie vom Krieg, als wäre er ein Ort weit
weg in Übersee wie San Francisco oder Honolulu und als würden seit Menschengedenken alle paar Jahre Soldaten hinfahren, um eine Weile dort zu bleiben, und wenn man von den
Soldaten sprach, die über die Jahre dort gekämpft hatten, dann
sprach man davon, dass sie in ‹den Kriegen› gekämpft hätten.

Viele Märchen handelten von alten Soldaten, die aus dem Krieg heimkehrten. Sie gingen als Jünglinge davon, sie kehrten alt und grau heim, mit Holzbeinen und Gehstöcken …

Doch aus der Art, wie die Leute redeten, schloss ich, dass der Krieg kein Ort wie San Francisco oder Honolulu war, sondern etwas, das sich bewegte wie ein Eisberg oder eine Wolke; er war unsichtbar und bewegte sich nicht wie ein Fluss immer in dieselbe Richtung und behielt nicht wie ein Zug auf den Schienen dieselbe Form, sondern veränderte sich ständig, vielleicht wuchsen ihm Arme und Beine und ein Gesicht, aber dann verlor er sie wieder, oder sie wurden ausradiert; vielleicht senkte er eine Wurzel in den Garten oder die Straße oder ins Wasser – ins Meer oder in Flüsse – und blieb dort, wuchs in die Höhe und trieb Blüten, die anschließend wieder welkten; wurde vom Wind umhergeweht; drang in Menschen ein, in ihre Körper, nahm ihnen, gab ihnen, veränderte den Gang ihres Lebens: Das war der Krieg. Er war immer der Verfolger, während die Menschen vor ihm zu fliehen versuchten; sie sangen ‹Pack up your troubles› und ‹Oh my, I don't want to die, I want to go home.›

Aber wo wollten sie hin? Wie konnte man heimkehren, wenn man schon zu Hause war?

Oder war zu Hause ein Ort, der nicht von dieser Welt war?

Manchmal dachte ich, es wäre tröstlich und praktisch, eine solche Zuflucht zu finden.

Besonders wenn man

a. Zahnschmerzen hatte.

b. Bald zur Schule musste.

9

Grace stand auf und schaltete den Gasheizofen aus. Die Flammen hörten auf zu zischeln, das rosige Kuchengussmuster verblasste, das Zimmer wurde so kalt, als wenn es überhaupt nicht geheizt worden wäre. Der lauernde Frost fasste an die Fensterscheibe, zog die gläsernen Wettertüren auf, kroch ins Zimmer hinein und impfte die vier Ecken mit anhaltendem nächtlichem Frost, strich über Grace' Kissen, so dass es die ganze Nacht kalt blieb. Sie knipste die Bettlampe an und stieg wieder ins kalte Bett. Ihre Knochen schmerzten vor Kälte; sie sog die Luft keuchend durch die Zähne ein. Dann ging sie, weil sie das Leiden nicht länger ertrug, an die Schrankschublade, fand eine zusätzliche Decke, wickelte sich fest in die Decke und legte sich wieder ins Bett. Ah; ihre Haut begann vor Wärme zu glühen. Anne und Philip werden es warm haben, dachte sie. Das Wort verfolgte sie. Warm. Wärme. Sie versuchte sich an eine Zeit zu erinnern, in der es ihr nicht an Sonne gemangelt hatte; es schien ihr unmöglich, an andere Farben zu denken als an Grau, Weiß, Schwarz. Die Kinder werden es auch warm haben, dachte sie, denn Kinder werden besonders ausgestattet. Ich habe keine Wärmflasche oder Heizdecke, nur eine Wolljacke und eine Wolldecke zwischen den Laken; menschliche Haut ist das Einfachste und Beste.

Und trotzdem gefiel Grace die Kälte, jetzt, wo sie aus ihrem Bett verbannt war. Ihr strömten kalte, klare Gedankenbänder durch den Kopf. Das Zimmer und das Bett gehörten Annes Vater, dachte sie. Wie oft musste er hier liegen, die

Kälte spüren und es sich gleichzeitig nicht eingestehen wollen, den Blick über Decke und Wände wandern lassen, die Bilder von Neuseeland: Wakatipu, die Southern Alps, Christchurch; den warmen Wind schmecken, der über das Grasland wehte; daliegen, unbewegt und ernst, mit dem Wissen, dass seine lebenslangen Erinnerungen aus einem Land — an die unendlichen Weiten der Berge, die Prärien und bewaldeten Täler — nun zusammengeschrumpft waren auf dieses spartanische weißgestrichene Zimmer. Die wenigen Habseligkeiten, die er sich aus Neuseeland mitgebracht hatte, mussten so dicht mit Erinnerungen beladen sein, dass er sie bisweilen in diesem fernen nördlichen Winchleyer Licht nicht ansehen konnte, ohne dass sich zugleich ein bleiernes Gewicht auf sein Herz legte. Und dennoch: Wie gut es ihm damit gehen musste, seine Wahl getroffen und das ganze Durcheinander seines Lebens auf ein Zimmer reduziert zu haben.

*

Grace fiel die gerahmte Fotografie von Anne ins Auge, rosig, dunkelhaarig, lächelnd; vielleicht ein Schulabschlussfoto aus dem jene Unschuld, jene milchig verschwommene Naivität sprach, die für Fotos aus der Jugend, dem Heimatort so typisch sind und die nie wieder auf einem Bild erscheinen, zumal wenn man die Heimat verlässt, um das Leben in einem anderen Land zu verbringen. Grace vermutete, dass Anne dieses Foto wohl eher nicht gefiel; aus ihm sprach ein biederer Eifer, für den weniger der Fotograf als die Atmosphäre des Heimatorts verantwortlich war, welche, natürlich aufgeladen mit Familiengeschichte und -geheimnissen und mit provinziellen Selbstgefälligkeiten und Sorgen, in das Foto eingesickert

104

war, weil sie die Straßen und die Häuser und ihre Möbel durchtränkte und in den Gesichtern der Menschen zu sehen war, dass auch sie mit ihr vollgesogen waren.

Grace musste an den Erstling einer australischen Autorin denken, die auf dem Umschlagsfoto so eifrig und unschuldig ausgesehen hatten wie Anne; auch bei ihr sah der Betrachter nicht nur die Frau selbst, sondern ihren Heimatort, ihre Familie, ihr Leben. Als die Autorin von Australien nach England übergesiedelt war und dort ein weiteres Buch mit ihrem Foto auf dem Umschlag herausgebracht hatte – wie anders war da das Foto ausgefallen, wie diskret hatte die Kamera ihre Wahrheit aus lauter kleinen Lügen zusammengesetzt; befreit von den engen autoritären Einschränkungen der heimatlichen Atmosphäre. Die Autorin wirkte adretter, modebewusster, mondäner; fast hätte man sie nicht von anderen Schriftstellerinnen unterscheiden können, man hätte ihr Foto neben andere der gleichen Machart stellen können, es wäre eines wie das andere gewesen – wie auf diesen Friedhöfen, die als Ruhegärten angelegt sind, und wenn man zwischen den Rosen und Dahlien und Gladiolen umherspaziert, wohlwissend, wie viel Asche in dem Garten begraben ist, kann man den Toten aber eigentlich keinen richtigen Platz zuordnen, weil die Grashalme auf dem Rasen einander so ähnlich sehen und man den Rosen nicht die Blütenblätter abzupfen kann, um festzustellen, welche von Mary, Henry, George oder Wilfred gedüngt wurde.

Wenn heute Fotos von der Autorin, von Anne und von Grace selbst aufgenommen würden, dachte Grace, würde aus allen diese taktvolle Verschwiegenheit sprechen, deren Meister der Tod ist; mochte man auch um die alten Fotos aus der Heimat trauern, die neuen hatten durchaus ihre Vorteile …

Grace hatte gerade die Hand ausgestreckt, um die Bettlampe auszuknipsen, als sie von Annes Foto abgelenkt wurde; jetzt legte sie sich in der Dunkelheit gemütlich zurecht, kuschelte sich in die Wolldecke, zog sich die Überdecke fast vollständig über den Kopf und schloss die Augen. Kein Laut aus dem Kinderzimmer. Philip und Anne waren noch nicht ins Bett gegangen.

Worüber unterhielten sie sich, unten am Kamin?

Grace bemühte sich, nicht daran zu denken, wie sie daran gescheitert war, durch Sprache zu kommunizieren; sie ging noch einmal ihren Anteil an den abendlichen Gesprächen durch. Hätte sie doch nur dies gesagt, hätte sie doch nur das gesagt! Warum schien sie immer mitten im Satz zu stocken und nicht weiterreden zu können, weil sich ihre Worte und Ideen in Nichts aufgelöst hatten?

Sie begann zu weinen, leise, und weinte sich in den Schlaf.

10

Ein- oder zweimal wachte sie auf, zog die Bettdecken nach unten, um ihre Arme zu befreien, und drehte sich von der Wand zur dunkel schimmernden Form des Fensters um. Sofort wogte ihr kalte Luft entgegen und berührte ihre Haut mit Eiszapfenspießen; sie lag in einem Berg aus Eis; wenn jemand ins Zimmer käme, würde er den länglichen Eisblock auf dem Bett sehen und in seinen Tiefen die rauchblaue sich verdunkelnde weibliche Gestalt einer gepeinigten Wochenendbesucherin, einen Zugvogel in der vorletzten Ruhestatt eines alternden neuseeländischen Schafzüchters. Ländliche Dunkelheit bringt die Schale des Lichts zum Überfließen; in der Stadt schwimmen kleine silberne Lichter durch die Dunkelheit wie Fische im Teich. Winchley bei Nacht war dunkel und einsam. Keine Geräusche. Keine Schwalme, Igel, Katzen, keine Wellen, die über die Mole krachen, keine Uhr, die Viertelstunden schlägt. Keine Menschen, bloß dann und wann aus dem Kinderzimmer das leise ruhelose Wimmern von Kindern, die träumen – Nicht wegnehmen, das ist meins, Mami, Noel hat es, und es ist meins, will haben, will haben, aber es gehört Sarah, Nein Nein, will haben, Mami, guck mal, was Noel macht, Papa, warum schläft Grace bei uns, wo ist mein Jesuskind, und wo sind meine Engel: ein Wimmern nach Dingen, die zerbrochen und entwendet oder so weggepackt sind, dass sie außer Reichweite sind; immerzu nach Dingen, Dingen.

Von Philip und Anne kein Geräusch; sie mussten fest schlafen. Sie mussten ihren Schlaf einfach angenommen, das Ritual mit der scheinbaren Leichtigkeit des Spiels vollzogen haben wie Filmstars auf der Leinwand – wo beide ins Zimmer traten, sich entkleideten, beide die Decken zurückschlugen, sich ordentlich auf die ihnen zugeteilte Hälfte des Doppelbetts legten, den Kopf akkurat aufs Kissen betteten, weit auseinander, als lägen giftige Dornen zwischen ihnen; dann die Hand ausstreckten, um das Licht zu löschen, ein kameradschaftliches Schlaf-gut, Nacht-Nacht riefen; Augen zu; und schon war jeder getrennt im Schlaf versunken. Früher hatte sich Grace, wenn sie schlichte Filme dieser Art sah, vorgestellt, dass die Bettgenossen, sowie die Kamera die Szene verlassen hatte, wie Puppen die Augen aufschlugen, sich aufeinander stürzten, Arme und Beine verschränkten wie komplizierte mechanische Spielzeuge, blutrot und schneeweiß ineinander verschlungen und entblößt, und sich drehten wie die Farben an der Stange vorm Friseurgeschäft. Grace wusste, dass dieser surreale Film viel häufiger der Wirklichkeit entsprach und dass Mann und Frau ins Bett stiegen, rücksichtsvoll die Decken ordneten, damit jeder seinen gerechten Anteil bekam, das Licht ausmachten, Gute Nacht, Träum süß oder Schlaf schön sagten und einschliefen, ausgestreckt wie die Leichen, als dächten sie jeder für sich an den Tod und die Sorgen und das Geld, das sie sparten, für den Fall, dass sie nachts sterben würden, weil sie ihren Körper schon dezent so arrangiert hätten, dass er gleich in seinen Sarg passte.

Dann und wann hörte Grace ein Seufzen oder Murmeln von Philip oder Anne; irgendwas, das im Traum gesagt wurde. Ich bin die ewige Lauscherin, dachte Grace; immer mit dem Ohr an der Wand zum Leben anderer Leute; so aus zweiter Hand zu existieren scheint gar nicht möglich. Ich habe das Gefühl, wenn ich ein Mensch wäre und nicht wie jetzt zum Glück ein Zugvogel, dann wäre ich eine der ersten programmierten menschlichen Maschinen, mit kalten Augen, die in bestimmten Abständen Strahlen aussenden, und einem Mund, der seine Strichcodes absondert.

Widerstrebend stand sie auf und benutzte den Nachttopf, ein großes geräumiges Gefäß mit hohen weißen Wänden wie die Klippen von Dover. Die Briten, dachte sie, sind so gastfreundlich.

*

Ein Kind weinte. – Mami, Mami. Der Klang verschlafener Stimmen aus dem Elternzimmer, langsam wie im Traum Annes Schritte durch den Flur, während Philip förmlich, als besäße er das schlagende Argument gegen das Gewecktwerden, erklärte: – Es ist fünf Uhr früh.

Abermals Stille. Sarah war zwischen Mama und Papa ins Bett gekrochen, wo alle drei, weder Filmstars noch Leichen, die zweite Portion Sofortschlaf erbaten und bekamen, eine von müden Müttern und Vätern und Kindern hochgeschätzte Mixtur. Als Gabe des Mitgefühls, zum Lohn und Ausgleich für Einsamkeit und dafür, dass ihr die menschliche Wesensart verwehrt und sie gezwungen war, als Zugvogel zu leben, wurde Grace eine Dosis des familiären Rezepts für Frieden nach Ermüdung gewährt, und sie schlief ein und wachte erst bei Tageslicht wieder auf, zum laut gesungenen Lied vom Dorfschmied oder vielmehr einer eigenen Fassung von Noel, der in seiner eigenen Sprache und verschiedenerlei Melodien – so war anzunehmen – das Lob des Erwachens sang und dabei an Essen, Licht, Spiel, Krieg und Liebe dachte.

Aber … Sugar Puffs … Waren die nicht der kleinste gemeinsame Nenner des Aufwachens?

II

Samstagsfrühstück. Sich in der Zeit verschätzend, wie üblich zu früh, kam Grace nach unten und fand dort Anne vor, beim Füttern der Kinder mit ihren Sugar Puffs. Merkwürdig außerstande, sich für ihr Eindringen zu entschuldigen, mit dem Empfinden, machtlos und verzaubert und wie ein Kind zu sein, setzte sie sich zu ihnen an den Tisch und wartete wie ein kleiner Vogel mit aufgesperrtem Schnabel auf ihre Zuteilung an Sugar Puffs; und vollkommen natürlich, so als wäre sie wirklich ein Kind, machte sich Anne daran, den Platz vor Grace zu decken, ihr Löffel, Messer, Teller, Tasse und Untertasse hinzustellen, während Grace den morgendlichen Anblick in sich aufnahm, der immer so anders ist, so unabwendbar und schattenlos, verglichen mit der verbleibenden schläfrigen Erinnerung vom Ankunftsabend.

Grace schüttelte sich. Der kommende Tag erschien ihr so lang, so unbegrenzt und unerträglich mit Licht gefüllt; sie würde sich nirgends verstecken können; selbst das in die Küche fallende, graue nördliche Licht war gnadenlos in der Art, wie es die Umrisse aller Dinge betonte, den Möbeln und Kleidern eine winterliche Armut verlieh und den Gesichtern von Anne und den Kindern einen Anstrich von Alter und Trostlosigkeit. Die Mauern und Fenster und Dächer der Häuser im Norden, dachte Grace, bieten keinen Schutz gegen Eindringlinge; der strenge Winter bezwang Möbel und Menschen genauso wie Bäume und Hecken und Gras. Plötzlich ging ihr der mögliche Grund für die Besorgnis ihrer Eltern auf, wenn sie als Kinder draußen auf der Weide gespielt hatten und beim Nachhausekommen von Mutter oder Vater beinahe ängstlich begrüßt wurden:

– Hoffentlich bringt ihr nichts von draußen rein!

Sie verstand auf einmal den Schrecken, der von ‹draußen› ausging, die ewigen Kämpfe dagegen, das Wohlbehagen und die tiefe Freude der Menschen, die ihre erste Nacht in der ersten Höhle verbrachten; doch auch sie mussten sich gegen Viecher und derlei von draußen zur Wehr setzen; kein Wunder, dass es einen Menschen in den Wahnsinn treiben konnte, wenn er fürchtete, dass seine letzte Zuflucht, die eigenen Gedanken und Träume, keinen Schutz boten.

– Sarah, lauf mal hoch und sag Papa, es ist Viertel vor zehn; sag ihm, Grace wartet mit dem Frühstück auf ihn.

– Bitte wecken Sie niemanden bloß meinetwegen.

Grace sagte ‹niemand› statt Philip, denn es fiel ihr schwer, Philip und Anne mit dem Vornamen anzureden, und bis jetzt hatte sie das Problem umgangen, indem sie ‹er›, ‹sie› und ‹Sie› sagte.

– Doch, es wird ihm nichts ausmachen. Philip schläft so gern, aber er wird unglücklich sein, wenn ihn keiner weckt. Nun lauf, Sarah, geh Papa wecken.

Gehorsam lief Sarah nach oben, und eine Viertelstunde später erschien ein verschlafener Philip, mit einer Miene, als hätte er den Samstag verschlafen.

– Hallo. Haben Sie gut geschlafen?

– Ja, danke, sagte Grace steif.

Er sah sie an, als warte er darauf, dass sie Einzelheiten über ihren Nachtschlaf lieferte. Hastig erwiderte sie:

– Das Bett ist sehr bequem.

– Ein höflicher Gast, sagte er lächelnd, wartend.

Unter dem Druck seines Blicks hätte sie beinahe gesagt:

– Oh, ja, ich habe sehr gut geschlafen, danke, ich habe seltsam geträumt, ich habe geträumt, dass –

– Das Bett war also bequem?

– Ja, danke.

– Wenn Sie wiederkommen und Dad da ist, werden Sie sehen, dass das andere Zimmer spartanischer ist.

– Ach!, rief Anne plötzlich mit bestürzter Miene. – Ach! Ich hoffe, es macht Ihnen nichts aus, die Saatkartoffeln im Zimmer zu haben.

(Ob Elternschaft wohl eine vermehrte Angst vor Dingen, die ‹von draußen reinkamen›, mit sich brachte, fragte sich Grace.)

– Ich hatte ihr die Kartoffeln gezeigt, sagte Philip.

– Es macht mir nicht das Geringste aus, versicherte Grace ihnen. Sie konnte sich gerade noch so weit zurückhalten, dass sie nicht hinzufügte: – Ich finde es *schön*, Saatkartoffeln in meinem Zimmer zu haben, wenn ich übers Wochenende zu Besuch bin, obgleich es sie überraschte, dass sie nicht etwas ähnlich Dummes von sich gab.

Sarah und Noel hatten fertig gefrühstückt. Der Goldrausch der Erwachsenen war in vollem Gange, Philip, Anne und Grace löffelten eifrig ihre Sugar Puffs, während Philip zwischendurch erklärte, dass es sich bei den Saatkartoffeln um eine neue Sorte handelte, die hoffentlich gut gedeihen würde.

– Wodurch zeichnet sie sich aus?, fragte Grace erglühend, weil ihre Äußerung von tiefer Intelligenz zeugte, während ihr nebenbei einfiel, dass sie, wenn sie Kartoffeln kaufte, nach ‹King Edward, bitte› verlangte, wobei es auch andere Sorten gab, Arran Chief … Kartoffeln wurden fast so wie Hunde ihrer besonderen Eigenschaften wegen gezüchtet … oder nicht? Sie hatte sich nie darum geschert, warum manche King Edward hießen; eine interessante Art, berühmt zu werden, indem eine Kartoffel nach einem benannt wurde.

– Sie sollen angeblich wie Kumaras schmecken.

– Ach, sagte Grace.

Schon wieder Neuseeland. Sie erinnerte sich an Kumaras, goldcremig und süß, und an den Korb aus Flachs, den der alte Jimmy ihrem Vater geschenkt hatte, eigens ein Kumara-Korb; und an die Art, wie ihre Mutter über Kumaras geredet hatte, mit lauter irritierenden Anspielungen, als gehörten sie in eine Welt, die nur die Mutter kannte und an der ihre Kinder keinen Anteil hatten: die Welt der Maori und der Maori Pa und der alten Wal- und Robbenfänger um die Inseln. Grace wusste, dass ihre Mutter eine großzügige Frau gewesen war, die niemals etwas dagegen gehabt hätte, das, was sie besaß, mit anderen zu teilen, doch hatte sie zugleich einen so besonderen Wert auf ihre Erlebnisse gelegt, dass man meinen konnte, je mehr sie davon erzählte und mitteilte, umso mehr hortete sie sie in ihrem Innern wie ein Geizhals seine Schätze, drehte sie im Licht, betrachtete sie andächtig, freute sich an ihnen und hüllte sie selbstsüchtig in ihre Träume.

– Sie haben Kumaras schon einmal gegessen?

– O ja, ja.

Er wollte also in seinem Garten in Winchley ein Stückchen Neuseeland anbauen. Grace kamen weitere Bilder aus dem Heimatland in den Sinn; rasch packte sie zu und schob sie weg. Sie nahm ein Blatt der Morgenzeitung vom Stuhl neben sich und tat so, als würde sie lesen, aber sie war außerstande, die Worte oder ihre Bedeutung aufzunehmen. Sarah kam mit einer kleinen nackten, in einen Frotteelappen gewickelten

Puppe zu ihr und erklärte, ihre Puppe sei das kleine Jesuskind. Anne nahm Noel vom Töpfchen und begann ihn wie einen Weltraumfahrer zu verkleiden, für seinen Vormittagsschlaf im Kinderwagen auf dem Rasen.

Abgesehen vom Gemurmel der Kinder war es still. Grace dachte: Vielleicht sollte ich mich zu irgendwelchen Nachrichten äußern. Leider gehörte sie zu den Leuten, die anderen zur Last und sich selbst zur Qual werden, weil ihr Leben davon beherrscht ist, was sein ‹sollte›. ‹Was soll ich tun? Meinen Sie, ich sollte →› … Sie können keine Situation einfach laufenlassen; sie müssen eingreifen, die Dinge richten, verändern, jeder Situation sofort die eigene Sorge um ‹soll› und ‹sollte› aufbürden.

– Ich fürchte, ich kann kein Wort von dem behalten, was hier in der Zeitung steht, sagte sie und meinte das als Entschuldigung.

– Sarah! Annes Ton war scharf. – Komm weg da. Lass Grace in Ruhe, sie möchte Zeitung lesen.

Als Grace gesagt hatte: ‹Ich kann kein Wort behalten›, hatte Philip sie mit einem kleinen wachen Ausdruck der Sorge angesehen; sie sah es in seinen Augen, so als hätte sich ein Gedanke oder Gefühl, das dort schlief, bewegt und damit Flocken einer Sorge aufgewirbelt wie Staub.

Grace wünschte, sie hätte geschwiegen.

– Ich kann mich auch oft nicht konzentrieren, sagte Anne anteilnehmend.

– Zeitungen sind so ziemlich das Einzige, was ich am Wochenende schaffe, und schon das ist ein Kampf, sagte Philip in aufmunterndem Ton.

Fast war es, als wäre sie, indem sie ihre Bemerkung machte, zusammengebrochen, und Philip und Anne wären ihr zu

Hilfe geeilt, in Sorge um sie, bestrebt zu erklären, dass auch sie regelmäßig zusammenbrachen.

Ich muss aufpassen, dachte Grace, dass ich nicht noch mal eine solche Bemerkung mache.

– In Südafrika ist die Hölle los, sagte sie munter und deutete auf eine Überschrift.

– Was ist denn passiert?, fragte Philip.

Philip und Anne lagen mit wachem Blick da, den Kopf zwischen den Pfoten, und lauerten auf jedes ihrer Worte. Von Panik erfasst, huschten ihre Ideen und die Worte, mit denen sie zu stützen gewesen wären, unter das schützende Blätterwerk der Inkohärenz.

– Ach, das Übliche, sagte sie töricht und deutete auf einen Absatz.

Plötzlich lag das Jesuskind auf ihrem Schoß. Sie nahm die Puppe und lehnte sie mit dem Kopf ans Tischbein; sie hatte keine Augen; sie waren herausgepult worden, und die Höhlen waren eingerissen wie winzige Kreidebrüche; ihr Bauch war rund, ihr Bauchnabel (das auffallende und einzige von Puppenmachern gestattete Körpermerkmal und deswegen mit aller Liebe zur Anatomie gestaltet) mit einem Rand versehen und tief wie ein winziges aufblasbares Planschbecken; die Puppe hatte kein Geschlecht, aber Sarah versicherte Grace, sie sei das Jesuskind, ein Mädchen.

Vor lauter Hemmungen ließ Grace die Puppe weiter an den Tisch gelehnt sitzen und widerstand der beängstigenden Versuchung, sie in den Arm zu nehmen und sich an die Brust zu drücken. Wie so viele Kinder, die empfindliche Antennen für die Gefühlsregungen der Erwachsenen haben, erspürte Sarah, wie gerne Grace ihr Jesuskind besessen hätte. Sie streckte unversehens die Hand aus und nahm es wieder an sich, schloss es beschützend in die Arme, deckte ihm den Kopf mit dem Frotteestoff zu.

Sie sah Grace direkt, aber freundlich in die Augen.

– Das ist mein Jesuskind, sagte sie sanft herausfordernd.

Verstohlen sah sich Grace um. Hoffentlich hat das keiner gesehen, dachte sie. Hoffentlich kann keiner meine Gedanken lesen. Wäre ich doch bloß nicht so ausgesetzt; wäre es bloß Zeit zum Schlafengehen; es ist nicht Nacht, sondern Tag, und der hat ‹tausend Augen›. Ach, wäre –

– Mögen Sie Reis?

Anne war in Gedanken bereits beim Mittagessen.

– O ja, sagte Grace entschieden. Anne hätte gerade so gut fragen können, ob sie Gedichte möge oder das Theater oder das Landleben. Ja war Grace' Lieblingswort; es ersparte einem so viele Erklärungen; wenn man Nein sagte, wurden einem viel häufiger Erklärungen abverlangt, wurde darauf gewartet, dass man etwas sagte, wurde widersprochen, um zu beweisen, dass das Nein ein Ja hätte sein sollen.

– Dad ist komisch, sagte Anne. Sie brach ab und übertrug Philip mit einem Blick die Verantwortung dafür, sich über die Marotten ihres Vaters auszulassen.

– Ja. Philip lachte. – Dad behauptet, Reis sei eine Nachspeise. Er isst ihn nicht als Beilage zum Hauptgang, sondern lässt ihn einfach weg. Aber wenn es denselben Reis am nächsten Tag als Nachspeise gibt, dann isst er ihn.

– Na ja, er hat Reis eben nie als Hauptgang gekannt, sagte Anne, ihren Vater, jetzt, wo er kritisiert wurde, in Schutz nehmend. – Für ihn war Reis immer eine Nachspeise.

Sie lachte leise, ohne klagenden Unterton, und sagte nur mit Staunen in der Stimme: – Ich muss für Dad extra kochen. Er ist schrecklich eigen. Was ist mit Ihnen, Grace?

– Nichts, ach nichts.

Reden sie von Annes Vater?, fragte sich Grace stumm. Oder von meinem Bruder Jimmy und dem Tag vor zwei Jahren, als er zu mir sagte:

– Ich kann kein Ei essen. Ich habe Eier noch nie essen können,

und mir klar wurde, dass mir in den dreißig Jahren oder mehr, die ich ihn kannte, nie aufgefallen war, dass er keine Eier aß; die Offenbarung war nicht so simpel, wie es schien; er musste dreißig Jahre lang einen Geheimpakt mit meiner Mutter gehabt haben, eine Abmachung, dass für ihn extra gekocht würde; warum hatte er nie darüber geredet? Leute reden gern über das, was ihnen nicht schmeckt. In der Familie hat es mir einst Ruhm und Ehre eingetragen, dass ich keine Ananas mochte; alle machten sich über meine Portion her; bis zu dem Tag, als ich beschloss, sie zu kosten und mich fortan ständig gegen die eingespielte Tradition zur Wehr setzen musste, dass ich keine Ananas möge!

Ich fragte mich, ob es über meinen Bruder noch weit wichtigere Dinge zu wissen gab, von denen ich nichts ahnte. Ich erinnere mich an meine Bestürzung, als er sagte: – Ich esse keine Eier … Meine Auflehnung, Eifersucht. Leere. Als wäre mir etwas durch eigenen Leichtsinn entgangen.

– Es ist schade, dass ich Ihren Vater nicht kennenlerne.

– Sie werden wiederkommen müssen, um sich mit ihm über Leberegel und Breinieren zu unterhalten, sagte Philip und lächelte Grace zu. Es war ihr peinlich, an die lebhaften Zeilen über Schafkrankheiten erinnert zu werden, die sie Philip zur Antwort auf seine Einladung geschrieben hatte. Ach, könnte sie doch nur immer in einer Welt der Schriftwechsel leben und (wie sie meinte) wagemutige, phantasievolle, geistreiche Briefe schreiben, aus denen nichts von ihrer Unbeholfenheit im direkten Umgang mit Menschen abzulesen war!

– Ja, antwortete sie unpassend. – Ja, ich muss wiederkommen. Ich bin gern hier.

O Gott.

Sie sah sich ziellos in der Küche um.

– Eine Zigarette?

– Nein danke, ich rauche eigentlich nicht. Ach, ich nehme doch eine, danke. Ich rauche nur in Gesellschaft.

Als sie zu spüren meinte, dass die Momente, die sie bis dahin wie ein Kreis unentrinnbar umschlossen hatten, allmählich in typische Samstagvormittagsbindestriche zerfielen, schlüpfte sie durch eine Lücke zwischen zwei Momenten, murmelte eine Entschuldigung und entfloh auf ihr Zimmer. Ihr Bett hatte sie schon gemacht. Aus ihrer Tasche hatte sie alles Notwendige ausgepackt. Sie hatte viel zu viel mitgenommen, weil sie sich von Träumen hatte verführen lassen:

– Trinken Sie einen Sherry. Das ist Anne, meine Frau. Anne, das ist Grace Cleave.

Ich habe als Kind zu viele Filme gesehen, dachte Grace. Nie würde sie sich dem Einfluss des Samstagskinos entziehen können, aus der Zeit, als sie allwöchentlich mit ihren drei Schwestern und ihrem Bruder zu dem ihnen spendierten Vergnügen ins Majestic oder das Opera House gezogen war. In den Filmen tranken alle Ehefrauen Sherry. Und Mae West auch. In Grace' Familie war die Einladung ‹Trinken Sie einen Sherry› eine Einladung zu moralischer Verworfenheit.

Grace lächelte in sich hinein; die Naivität ihrer Vorstellungswelt war unglaublich. Alle Journalisten sind intellektuell, abgeklärt, ihre Ehefrauen setzen ihnen Hörner auf und trinken Sherry; ihre Häuser sind amerikanische Träume; sie steigen – nein, sinken – in schnelle rote oder weiße Autos und brausen über Landstraßen, wo sie die Einheimischen mit Schlamm bespritzen und in schmalen Gassen auf die Hupe drücken …

Grace zog den Reißverschluss an ihrer Tasche zu. Sie schämte sich, dass sie so lange gebraucht hatte, um sich zu entscheiden, was sie am Wochenende anziehen sollte. Sie war zuvor erst ein- oder zweimal übers Wochenende verreist, und das letzte Mal war eine Tortur und eine Offenbarung zugleich gewesen, so dass Grace nach ihrer Heimkehr ganz besessen von ihrer neuesten Erkenntnis über die Menschheit gewesen war – als Frau, die für ein Wochenende verreiste, hatte man eine Handtasche mit einem Taschentuch dabei, und wenn man sich schnäuzen wollte, knipste man die Tasche auf und nahm das Taschentuch heraus.

Und das hatte Grace nicht gewusst! Sie steckte sich ihr Taschentuch immer in den Ärmel, und sie hatte noch nie eine Handtasche im Haus mit sich herumgetragen; das würde doch aussehen, als traute sie den Leuten nicht.

Es war ein so langwieriges Unterfangen, sich an die Gebräuche und Sitten der Welt zu gewöhnen; Grace glaubte nicht, dass sie es jemals schaffen würde.

Sie inspizierte die Strickjacke und den Rock, die sie über eine Stuhllehne gehängt hatte. Es ist wahr, dachte sie. Ich sehe aus wie ein arbeitsloses Dienstmädchen. Sie hatte schon als Dienstmädchen gearbeitet und das als gelungene Tarnung empfunden, doch jetzt, wo sie die Tarnung ablegen wollte, stellte sie fest, dass sie mit ihr verwachsen war. Sie war Grace so zur Gewohnheit geworden, dass sie noch jüngst, erst ein paar Tage vor ihrer Reise nach Winchley, von einer Frau mittleren Alters, die sie in der Earl's Court Road nach dem

Weg gefragt hatte, sozusagen darauf angesprochen worden war:

— Das ist gleich hier entlang, ich will auch in die Richtung, hatte sie gesagt, um ihr anschließend auf den hundert Metern gemeinsamen Weges, von ihrem Äußeren ausgehend, den Rat zu geben, sie solle eine bestimmte Agentur in der Kensington High Street aufsuchen, wenn sie eine wirklich gute Stelle in einem Haushalt finden wolle; dort gebe es vier Shilling die Stunde zuzüglich Fahrgeld, und man komme in eine moderne Wohnung bei reichen Leuten, die einem, wenn man sich als anstellig erwies, frische Eier und Sahne von ihrem Wochenendhaus auf dem Lande mitbrachten.

— Die Eier und Sahne muss man natürlich bezahlen, sagte die Frau. — Aber sie sind frisch. Folgen Sie meinem Rat, und gehen Sie direkt in diese Agentur in der Kensington High Street.

— Danke. Das werde ich machen, hatte Grace versprochen.

12

Grace verspürte zunehmend Panik bei dem Gedanken, sich nach unten zur Familie zu begeben. Je länger sie in ihrem Zimmer blieb, desto größer wurde die Angst. Sie beschloss, durch einen Spaziergang die Peinlichkeiten zu vermeiden, die entstanden, wenn sie sich gesellig zu geben versuchte. Sie zog ihren Mantel an und band sich das Kopftuch um, nahm ihre Handschuhe und ihre kleine Handtasche und ging mutig hinunter in die Küche.

– Grace-Cleave wird jetzt spazierengehen, sagte sie, Sarahs Redeweise nachahmend.

– Laufen Sie noch durch London?, fragte Philip.

Beim Interview in London hatte sie auf seine Frage: – Wie verbringen Sie Ihre Zeit, wenn Sie nicht schreiben, die Antwort gegeben: – Ich laufe durch die Straßen, ich laufe und laufe.

– Ja, ich laufe immer noch viel.

– Weite Strecken?

– Ach, sagte sie kühn, wohl wissend, dass sie nur während des Busstreiks so weit gelaufen war, – zum Beispiel von Kentish Town nach Camberwell.

– Von Kentish Town nach Camberwell!

– Aber ja. (Als wäre das eine alltägliche Wegstrecke).

– Meistens (sie schwächte ihre Übertreibung ab) laufe ich nur zwei oder drei Meilen.

– Dad geht auch gerne spazieren, nicht wahr, Philip?

– Ja. Dad läuft jeden Nachmittag ein paar Meilen. Aber früher hat er das nicht gemacht.

– Oh, doch, auf der Farm gibt es viele Wege zu erledigen.

– Ist er nicht geritten?

– Schon, aber die Zäune muss man zu Fuß inspizieren und Schafe suchen auch …

– Aber das wird doch auch meistens zu Pferd gemacht, oder, Schatz?

– Ja, vermutlich schon.

Philip lachte schallend.

– Dad läuft vor allem wegen der Verdauung.

– Ja, das stimmt. Er ist so schamhaft damit, oder, Phil?

– Ich glaube, er läuft gern, aber er denkt dabei meistens an seine Verdauung.

– Aber es gibt ihm was zu tun, Phil, oder?

– Ja, Schatz.

Grace bewegte sich zur Tür. Ihr drehte sich der Kopf vor Untertönen.

Ganz vorbildlicher Gast, sagte sie:

– Ich bin dann ein paar Stunden unterwegs.

Ann, die dabei war, Vorbereitungen für die wöchentliche Wäsche zu treffen, und sich an der Waschmaschine zu schaffen machte, beugte sich hinunter und angelte einen kleinen nassen Schuh heraus.

– Oh, Phil, hier ist Noels Schuh. Meinst du, er wird wieder trocknen?

Sie drehte sich zu Grace um.

– Wir dachten daran, heute Nachmittag nach Winchley zu fahren, um Ihnen ein paar Sehenswürdigkeiten zu zeigen und Sarah ein neues Buch aus der Bücherei zu holen. Möchten Sie mitkommen?

– O ja!

– Es ist ein schöner sonniger Tag.

– Wir essen gegen eins, sagte Philip, ganz der zuvorkommende Gastgeber, als Grace zur Hintertür hinausging. Er kam hinterher.

– Möchten Sie eine Karte mitnehmen?

– O ja!

Er suchte ihr eine Karte.

– Danke vielmals.

Er markierte ihre Straße.

– Sie sind hier. Das Dorf liegt in dieser Richtung. Dort ist der Golfplatz.

Sie gingen in den Garten. Er zeigte auf einen kleinen alten grauen Rosmarinstrauch zwischen den erfrorenen Pflanzen.

– Wir hoffen, dass der Rosmarin überlebt hat. Wir haben ziemliches Glück, dass er bisher so gut gewachsen ist, hier oben.

– Ja, sagte Grace.

Er zeigte ihr die Gartenpforte nach hinten hinaus und den Weg, der sie ins Dorf führen würde.

– Auf Wiedersehen.

– Auf Wiedersehen. Bis nachher.

Allein, draußen vor der Pforte, atmete Grace erleichtert die Freiheit ein.

13

Sofort ging ihr auf, dass sie sich im Wetter getäuscht hatte. Drinnen im Haus, bei Philip und Anne und Sarah in der Küche, lebendigen Menschen, war es Grace, immer wenn sie aus dem Fenster guckte, erschienen, als wollte es ein sonniger Tag werden. Auch Anne hatte sich täuschen lassen, denn sie hatte im warmen Schoß der Familie gesagt: – Es ist ein so sonniger vielversprechender Tag.

Das erste harte Morgenlicht hatte den Eindruck erweckt, als würde es von winterlicher Sonne gemildert – jedenfalls beim Blick aus der Küche der Thirkettles.

Jetzt, allein, mühselig über die Eisschichten auf dem Pfad durch den Park stapfend, schaute Grace ringsum auf eine Landschaft, aus der alles Leben gewrungen war; aufgeweichtes Gras; kleine schwarze Schneehaufen; Schneematsch; die Bäume so kahl und grau, als wäre der Schneesturm wie eine Heuschreckenplage durchgefegt und hätte alles Lebendige verschlungen. Grace stampfte mit den Füßen, um ihnen die Taubheit auszutreiben. Sie lief vorsichtig, die Arme leicht abgespreizt wie Flügel. Hier oben im Norden schien es irgendwie vom Himmel her zu ziehen, als hätte jemand das nördliche Tor zu den Häusern der Götter offen gelassen; es waren die unbarmherzigen Götter – Donner, Krieg, Rache, Nacht; der Wind, der aus ihren Himmelshöhlen blies, war von so durchdringender und lähmender Kälte, dass Grace am liebsten auf dem Eis niederknien und um Gnade betteln wollte. Zitternd lief sie weiter und weiter, und während ihr Körper vergeblich um ein bisschen Nachsicht vonseiten des Wetters flehte, weidete sich ihr Geist noch immer am Drama dieser fremden Hemisphäre, in der Norden ein bedrohliches Wort war und der Süden Sonne und Wärme verhieß. Die üblichen Redewendungen ihrer Heimat – oben im Norden, unten im Süden – besaßen in diesem Teil der Welt keine Bedeutung. Die beiden Wendungen zusammengenommen – oben im Norden hier, oben im Norden dort – hoben sich in ihrer Bedeutung gegenseitig so vollkommen auf, dass Grace meinte, sich in einer Wüste oder einem Schneefeld der Bezüge verirrt zu haben; ihr Geist wurde kalt; Ja-ja schlug Nein-nein tot; Tag und Nacht wurden gemeinsam ausgelöscht …

*

Schließlich gelangte sie zu der kleinen Ansammlung von Geschäften, die das Dorf ausmachten. Sie fand nur die üblichen verstaubten Auslagen eines Dorfladens vor – gigantische Zigarettenschachteln, Pappbutter, angerostete Büchsen mit Pfirsichen und Birnen, reduziert; das Knopf-Nähgarn-Woll-Durcheinander eines Textilgeschäfts; verschrumpeltes Obst, ‹tagesfrisch›. Sie hätte auch in einem ärmeren Stadtviertel von London sein können. Wenigstens, dachte sie, ist der Himmel frei vom Londoner Rauch. Sein Licht war fern und grau, und jetzt, wo sie eine Weile gelaufen war, wurde sie von der eisigen Luft belohnt, gebissen, geschlagen, als wäre es, obwohl sie so häufig missverstanden wurde, ihre Absicht, die Menschheit zu neuem Leben zu erwecken, statt sie in Eis einzusargen.

Das gilt auch für Vögel, dachte Grace, weil ihr einfiel, dass sie verwandelt worden war; Philomele; Prokne; es war eine alte Tradition; wir müssen die Mythen bewahren, dachte sie;

nur so werden wir überleben. Überleben, überleben; das Wort machte sie müde; hier in der nördlichen Hemisphäre wurde genauso viel an die Schwierigkeiten des Überlebens gedacht wie an Nahrung, Sex und Obdach, und das war nicht mehr nur dem Norden vorbehalten; selbst im warmen Süden beschäftigte es die Geister; würden sich die Jahreszeiten wandeln; würden sich die Menschen wandeln – in Tiere oder Vögel verwandeln, so wie sie es bereits getan hatte?

Sie faltete ihre Karte von Winchley auf, fand das Dorf, sah auf ihre Armbanduhr und wählte eine Straße, deren letztes Gebäude in fettem Schwarz die Aufschrift trug *Industrial School*. Gewerbeschule.

Warum brach ihr vergangenes Leben ständig über sie herein und spie gefährliche Erinnerungen über ihr Wochenende?

Industrial School. Sie zitterte vor Furcht, und ihr Herz pochte schneller. Ich werde daran vorbeigehen, sagte sie sich, ich werde mir ein Gebäude ansehen wie das, mit dem Vater Isy so oft gedroht hat.

– Du kommst nach Caversham auf die Industrial School. Für dich bleibt nur die Industrial School. Wir werden sie auf die Industrial School schicken müssen.

Überrascht fiel Grace ein, dass sie bei der Industrial School nie an eine Schule gedacht hatte und dass es das Wort *In-dustri-al* gewesen war, das ihr Angst eingeflößt hatte; sie hatte damit das Bild einer riesigen Halle verbunden (wegen der letzten Silbe, *-al*, die für Grace früher irgendwie mit dem Lied von Isy zu tun gehabt hatte, über das sich ihre Mutter so entsetzte:

‹And when I die
don't bury me at all,

Just pickle my bones
in Alco Hall.›)

Ein Ort voll tanzender schwarzer Gerippe (einem Mobile in der modernen Kunst ähnlich), deren Körper aus *dust* – Staub – waren. Und wer auf die In-*dust*-ri-*al* School ging, wurde in ein solches Gerippe eingesperrt und musste sich mit ihm in einem wilden Wirbel aus schwarzem Staub drehen, bis der eigene Leib nicht mehr von dem Gerippe zu unterscheiden war, und wenn Leute einen dort besuchten (Mutter, Vater, Onkel oben aus dem Norden oder unten aus dem Süden), bekamen sie nicht einmal mit, dass man dort gefangen war; sie konnten einen gar nicht sehen, und wenn man noch eine Stimme hatte und mit ihnen zu sprechen versuchte, konnten sie einen auch nicht hören.

Das Wort Schule hatte Grace nicht mit einem Ort des Lernens assoziiert, weil die Erfahrung sie gelehrt hatte, der Bedeutung von Wörtern zu misstrauen. Hatte sie nicht *God save our gracious tin* gesungen und dann entdecken müssen, dass tin nicht etwa eine Büchse war, für Kerosin, sondern ein alter Mann mit Orden und einem Bart? War ihr nicht verboten worden, in die Nähe des Magazins hinter der Exerzierhalle zu gehen, und trotzdem hatte sie später gesehen, wie ihre Mutter in einem Buch las, das sie leichthin als Eisenbahn-*Magazin* bezeichnete? Nach derlei Erfahrungen wusste Grace, dass im Umgang mit Worten Vorsicht geboten war. Und zu dieser Überzeugung hatte ihre Mutter noch weiter beigetragen. Sie hatte von Walen erzählt.

– Eine Walfamilie, Kinder, nennt man *Schule*.
– Schule? Das ist ja dumm.
– Ja, eine Walschule.

– Eine *Walschule?*

– Ihr müsst das h mitsprechen, hatte ihr Vater eingeworfen, denn er legte großen Wert auf korrekte Aussprache und wollte *whales* – Wale – nicht mit dem Land *Wales* verwechselt wissen.

Also hatte sich Grace, weil sie Überraschungen nicht leiden konnte, lieber an die unvermutete Bedeutung gehalten und nie den Eindruck überprüft, dass eine In-dust-ri-al School eine Gruppe oder Familie von staubigen schwarzen Gerippen sei, die sich in einer riesigen Halle drehten. Es wäre fraglos furchtbar gewesen, wenn Isy dorthin gemusst hätte.

Grace fiel ein, wie sie früher an manchen Abenden mit ihren schlafenden Schwestern im Bett unter der Decke manchmal unvermittelt von Angst gepackt wurde, weil sie sich vorstellte, dass Isy auf einmal gepackt und verschleppt würde. Sie würden sie beim Arm nehmen, und sie würde schreien, wie so oft beim Spielen: – Du reißt mir den Arm aus dem Gelenk! (Die Worte ‹aus dem Gelenk› führten gewöhnlich sofort dazu, dass man den Arm losließ, weil sie das grausige Bild hervorriefen, dass man mit einem Arm dastand und nicht wusste, wie man ihn wieder in das Gelenk bekommen sollte, und da die Eltern nicht weit waren und die Strafe absehbar, war das eine peinliche Vorstellung.) Und Grace wusste, wenn ‹sie› kamen, um Isy in die Industrial School zu holen, dann würden sie sich von nichts und niemandem davon abbringen lassen, sondern weiter reißen, und Isy würde, ob mit dem Arm im Gelenk oder ohne, eingesperrt und langsam zu Staub zermahlen werden.

*

Jetzt war das Dorf nicht mehr zu sehen. Grace war in der Straße, die zur Industrial School führte. Sie kam an einem abgelegenen Laden vorbei, wo sie Zigaretten und eine Tafel Rosinenschokolade kaufte. Sie ging an einer Kirche vorbei, dann an einer Wohnanlage für Senioren, mit mehreren kleinen Wohnungen pro Haus und einem Gemeinschaftsraum zur Straße. Durch die raumhohen Fenster konnte Grace eine Gruppe von Männern und Frauen sehen, die in Sesseln saßen und auf die Straße hinausschauten, auf die Passanten, die gelegentlich vorbeifahrenden Autos. Obgleich die großen Fenster in der Absicht eingebaut worden waren, die alten Menschen am Leben auf der Straße teilhaben zu lassen, überkam Grace, als sie zu ihnen hineinschaute und sah, dass kein Teil des Wohnzimmers vor den Blicken der Öffentlichkeit verborgen war, ein Gefühl der Bestürzung, weil sich die trostlose Wahrheit durchsetzte, dass die Bewohner der Anlage dank eines wohlmeinenden architektonischen Irrtums anders als sonst zumeist als das erschienen, was sie tatsächlich waren: Sie vermittelten nicht den Eindruck, als säßen sie glücklich in einem hellen Gemeinschaftsraum und strickten oder läsen oder betrachteten durchs Fenster die interessante Aussicht, sondern wirkten eher wie Kunden in einem Reisebüro, Fahrgäste in einem Busbahnhof, die darauf warteten, dass sie befördert würden; auf den niedrigen Tischen, die dazu beitrugen, dem Raum seinen ‹modernen› Anstrich zu geben, meinte man förmlich die bunten, mit verlockenden Ausblicken auf das unbekannte Morgen bebilderten Prospekte liegen zu sehen. Wenigstens, dachte Grace, wird die Zeit unendlich erscheinen, ohne die festgelegten soundso viel Tage zu soundso viel Guineen, und ohne vormittags frei, nachmittags Stadtrundfahrt.

Wie kann ich nur?, dachte sie. Sie sind glücklich. Es gefällt ihnen, nach draußen in die Welt zu schauen. Sie haben gar nicht den Wunsch, in dunkle Ziegelmauern eingeschlossen zu sein, in Zimmer mit kleinen hohen Fenstern. Doch wenn das Alter so offensichtlich darauf wartet, eine Fahrkarte in die Totenwelt zu buchen, dann verletzt das mein Feingefühl; vielleicht sind sie (sie, sie, sie) so weise, es zu genießen; Reisebüros, Busbahnhöfe sind interessante Orte; der Aufenthalt an Stätten der Ankunft und Abreise schärft den Verstand und bereichert das Herz.

Grace stellte fest, dass es ihr immer möglich war, einen verstörenden Gedanken wegzuschieben, indem sie ihn in eine Plattitüde kleidete.

Die Industrial School war nahe. Sie spürte, wie ihr Herz pochte. Die Angst meldete sich. Eine Industrial School zu sehen, nach all den Jahren ungeschützter Kindheit, in denen Erwachsene drohen und strafen konnten und die Welt voll war von beängstigenden Vorstellungen von Beamten, die Schulschwänzer verfolgten, von ‹Sozialarbeitern› und ‹Gesundheitsfürsorge›, von ‹Besserungsanstalt› und ‹Industrial School›! Für einen Augenblick verließ Grace der Mut. Ihr kam die wilde Idee, dass sie, während sie an der Schule vorüberging, ergriffen, hineingeschleppt und für immer als Gefangene dort behalten werden könnte. War Isy vielleicht in Wirklichkeit dorthin verschwunden, am Ende, nach ihrem Tod? Das hatte sie sich schon manchmal gefragt. – Sie ist bei Gott, hatte ihre Mutter gesagt und ein großes Getue darum gemacht, wie es sein würde, sie am Auferstehungstag wiederzusehen, andererseits aber jede weitere Erklärung der Schwierigkeiten eines Wiedersehens am Auferstehungstag verweigert. Man brauchte Platz, um wiederaufzuerstehen, man brauchte irgendwas, an dem man sich wiedererkannte – es war sinnlos, Vaters scherzhaftes Erkennungszeichen bei sich zu tragen – ‹ein Taschenmesser mit weißem Griff in der linken Westentasche›. Und was war mit den Verschiebungen im Alter … Grace war sicher gewesen, dass es nicht funktionieren würde, dass es nicht funktionieren konnte, dass man sich etwas anderes ausdenken musste.

Folglich war sie sich nicht so sicher gewesen, wo Isy abgeblieben war. Es war schön und gut, ‹bei Gott› zu sein, aber das war eine vage Ortsangabe, die nichts beschrieb, und Grace hatte schon damals gewusst, dass sich ihre Mutter, wenn sie mit schwierigen Fragen konfrontiert wurde, gern in Vagheiten flüchtete. Bei Leuten, die ‹weggingen›, stellte sich häufig heraus, dass sie gestorben waren. ‹Ferien› hieß Gefängnis. ‹Nervenzusammenbrüche› bedeuteten Wahnsinn, bedeuteten, dass sich einer für den König der Salomon-Insulaner hielt. Grace hatte so früh erfahren, wie Worte täuschen konnten, dass sie jeder Äußerung mit Argwohn begegnete. ‹Bei Gott›, dass ich nicht lache! Wo sollte Isy schon sein, nachdem man ihr so oft mit der Industrial School gedroht hatte? Wo sonst als in der Industrial School?

Es war fast zwölf Uhr. Das schwache bläuliche Licht am Himmel war verschwunden. Die Welt war deprimierend grau. Aus dem Moor blies ein stechend kalter Wind, der die alten brüchigen Blätter auf dem Gehweg raschelnd durcheinanderwirbelte und die Luft sich fast in Eis zu verwandeln schien. Grace fiel das Atmen schwer. Sie verlangsamte ihre Schritte, um Mut zu sammeln, bevor sie die Industrial School erreichte. Wieder zog sie die Karte zurate, verglich sie mit ihrem Standort auf der Straße. Ja, hier sollte die Industrial School sein, hier, sagte sie bestimmt und wandte die Augen tapfer nach rechts. Dort war keine Industrial School. Sie konsultierte erneut die Karte und überprüfte ihren Standort. Sie sah sich noch einmal um; da war keine Industrial School.

Es ist eine alte Karte, ja, es ist eine alte Karte, sagte sie zitternd. Die Sonne war verschwunden. Träume ich?, fragte sie sich. Sie stellte sich das Gespräch im Haus der Thirkettles bei ihrer Rückkehr vor.

– Wohin sind Sie gegangen?

– Zur Industrial School.

Sie würden sie verwundert ansehen. – Zur Industrial School?

Aber da war sie doch, als Kästchen mit Namen auf der Karte verzeichnet und dick in Schwarz umrandet.

Prokne. Philomele. Die Sommerschwalbe. ‹So sterben die alten Götter doch aus dem Meer der Zeit →›

Ihr Vater, der mit den Göttern keine Geduld gehabt hatte, hätte in diesen nördlichen Himmel geschrien: – Hier ist es so kalt wie in einer Gefrierkammer, könnt ihr nicht die verflixte Tür zumachen!

Grace klappte den Mantelkragen hoch und kehrte langsam in die Holly Road zurück.

Wie hatte sie sich nur je daran gewöhnt, in Großbritannien zu leben?, fragte sie sich. Wie hatte sie jemals die Sonne, den Strand, das lichte schimmernde Himmelszelt, die dramatische Landschaft, Berge, Flüsse, Schluchten, Gletscher gegen die backsteinblutende Wunde eintauschen können, die, wie es schien, so sehr zu diesem Land gehörte; gegen die dürren Winterbäume, die aus dem Dreck wuchsen, so müde, als hätte ein Gott, der sich niederbeugte, um die Wunde zu reinigen, gedankenlos mit ein paar Zweigen darin herumgestochert und sie, weil ihn der Anblick belustigte, in der Wunde stecken lassen? Großbritannien war so voll von Papiermüll, verdrecktem Papier, Busfahrscheinen, Busfahrscheinen – einmal hatte Grace, als sie aus einem Bus stieg und pflichtbewusst ihren abgelaufenen Fahrschein in den ‹dafür vorgesehenen Behälter› werfen wollte, zu weit ausgeholt und den Eimer versehentlich auf die Stufen des Busses und die Straße entleert; ein Schneesturm aus Fahrscheinen und mittendrin Grace Cleave, die sich wie üblich entschuldigte. Es war ein trostloses Winterland mit zu vielen Menschen; es waren die Menschen, die den Schmutz machten; wenn man schon Schnee haben musste, dann bitte dort, wo die Menschheit nicht hinkam; nein; für jede Verunreinigung ein Gedicht.

Sie erreichte den Park. Die Armut des Nordens trieb sie fast zu Tränen; nicht die materielle Armut, nicht der Mangel an Geld oder Arbeit, sondern die triste Welt und die fehlende Sonne und Wärme; in Winchley würden die Leute nie an kleinen Tischen unter freiem Himmel sitzen und Wein trinken; wenn wieder reiche Zeiten kämen (und warum sollte das nicht so sein), würden sie in riesigen nordischen Hallen tafeln, aus Kelchen Gift trinken und überleben.

*

Sie war schon fast an der Straße, als aus einem der Reihenhäuser am Park eine Frau auftauchte. Ihr Kleid war schwarz und weiß geflickt, scharf umrissen gegen den grauen Tag. Zu Grace' Erstaunen schlug die Frau plötzlich mit den Armen, um dann den Mund zu öffnen, dreimal zu kreischen und wieder zu verstummen. Dann begann sie erneut zu kreischen. Grace starrte auf ihr schwarz und weiß geflicktes Kleid, lauschte dem Kreischen und dachte: – Sie ist eine Elster, sie ist keine Frau, sie ist ein Vogel. Während sie die Frau näher betrachtete, sah sie, wie sich ihre Verwandlung vollendete – sie hatte sie bei einer privaten Metamorphose überrascht –, und sah, wie sich die Arme zu Flügeln formten, das schwarz und weiß geflickte Kleid zu Federn um ihren Leib verwandelte, die Nase zu einem spitzen Schnabel verlängerte. Ihre Stimme musste sich nicht verändern. Sie begann abermals zu kreischen; sie rief nach jemandem, nach ihren Kindern. Als Grace vorbeiging, schlug sie streitlustig mit den Flügeln, wandte ihr die böse funkelnden Augen zu, dann ließ sie einen Flügel schlaff an ihrer Seite hängen und fuhr mit dem anderen durch die Luft, als wollte sie ein Hindernis wegräumen, und fing wieder an zu kreischen.

Nein, das ist nicht der Schrei einer Elster, überlegte Grace. Vielleicht ist sie ein Sumpfvogel; ein Regenpfeifer oder Kiebitz; warum sollte ich sie hier, jetzt, sehen? Weiß sie, dass ich mich auch in einen Vogel verwandelt habe? Dass es Zeit für mich wird, in einen neuen Sommer zu fliegen?

– Haben Sie unterwegs irgendwas Interessantes gesehen?

– Als ich durch den Park ging, habe ich gesehen, wie sich eine Frau in einen Vogel verwandelte.

Warum sollte sie nicht wenigstens einmal in ihrem Leben die Wahrheit sagen? Ihr Bedürfnis, Philip und Anne davon zu erzählen, sich in die große unaufgeräumte Küche zu stellen und laut zu sagen: – Ich habe gesehen, wie sich eine Frau in einen Vogel verwandelte, war so dringend, dass Grace nicht wusste, wie sie sich davon abhalten sollte. Es würde mit Gewissheit zu peinlichen Konsequenzen führen. Hastige Beteuerungen. Wechsel zu einem harmloseren Thema. Ihre beschränkte soziale Erfahrung sagte ihr, welche Reaktion auf ihre Nachricht mit Sicherheit zu erwarten war; sie hinterfragte die Genauigkeit ihrer Vorhersage nicht, obgleich sie wusste, dass es Philip und Anne gegenüber unfair war. Vielleicht zum ersten Mal in ihrem Leben war sie bei Menschen, deren Phantasie nicht in einem kleinen dunklen Zimmer ohne Fenster wohnte, deren Verständnis und Anteilnahme liberal, ja abenteuerlich waren.

Warum soll ich es ihnen also nicht erzählen, warum nicht erklären?, fragte sie sich. Ich möchte nicht unter falschem Anschein in der Menschenwelt leben. Ich bin froh, endlich meine Identität entdeckt zu haben, nachdem ich deswegen so viele Jahre verwirrt war. Warum sollte es Leuten Angst machen, wenn ich mich ihnen anvertraue? Doch Menschen werden immer ängstlich und mit Eifersucht auf diejenigen reagieren, die endlich ihre Identität finden; es bringt sie dazu, über ihre eigene nachzudenken, sie in sich zu verschließen und zu hüten, aus Furcht, dass jemand sie ausborgen oder sich daran vergehen könnte, und gerade da sie sie schützen wollen, trifft sie die Erkenntnis wie ein Schock, dass ihre Identität gar nicht fassbar ist, sondern nur etwas, das sie geträumt und nie gekannt haben; und erst danach beginnt die gewissenhafte Suche – was sollen sie werden – ein Tier? ein anderer Mensch? ein Insekt? ein Vogel?

Wenn ich gestehe, dass ich ein Vogel geworden bin, wollen mir das womöglich andere nachmachen; oder es löst einen solchen Schock aus, dass nicht einmal Philip und Anne, die doch an sich geistig in der Lage sind, mit unerwarteten Situationen fertigzuwerden, sich als flexibel genug erweisen, die Wahrheit meiner Identität zu akzeptieren. Das ständige Fertigwerden mit, die dauernde Anpassung an die vielen beängstigenden Ereignisse und Entdeckungen lässt sich sowieso schon kaum ertragen, ohne den Verstand zu verlieren; immer muss man so tun, als schlüpfte man erfolgreich in die neue Form; irgendwann wird es so weit sein, dass der zugerichtete und getarnte Verstand unter der Last einbricht; die Stabschrecke in unseren Hirnen wird nicht mehr wie ein Zweig am selben, gewohnten Menschenbaum aussehen, bloß weil sie auf die Weise hoffen darf, der Ausrottung zu entgehen.

14

Langsamen Schrittes, weil es für das Mittagessen immer noch zu früh war und ihr vor der Konversalion in der zusätzlichen halben Stunde mit Gespräch graute, gelangte Grace schließlich in die Holly Road und zum Haus der Thirkettles. Sie klopfte leise an die Hintertür und trat ein.

– Hallo. War der Spaziergang schön?

– Ja, danke.

– Das Essen ist gleich fertig.

Annes Gesicht war von der Hitze des Herdes und vom Kochen gerötet, und von der Abfütterung Noels und Sarahs, die sie jetzt zu beruhigen suchte und die beide gleichzeitig um Philips Aufmerksamkeit buhlten. Er saß auf einem Stuhl, die Füße auf einem zweiten, mit Sarah auf den Knien, die ihm beide Hände gereicht hatte und sich hin und her ziehen ließ.

Grace lachte unerwartet und glücklich auf.

– Ach, ihr spielt Draisinenbahn, sagte sie und bedauerte sofort, es ausgesprochen zu haben; sie würden sie bitten, es zu erklären.

Philip sah sie aufmerksam an und wartete. Anne hielt beim Tischdecken inne, um zuzuhören. Grace steckte in der Falle.

– Ja, sagte sie unbeholfen, – das, ich meine, die Art, wie Sie und Sarah sich an den Händen fassen und ziehen … das heißt Draisinenbahn …

Sie warteten immer noch auf eine Erklärung. Eine tiefe Verzweiflung überkam Grace, als sie sah, wie Philip, Anne, Noel, Sarah aus so weiter Ferne ihre Sprache zu verstehen

suchten, in diesem Fall ein ganz gewöhnliches Familienwort
– sie mussten doch selbst auch eine Familiensprache haben,
die anderen nur schwer zu erklären war! Was wäre zum Beispiel, wenn sie Anne ansehen und mit einem Lächeln sagen
würde: – Sie sind genau wie Shelleys erste Frau!

Anne würde die Bedeutung nicht verstehen. Wie oft hatten Grace und ihre Schwestern unter sich ausgerufen: – Ich
bin schon bald wie Shelleys Frau, du bist wie Shelleys Frau! Es
hieß, dass sich profane materielle Dinge störend in ihre Phan-
tasiewelt drängten, weil sie sich von der gemeinsamen Lektüre einer Biografie über Shelley daran erinnerten, dass er über
seine Frau Harriet geklagt hatte: – Wenn ich an Dichtung denke, denkt sie an Hüte, die sie kaufen will!

– Draisinenbahn?

Am liebsten hätte Grace den Kopf auf den Tisch gelegt und
geweint; ihr Mund war trocken.

– Draisinenbahn, wiederholte sie. – Wenn wir das früher
gespielt haben, haben wir uns vorgestellt, wir wären Draisinen auf den Schienen. Sie wissen doch, wie die Rotter die
Draisinen bewegen?

Rotter, Draisinen: Sie verstanden ihren Eisenbahnjargon
nicht.

– Ja, die Rotter fuhren immerzu mit ihren Draisinen hin
und her. Als wir Kinder waren, war unser Spielplatz das Ge-
lände an der Eisenbahn – die Lokschuppen, Güterschuppen,
die Schwellenstapel, die alten Drehscheiben, verlassene Hütten …

In Philips Augen trat ein besorgter Ausdruck, und als er
sprach, ging ihr mit Bestürzung auf, dass er sie als kleines Kind
zu betrachten schien, das in der Nähe der Schienen spielte und
in Gefahr war, von den Zügen überfahren zu werden.

– Aber es ist gefährlich, in der Nähe der Schienen zu spielen, sagte er scharf.

In seiner Stimme war ein Ton, der hieß: – Das darfst du nicht wiedertun, verstanden? Was denken sich deine Eltern nur dabei, dich an den Gleisen spielen zu lassen?

Zugleich stolz und kühn und mit dem Empfinden, verwaist und fürsorgebedürftig zu sein, sagte Grace unschuldig:

– Ja, vermutlich war es gefährlich. Wir haben damals nicht darüber nachgedacht.

Philip bedachte sie mit einem strengen Blick, wie um zu sagen: – Spiel da nie wieder!

Betroffen, aber dennoch erfreut, dass seine Sorge um sie so weit in die Vergangenheit zurückreichte, schob Grace, als Reaktion auf die Geräusche, die von den anderen gemacht wurden, als sie ihre Stühle zum Essen an den Tisch rückten, ebenfalls ihren Stuhl mit einem schabenden Geräusch über den Boden.

– Die Sonne ist weg, sagte Anne. – Gleich nach dem Essen fahren wir nach Winchley.

– Haben Sie unterwegs irgendwas Interessantes gesehen?

– Ich habe ein Seniorenheim gesehen. Es hat mir nicht gefallen. Die Leute sitzen da wie in einem Reisebüro, wie bestellt und nicht abgeholt.

– Nun, so ist es doch auch, oder?

Philips Verstand war so klar. Er konnte auf dem geraden weißen Strich gehen, vom Anfang bis zum Ende, ohne zu wanken.

– Ja, vielleicht.

Dann versuchte Grace möglichst ruhig zu fragen:

– Gibt es dort in der Nähe nicht auch irgendwo eine Industrial School?

– Eine Industrial School? Nicht dass ich wüsste. Wieso?

– Ich dachte, ich hätte auf der Karte eine gesehen.

Gern hätte sie gefragt: – Wissen Sie das mit den Industrial Schools? Dass man dahin geschickt werden kann, weil man nicht gehorcht hat oder dem Vater eine Grimasse geschnitten oder geklaut hat oder nicht gekommen ist, als man gerufen wurde, oder sich auf der Plantage mit Jungens abgegeben hat, vielmehr in der Pinienpflanzung, wo sie Bäume gefällt haben, die noch daliegen, in Piniennadeln begraben, und wo es klasse Stellen gibt. Aber eigentlich sollte ich ‹klasse› nicht sagen, weil Mrs Biddy das sagt, sie sagt es in einem fort, und ich mag keine Wörter sagen, die andere Leute dauernd sagen. Wenn ich ‹klasse› sage, ärgere ich mich über mich selbst, und meine Mutter sagt ziemlich streng: – Du bist wie Mrs Biddy, ständig führst du dieses Wort im Mund. Sag was anderes. Sie kennen Mrs Biddy nicht, nicht wahr, Philip und Anne? Sie hat früher gegenüber gewohnt, mit ihrem Mann, der Rotter war (Rotter, Draisine, Drehscheibe, Lokschuppen), aber sie wurden nach Süden versetzt, und als ihre älteste Tochter heiratete, hat sie ihre Hochzeitsreise zu uns gemacht, und wir haben gekichert und gekichert und sind dem Paar überall hinterhergelaufen, weil wir darauf warteten, dass sie es machten und wir dabei zugucken konnten, und sie sind eher wieder nach Hause gefahren, als sie eigentlich wollten, aber inzwischen sind sie schon alt, und obgleich Sie vielleicht meinen, dass ich noch ein Kind bin, dem die Züge gefährlich werden können, bin ich auch schon alt, ich bin weich und mürbe geworden, alle sind weich und mürbe geworden, am Ende wird die Menschheit ein Baum mit reifen Birnen. Was für ein Schicksal! Da staunt man doch, dass wir uns ums Überleben gesorgt haben!

– Es kann durchaus sein, dass es in der Nähe eine Industrial School gibt. Die Karte ist veraltet, glaube ich.

Weil ihr Annes gerötetes Gesicht auffiel und die besondere Sorgfalt, mit der sie das Essen auftat, dachte Grace: Jetzt ist der Moment, ihre Kochkunst zu loben.

– Dieser Auflauf schmeckt mir sehr.

– Ja? Den Teig habe ich nicht selbst gemacht. Es ist ein Fertigteig.

– Die Leute in der Wohnung haben mir Fertigteig dagelassen. Den bekomme ich nicht gebacken. Dieser ist so leicht und schmackhaft.

– Es ist bloß Rindfleisch mit Nieren, sagte Anne erfreut, aber entschlossen, nicht mehr Lob anzunehmen, als ihr gerechterweise zustand. – Ich habe es gestern beim Schlachter gekauft. Die Frau vor mir (was halten Sie eigentlich von diesem englischen Schlangestehen?) hat auch welches gekauft, und wir waren uns einig, dass es gut aussah. ‹Ich glaube, ich werde was davon nehmen›, habe ich zu der Frau gesagt. ‹Ich kaufe es nicht oft›, hat sie gesagt, ‹aber heute kann ich nicht widerstehen. Mein Hund wird begeistert sein. In diesem Laden gibt es oft gutes Fleisch für Hunde …› Sie wissen ja, sagte Anne, – die Engländer und ihre Hunde!

Sie sprach mit einem starken neuseeländischen Akzent. Alle lachten, auch Sarah lachte mit und rief aus: – Die Engländer und ihre Hunde!

– Du bist ein kleiner Mischling, nicht?, sagte Philip zärtlich. – Du bist englisch und neuseeländisch.

Er wandte sich Grace zu:

– Wir fahren dieses Jahr wieder in den äußersten Nordwesten von Schottland. Da ist es wild und einsam, ich habe noch keinen Landstrich gesehen, der so sehr der Westküste von Neuseeland ähnelt. Kennen Sie die Westküste?

– Nein.

Beschämt erinnerte sich Grace daran, dass sie, als Philip ihr eine Karte aus Schottland geschickt hatte, zur Antwort wissende Bemerkungen über ‹die wilden feuchten Weiten der Westküste von Neuseeland› gemacht hatte, und nun musste sie zugeben, dass sie dort noch nie gewesen war!

– Ich habe Anne dort kennengelernt. Ich wohnte in einem Ferienhaus und wurde zu Tim eingeladen (Tim werden Sie kennen), und Anne war auch da. Sie sah mich und setzte alle Hebel in Bewegung, um mich zu kriegen, und sie hat es geschafft.

Es war die übliche halb scherzhafte Erläuterung einer Liebeswerbung und Heirat, die Philip durch seinen Ton so zu färben verstand, dass sie Anne schmeichelte, und die sah ihn nicht erbost, sondern zärtlich an, bestätigte ihm liebevoll seine Identität, erfüllte instinktiv den wahren Zweck der Liebe, indem sie mutig dem Geliebten einen eigenen, von ihr getrennten Platz einräumte. Einheit ist Stärke – die Stärke, zuzulassen, dass eins zwei ist; von Liebe gestützt, kann jede Seidenpapieridentität dastehen wie ein Fels in der Brandung.

Hoch am Himmel, allseits von Windstößen gebeutelt, bemüht, ihren Kurs als Zugvogel zu halten, verspürte Grace das Bedürfnis nach einem warmen helfenden Wind, der in ihre Richtung blies. Trotzdem war sie nicht neidisch auf Philip und Anne; sie freute sich zufrieden an der Sicherheit ihrer Liebe. Und fand es interessant, wie Philip sein Leben so eingerichtet hatte, dass er permanent, bei der Arbeit wie in der Freizeit, in den ‹wilden feuchten Weiten der Westküste von Neuseeland› zu leben schien. Beim Interview in London hatte er bemerkt:

– Ich habe mehr Sehnsucht nach Neuseeland als Anne.

Jetzt sagte er es erneut:

– Ich würde gern wieder hinfahren; es ist ein aufregendes, junges Land, voller Ideen …

Anne lachte sanft.

– Wissen Sie, er hatte es damals dort so satt, dass er jeden Abend Bach auflegte, um sich zu trösten.

– Das gebe ich zu, sagte Philip. – Jetzt, wo der ursprüngliche Charakter verlorengeht, herrscht in diesen Orten an der Westküste eine Leere, die wirklich beängstigend ist. Es gibt dort weniger interessante Leute.

– Du hast mich da kennengelernt!

– Ach, du bist anders. Du bist eine Ausnahme unter den Menschen!

Zu Grace' Überraschung beließ er es nicht bei dem natürlichen, einleuchtenden Kompliment. Er hatte es kaum ausgesprochen, da wurde sein Gesicht unsicher, und er begann das Gesagte mit sorgfältiger, beinahe beängstigender Genauigkeit einzuschränken. – Nein, natürlich bist du keine Ausnahme unter den Menschen; du bist genauso ein Mensch wie jeder andere, nicht mehr und nicht weniger …

Wie seltsam, dachte Grace. Wie wichtig es scheint, ein Mensch zu sein; ein *normaler* Mensch, wenn sich dieses Charakteristikum denn feststellen und erfassen lässt. Sie fragte sich, woher die momentane Angst, die in Philips Augen gestanden hatte, rührte, als er sich das Kompliment aussprechen hörte und sogleich beeilte, es zurückzunehmen; vielleicht war es letztlich nur die journalistische Passion für Wahrhaftigkeit?

Was würden Philip und Anne sagen, dachte Grace, wenn ich gestände, dass ich ein Zugvogel bin? Es kann gut sein, dass sie sich auf mich stürzen und mich töten würden. Wenn Philip von der Westküste spricht, liegt tief in seinen Augen eine

Ahnung: Ich *weiß* es. Hat man nicht dort im Süden diesen längst ausgestorben geglaubten flugunfähigen Vogel entdeckt, den Takahe? Fürchtet man, dass er gedeihen und sich vermehren, das dünn besiedelte Land ‹übernehmen› wird? Warum beschäftigen sich so viele Romane und Geschichten mit dem Sieg von Vögeln, Pflanzen, Insekten, Besuchern aus anderen oder inneren Welten über die Menschheit? Warum ist ein sensibler intelligenter Ehemann wie Philip sich dieser banalen Gefahr so sehr bewusst, dass er nicht mal eine gewöhnliche Bemerkung an seine Frau richten kann, ohne über deren unterschwelligen Ernst zu erschrecken?

– An der Westküste hat man unlängst einen Vogel wiederentdeckt, wissen Sie. Den Takahe. Man hatte geglaubt, er wäre ausgestorben.

Grace schauderte. Warum sagte Philip das, in diesem Moment? Gab es an diesem Wochenende des plattitüdenhaften ‹Mir schmeckt Ihr Essen, Sie haben ein Händchen für Kinder, Ja, Winchley gefällt mir gut› trotz allem eine Art von Verständigung?

Das Wort ‹ausgestorben› war für Grace schon immer mit einem anderen Gefühl besetzt als das des persönlichen Unglücks, wie es durch das Wort ‹Tod› ausgelöst wurde. Seltsamerweise war es ein Lieblingswort von Grace᾽ Mutter gewesen, die irgendwie einen besonderen Zugang zur Vergangenheit zu haben schien, so als könnte sie sich recken und deren Bäume schütteln, bis ihr die Früchte des Gestern in den Schoß fielen: zu jenen Gefilden mit den schattigen Bäumen wie dem unterirdischen Obstgarten, in dem die Zweige silbern und die Früchte golden waren und ein Zweig, der vom zugehörigen Ast getrennt wurde, ein Seufzen von sich gab wie klagende Hornmusik; zu den vielen Baumhainen mit

Zweigen voller mittlerweile ausgestorbener Vögel, in denen Mammuts wie altmodische viktorianische Möbel durchs Unterholz tapsten, die kleinen trüben Augen wie Schubladenknöpfe; der arme Trödel der Tierwelt …

– Die sind mittlerweile ausgestorben, sagte Grace' Mutter oft. Aussterben war das Schicksal von Tieren und Vögeln und Insekten, selten von Menschen. Und was für eine Faszination ging von dem Tuatara-Haus im Zoo aus! Die Leute standen in Trauben vor dem Tuatara und warteten darauf, dass er ein Lebenszeichen von sich gab; sie starrten und dachten: Wir sind lebendig, *du wirst vielleicht aussterben*. Die meisten Tiere und Vögel, die du kennst, *sind schon ausgestorben*. Doch liegt in den Blicken nicht auch Neid? – Wie war es früher, Tuatara? Warum sprichst du nicht mit uns, warum erzählst, erklärst du uns nichts?

Dann, weil sie sein Schweigen übelnahmen:

– Wer schert sich überhaupt um dich? Wer ist überhaupt daraufgekommen, dich zu retten? Warum hat man dich gerettet?

– Ja, sagte Grace. – Vom Takahe hat man gemeint, er sei *ausgestorben*.

Sie gab dem Wort Gewicht. Was für einen klaren endgültigen Klang es hatte! Wie wunderbar, eine Gattung mit einem einzigen Wort abtun zu können! Es war zu hoffen, dass sich das Wort behaupten würde, was Tiere und Vögel betraf, aber mit Wörtern konnte man nie wissen … man denke nur an Magazin, Sleeper – Schläfer oder Schwelle –, Schule und *tin*, jene Kerosinbüchse, welche die Nation im Gebet besang.

15

Sie tranken ihren Kaffee. Es war fast drei Uhr. Der Tag wurde rasch dunkler, und der Frost drückte bereits seine Saugfinger an die Fensterscheiben. Die behagliche Stimmung nach dem Mittagsmahl konnte Philip und Anne nicht davon abbringen, ihr Versprechen einzulösen, Grace Winchley zu zeigen und Sarahs Büchereibuch abzugeben und gegen ein neues einzutauschen.

– Es ist Ihnen doch recht, nach Winchley zu fahren?

– Ja, das wird bestimmt nett.

(Schließlich, dachte Grace, kann es sein, dass sie unbedingt nach Winchley wollen.)

– Wir werden uns beeilen müssen. Der Markt macht bald zu. Wir wollten Ihnen die Markthalle zeigen. Und Sarahs Buch müssen wir auch abgeben. Sind Sie sicher, dass Sie fahren möchten?

Wollen sie, dass ich Ja oder Nein sage?, fragte sich Grace. Ich habe keinen sozialen Instinkt. Ich bin es nicht gewohnt, um eine Einladung herumzutanzen, bloß um ein hübsches Muster aus Neins und Jas zu machen. Ich möchte nach Winchley. Aber der Tag ist kälter und dunkler geworden, und wir haben gerade gegessen, und alle sind träge; aber sie haben es versprochen und sie können von ihrem Versprechen nicht zurück, und – wer weiß – vielleicht erwarten uns in Winchley außergewöhnliche Freuden.

Grace schloss sich der allgemeinen Aufregung unter Leuten an, die sich zu einem Ausflug bereitmachen. Während

Anne die Kinder anzog und Philip seinen Mantel suchte, ging Grace nach oben, um ihre Stiefel, den Mantel und das Kopftuch zu holen, und als sie wieder in die Küche kam, warteten alle schon darauf, aufgeregt zur Tür hinaus zu stürzen.

Sie gingen nach draußen. Sie sahen sich an, machten sich in ihren Mänteln klein, klappten die Kragen hoch, zogen sich die Handschuhe fester um die Handgelenke. Sofort glänzten die Nasen der Kinder, und ihre zerknautschten kleinen Gesichter liefen vor Kälte blau an. Noel begann zu wimmern.

– Wir fahren nach Winchley, Noel, sagte Anne munter. – Wir wollen Grace die Markthalle zeigen und Sarah ein neues Buch aus der Bücherei holen.

Sie warteten auf den Bus. Jetzt wurde das Wetter nicht mehr schöngeredet, es gab keine vergnügten Bemerkungen mehr darüber, dass die Sonne versprochen hatte zu scheinen, nur das stillschweigende Eingeständnis, dass Versprechen einzig und allein etwas für Menschen sind und das Wetter sich nicht um das Überleben oder Aussterben der Menschheit schert. Wie sie hier standen, mittlerweile alle zitternd, die Schultern hochgezogen, hätten sie nackt sein können, so wenig schien die Kleidung sie zu wärmen. Die beiden Kinder wirkten wie aus alter Zeit, wie den Seiten von *Juda, der Unberühmte* entsprungen; was als Nächstes geschah, dachte Grace, konnte furchtbar sein, so ausgesetzt waren sie dem gnadenlosen Gericht des Wetters. Das melodramatische ‹hingerafft weil wir zu viele sind› war ihr nicht unvorstellbar.

Als sich der Bus näherte, nahm Anne Sarah auf den Arm, während Philip Noel aus der Karre hob.

– Können Sie Noel nehmen, Grace?

Grace schloss Noel in die Arme, sorgsam darauf bedacht,

ihn richtig zu halten, um allen, die zufällig hinsahen, zu zeigen, dass sie sich mit kleinen Kindern auskannte. Sie ging unendlich sorgsam mit ihm um, krümmte ihren Arm so, dass sein Po gut gehalten wurde, während sein Kopf an ihrer Schulter ruhte, und einen kleinen Moment lang waren Philip und Grace Mann und Frau, die mit ihrem kleinen Sohn (seinem Vater so ähnlich!) in den Bus nach Winchley einstiegen. Wie ein Goldfisch nach seinem Futter, schnappte sie blitzschnell zu und fing sich den schwimmenden Moment, ohne sich daran zu stören, dass sie ihn in ihrer Gier mit niemandem teilen wollte, weil sie sich ruhig und voll Dankbarkeit bewusst war, dass Philip keinerlei Wunsch hatte, etwas davon abzubekommen.

Er nahm Noel wieder an sich.

– Danke, Grace.

Ihr Gesicht brannte. Sie nahm ihr Taschentuch aus dem Ärmel ihrer Wolljacke und schnäuzte sich. Anne und Sarah kamen auf sie zu geschwebt wie vom Festland getrennte Inseln; wie ein Familienkontinent, der einer Schiffbrüchigen auf der Durchreise Asyl gewährt, kletterten sie in den Bus, fuhren zehn Minuten und erreichten Winchley.

– Wir gehen zuerst in die Bücherei und danach in die Markthalle, sagte Philip zielstrebig, seine Worte und ihre Bestimmtheit als Waffe gegen die Kälte einsetzend. Vorm schnee- und rußdurchsetzten Wind schien kein Entrinnen möglich. Er blies gegen ihre Haut, als wäre die äußere Hautschicht abgeschält und der Körper von einer offenen Schürfwunde bedeckt. Sie mühten sich durch die grauen Straßen wie eine skurrile nachgespielte Nordpolexpedition, zu der man sich die üblichen dramatischen Tagebuchaufzeichnungen denken konnte: ‹Wärmevorrat immer knapper; hoffen, Bücherei und

Markt vor 17.30 zu erreichen; Hoffnungen schwinden ...› Es hätte Grace nicht überrascht, wenn Philip plötzlich stehen geblieben wäre, um mit leidendem Gesicht zu sagen: ‹Ich gehe eine Weile fort. Es kann eine Zeit dauern ...›

Sie erreichten die Bücherei. Sarah sah entrüstet zu, wie Anne ihr Buch abgab und dieses schöne Buch vom Meeresstrand, in dem die Tiere auf dem Sand mit Tomatenbroten, Eis und Bananen Picknick machten, über den Tisch verschwand, und als das neue Buch gefunden war, betrachtete sie es mit Argwohn.

– Wo ist mein Tierbuch? Wo ist das Picknick am Strand? Mami, Mami, begann Sarah verzweifelt zu weinen.

Noel weinte aus Mitleid mit.

Anne erklärte, dass die Tiere in einem Büchereibuch seien, das man mit anderen Kindern teilen müsse, und dass Sarah jetzt ein neues Buch habe, mit anderen Tieren und Menschen drin.

– Aber werden sie denn zu Hause sein, wenn wir nach Hause kommen? Sie waren heute zu Hause.

Noel begann laut zu schreien.

– Das ist die Kälte, sagte Philip, in der Rolle des Ehemanns, dem das alles peinlich war. – Lass uns schnell in die Markthalle gehen. Da wird es warm sein.

In der Markthalle war es warm von Leibern, Dampf, Schweiß, Gerüchen. Die kleine Gruppe schlenderte durch die Reihen zwischen den Ständen. Sie kamen an einem Stand vorbei, der mit glitzerndem Schmuck und Krimskrams behängt war und vor dem ein junger Mann und eine Frau standen und ein kitschiges Bild betrachteten.

– Uuh, gurrte die Frau. – Guck mal, wie schön!

– Es kostet achtundzwanzig Shilling, sagte der Mann und zog sie fort.

– Haben Sie das gehört?, fragte Philip Grace.

Sie lachte. – Ja.

– Hübscher Schmuck, sagte Philip lachend.

– Wunderhübsch, stimmte Grace zu, in einem kecken Ton, der ausdrücken sollte: – Ich mag so buntes Zeug, wissen Sie, dieser Markt gefällt mir!

An einem Stand mit Haushaltswaren und Kleiderstoffen blieben sie stehen.

– Ich werde vielleicht mal fragen, sagte Anne mit nachdenklicher Stimme, – ob sie Leinen haben.

Die Äußerung wurde offensichtlich durch einen plötzlich aufwallenden Hausfrauentraum ausgelöst. Philip reagierte rasch in einem Ton milder Missbilligung:

– Doch gewiss nicht jetzt, Schatz!

Anne wirkte leicht beschämt, aber sie blieb dabei. – Ich dachte, wo wir schon mal hier sind, kaufe ich vielleicht ein wenig Leinen.

– Ein andermal, sagte Philip, unangenehm berührt von der plötzlichen Beschäftigung mit Haushaltsfragen.

Mit stiller Freude, in ihrer Welt allein, fühlte sich Grace wie eine Nixe, schillernd und vollendet. Anne tat ihr leid. Sie vermutete, dass Anne unter der Woche kaum eine andere Gelegenheit haben würde, Leinen zu kaufen, dass Kinder, Heim und Herd (und der *Ulysses*) ihre ganze Zeit in Anspruch nehmen würden; wenn ihr Vater aus Edinburgh wiederkam und sie noch mehr kochen musste, würde sie überhaupt keine Zeit mehr finden, gemütlich nach Winchley zu fahren und eine Bahn Leinen zu kaufen.

In Annes Augen stand ein Ausdruck, den man nur als

häusliche Sorge beschreiben konnte: instinktive Sorge, ähnlich dem Ausdruck im Auge eines Vogels, der einen Zweig oder ein Stück Stroh entdeckt, das für sein Nest zu gebrauchen wäre.

Ostentativ wohlgestimmt bugsierte Philip Anne von dem Stand mit Haushaltswaren fort und lenkte sie allesamt aus der warmen Markthalle an die eiskalte Luft. In der kurzen halben Stunde, die sie in der Markthalle verbracht hatten, war der Himmel dunkel geworden; die Leute hatten es eilig; die Straßen waren belebter.

– Es wird Zeit, nach Hause zu fahren. Aber vorher will ich Grace noch den Viadukt zeigen.

– Ja, sagte Anne treu. – Den Viadukt müssen Sie unbedingt sehen.

Grace verging vor schlechtem Gewissen; sie sah, wie sich Anne zur Markthalle und dem entschwindenden Leinen umdrehte.

– Heute ist ein guter Tag, um ihn anzuschauen, sagte Philip.

– Ich glaube, sagte Anne kühn, und ihre Augen glühten vor Wärme, als sie Philip ansah, – ich werde noch Parmesan kaufen, während du Grace den Viadukt zeigst.

– Mach das, Schatz.

*

– Da, da ist der Viadukt von Winchley.

Grace betrachtete die Eisenbahnbrücke. Was konnte sie dazu sagen?

– Ja. M-m-m-m-m, sagte sie mit einem dummen Geräusch, das sich anhörte, als äße sie Kuchen. Sie räusperte sich und gaffte und versuchte eine intelligente Miene aufzusetzen, als ‹nähme sie die Wirkung in sich auf›.

– Ich langweile Sie doch nicht damit?

– O nein, natürlich nicht. Ich finde die Brücke sehr interessant.

Wie üblich wählte sie ihre gesprochenen Worte nicht sorgfältig genug; entweder brauchte sie zu viele für eine Idee oder nicht genug, um die Idee entsprechend auszustatten, oder sie lieh sich eine Ausstattung von anderen; immer kam dabei nur ein Durcheinander heraus.

– Woran denken Sie?

Grace gab keine Antwort. In sich hinein sagte sie: Entgeistern, das wäre das richtige Wort. Bögen und Ewigkeit. ‹Stumme Gestalt, die uns wie Ewigkeit entgeistert.› ‹Die Erfahrung ist ein Bogen nur, durch dessen Tor die unbereiste Ferne herblitzt.›

Mein Papageiengedächtnis, meine Befangenheit, ich denke an nichts, an Mathematik und die nte Potenz, die Fähigkeit, eins zwei drei vier fünf zu zählen, bis bei n die Zunge im Mund schwillt, die Silben explodieren und man nur noch n n n stottern kann, Bogen, Bogen und noch ein Bogen, Sie sind nicht mit mir nach Winchley gefahren, damit ich von Ewigkeit rede, ersparen Sie mir, sagen Sie, die Verstellung, wissen Sie, werden Sie sagen, das mit dem Wochenende bekommen Sie ziemlich gut hin, die Verkleidung steht Ihnen, aber Ihre Verstellung scheint durch.

Grace dachte: Sie interessieren sich für Bauwerke, nicht wahr, Philip? Die Vegetation und Geomorphologie der Stadt: natürlich Gewachsenes, Menschenfleisch und -geist Entsprungenes, Hühneraugen, Krebsgeschwüre, Gebete aus

Stein, Kuppeln wie Anstaltsnachttöpfe oder einzelne Brüste oder hohle Hände zum Halten der Vision; diese Gebäude sind Seufzer, Äußerungen, Negierungen … der Himmel wie ein graues Taschentuch über den toten Steinantlitzen … Ich habe eine Leidenschaft für das Sonnenlicht der Erinnerung. Ich bin ein Zugvogel, Philip. Als Vogel mit einer Flugbahn habe auch ich ein besonderes Empfinden für Bauwerke, gepaart mit einer schrecklichen Furcht vor ihnen. Lachen Sie mich nicht aus. Sie haben einen einsamen Menschenmut, Sie wissen, dass Menschen ebenso wie Bauwerke lernen müssen, aufrecht zu stehen … wissen Sie auch, wie heroisch es von den Menschen ist, auf der Erde herumzulaufen, von Wetter und Zeit und Raum geschüttelt; stets das Ziel von Angriffen und doch überlebend; woher nimmt der Mensch den Mut, sich auf diese Weise in die Welt zu setzen, und wieso kann er dabei noch die geistige Größe spüren, die ihn drängt, Bauten zu errichten, die mehr sind als vier Wände und ein Dach … woher nimmt der Mensch den Mut? Es ist ein Wunder, dass er sich nicht seine kleine Hütte baut, darin eintritt, die Tür schließt und verriegelt und dort sein Leben verbringt, den Kopf in Demut gebeugt. Es wird von Reisen ins Weltall geredet, vom Mut, den man dazu braucht – siehe die gutaussehenden fröhlichen intelligenten Männer, die ausgewählt wurden, die Erde zu umkreisen. Jede Begegnung mit inneren oder äußeren Welten kostet enormen Mut, ob es sich darum handelt, aufrecht zu gehen, sich ohne Hilfe fortzubewegen, dem Wetter auszusetzen oder der Zeit, dem umgekehrten Kosmetiker – der Haare schnippelt, Falten schreibt, Bäuche mit Kissen aus Fett polstert … woher nimmt der Mensch den Mut?

Als Zugvogel auf meinem Flug dem neuen Sommer entgegen sind mir alle Bauwerke hinderlich. Ich muss den Kurs wechseln, wenn ich ihnen nahe komme. Ihre Spiele mit Sonne und Schatten sind tückisch. Wenn ich gegen sie fliege, stürze ich benommen ab, mein Verstand verwirrt sich. Ich habe keine Fäuste mehr, nur Flügel, mit denen ich nach den Gebäuden schlagen kann, die mir im Weg stehen.

Ich bin ein Zugvogel, Philip. Soll ich es laut sagen? Soll ich es Anne, Sarah, Noel sagen?

– Woran denken Sie?

Philip wartete darauf, dass sie etwas sagte. Er und Anne hatten erwartet, dass Grace Cleave Ideen äußern würde.

Grace sah ihn stumm, betrübt an und wandte sich ab, um abermals auf den Viadukt von Winchley zu starren, das Baudenkmal der Stadt. Wie kompliziert, dominierend und aufdringlich ein Baudenkmal sein kann! Im immerwährenden durchritualisierten Prozess der Identifikation darf man seinen Gast nicht langweilen, indem man auf sich zeigt und sagt:

– Das bin ich, ich bin ich. Hier bin ich, sehen Sie, ich ich ich … Aber man darf sagen: Unsere Stadt hat eine besondere Sehenswürdigkeit. Wollen Sie mal sehen? Ich werde sie Ihnen zeigen. Eine weite interessante Fahrt irgendwohin zum Nachmittagstee, ah, da ist das Schloss, die Skulptur, der Schauplatz des Verbrechens. Da ist die Sehenswürdigkeit, sehen Sie, da ist sie, sehen Sie, dort.

– Gefällt Ihnen der Viadukt? Finden Sie ihn interessant?

– Ja, ich verstehe, was Sie meinen, dass er sich in diesem Licht am besten macht.

Grace nieste und putzte sich die Nase.

– Kalt und grau ist es im Norden, sagte sie abschließend.

*

155

Sie gingen die Straße hinunter zum Busbahnhof, wo Anne und die Kinder schon warteten. Noel schlief. Annes Gesicht war von der Kälte gerötet. Sie sprachen davon, für die Rückfahrt in die Holly Road ein Taxi zu nehmen, doch entschieden sich dagegen, und Grace erinnerte sich beschämt daran, dass Philip sie mit dem Taxi vom Bahnhof in Relham abgeholt hatte. Aus dem trüben Nebel und der Kälte tauchte ein Bus nach Winchley auf. Sie stiegen ein, aber diesmal schaffte es Philip, ohne Grace zu bitten, ihm Noel abzunehmen, obwohl sie hier und da geschäftig anbot, dies und das zu tragen – Soll ich? Kann ich? Nein, danke trotzdem, nein, es geht schon, danke.

Manchmal meinte Grace, dass *Nein danke* die abscheulichste Phrase sei, die es in der Sprache gab.

Als sie in der Holly Road ankamen, rannten sie förmlich zum Haus. Auf einmal ganz jungenhaft und fröhlich sagte Philip: – Ich laufe voraus, um Feuer zu machen, und wenn ihr kommt, ist der Rumgrog schon eingeschenkt.

Er lief voraus zum Haus.

Ermuntert folgten sie rasch und aufgeregt; nun war doch alles gut, bald würden sie zu Hause im Warmen sein. Philip hatte so ein lauschiges Bild von ihrer Heimkehr entworfen, dass Grace ganz enttäuscht und geknickt war, als sie vergeblich die Gläser mit dampfend heißem Rum und das lodernde Feuer suchte und ihr aufging, dass Philip nur gescherzt hatte.

– Na, wie gefällt Ihnen Winchley?, fragte Anne, als sie in die kalte Küche traten.

Sie tranken Kaffee und rauchten. Das Feuer war aus.

Während Philip mit den Kindern spielte, richtete Anne das Abendessen. Obgleich Grace sich danach sehnte, in ihrem Zimmer allein zu sein, blieb sie in der Küche, gebannt von der zurückkehrenden Wärme und Behaglichkeit; sie hörte Philip und Anne zu, beobachtete sie, dachte über sie nach, freute sich eher an ihrem Glück, als dass sie Eifersucht verspürte, fühlte sich auf angenehme Weise zugehörig. Sie rauchte Zigaretten aus den beiden Schachteln, die sie im Dorf gekauft und auf den Kaminsims gelegt hatte, damit jeder, der wollte, sich davon nehmen konnte. Das Einüben von ‹Ich hab Zigaretten gekauft, bedienen Sie sich, rauchen Sie zur Abwechslung meine›, hatte nicht zum Erfolg geführt, sie war zu schüchtern gewesen, es auszusprechen; deswegen ertrug sie Philips staunenden, amüsierten Blick, als sie (wie er meinte, da er ja nichts von ihrem Geschenk wusste) ohne ‹Sie gestatten› eine nach der anderen von den Nelsons der Familie rauchte.

– Ich rauche sonst nie, sagte Grace. – Aber ich habe beschlossen, dieses Wochenende zu rauchen.

Fast gelang es ihr, Philip zuliebe hinzuzufügen: – Ich habe sie heute Morgen gekauft. Bedienen Sie sich.

Sie hätte gern den Mut gefunden, die Küche zu verlassen, aber ihr Wunsch zu bleiben war zu stark: Ihr schien, sie wäre zu Hause und erlebte einen Frieden, der ihr im Elternhaus nie beschieden gewesen war. Während sie Anne dabei beobachtete, wie sie pflichtgemäß die nächste Mahlzeit zubereitete (die von Grace automatisch angebotene Hilfe hatte sie abgelehnt), hatte Grace das seltsame Gefühl, Anne sei ihre Mutter, die der Familie gleich ‹auftun› würde, und sie sei ein Kind an dem großen Holztisch auf der langen, kaurimuschelförmigen Bank, die schon ihr Vater und seine Geschwister als Kinder zum Kanu gemacht hatten, indem sie sie auf den Kopf stellten und durch imaginäre Stromschnellen paddelten. Grace hatte nie gern auf der Kauriform gesessen. Da sie an der Wand stand, musste man unter dem Tisch hindurchkriechen, um an seinen Platz zu gelangen, und wenn man einmal saß, mit Bruder oder Schwester neben sich, konnte man nicht mehr weg. Wenn Grace zu entkommen suchte, indem sie über die Bank lief, verfingen sich die Fliegenfänger, die an der Decke hingen, in ihrem krausen Haar, und sie hörte das verzweifelte Summen gefangener Fliegen, das ganz anders war als das übliche gleichmäßigere Brummen der Fliegen, wenn sie sich frei durch die Küche bewegten. Es war das gleiche panische Summen wie das von Fliegen, die sich in Spinnweben verfingen – das *wusste* Grace, denn sie und ihre Schwestern sagten gelegentlich aus Lust und Laune: – Los, wir fangen Fliegen und füttern sie den Spinnen. Dann fingen sie die Fliege in einer alten Flasche oder einem Marmeladenglas, trugen sie zur Spinnwebe und ließen sie so frei, dass sie hineinflog – s-s-s-s-s schlugen die Flügel, das zarte Gewebe schaukelte wild und wackelte wie eine Seidenbrücke, die von einer Armee überquert wurde; dann lugte ein dunkles behaartes Gesicht mit lampenhellen Augen aus dem Versteck in der Ecke, und wenn sie feststellte, dass alles der Vorsehung gemäß geschah, marschierte die Spinne im Stechschritt über das silberne Seidenseil, näherte sich der Fliege und wickelte sie ordentlich in eine Spinnwebdecke, bis ihre Beine nicht mehr strampelten, um sie dann über das schwankende Gewebe in ihren Bau zu zerren und zu den gesammelten Fliegenbeinen und Flügelresten, die in ihrer geheimen Kammer verstreut lagen, auf einen Haufen zu werfen.

Noch jetzt, in der Küche der Thirkettles, hörte Grace das verzweifelte Summen von Fliegen, die sich in ihrem Haar verfangen hatten. Sie schüttelte den Kopf. Sie wurde immer panisch, wenn sich etwas in ihrem Haar verfing. Keiner wusste, keiner wusste, wie schrecklich es war, solches Haar zu haben, so viel davon, solche Massen davon, so kraus gelockt, dass das Kämmen wehtat und die Leute auf der Straße stehen blieben, um sie anzustarren: – Guck mal, das Mädchen mit dem Haar!

Plötzlich schüttelte Grace den Kopf. In ihren Ohren summten gefangene Schmeißfliegen, die angsterregende dunkelblaue Sorte von der gleichen Farbe wie der letzte Block in einem kleinen Tuschkasten, den ihnen jemand zu Weihnachten oder einem Geburtstag geschenkt hatte. Der Deckel war in milchige weiß-blaue Abteilungen aufgeteilt, aber die einzelnen Farbblöcke waren so klein, so schmale Streifen in einem flachen Bett, dass die Schmeißfliegenfarbe mit einem Bild von einem Gewitterhimmel ganz und gar weggemalt gewesen war.

Grace sah Anne an, und es fehlte nicht viel, dass sie sich vorbeugte und sagte:

– Bot mit Süp, Mama, Bot mit Süp!

– Kannst du nicht sehen, dass deine Mutter beschäftigt ist?

Beschäftigt. Ihr Vater nahm immer ein langes Wort, wenn er eins finden konnte. Von den Büchern im Bücherregal – eine Oscar-Wilde-Ausgabe vom Flohmarkt, Schulbücher, alte Lesebücher mit Geschichten aus dem Amerikanischen Bürgerkrieg, Dr. Chase' *Book of Hints and Recipes* (in dem die Geburten, Hochzeiten und Todesfälle der Familie verzeichnet wurden), ein Roman mit einem grau-weiß gestreiften Umschlag und brüchigem Rücken und dem Titel *To Pay the Price* und *God's Book*, ein Glaubensleitfaden der Christadelphianer mit großen Buchstaben und verwischten grellbunten Bildern von Engeln, Armageddon und, wieder einmal, dem technisch unmöglichen Tag der Auferstehung – von all diesen Büchern wurde das rotgebundene Wörterbuch am meisten benutzt, vor allem von Grace' Vater, der sich an allen Kreuzworträtseln probierte, die er finden konnte. Grace hatte oft versucht, ihm zu helfen. Sie erinnerte sich daran, wie sie mal einen ganzen Abend damit verbracht hatten, ein Wort mit sechs Buchstaben zu suchen, und je schwerer es schien, das Wort zu fassen zu bekommen, desto entschlossener wurde ihr Vater, es zu finden; sogar als alle schon ins Bett gegangen waren, suchte er noch weiter nach dem Wort. Grace ging ins Bett, als sie sich nicht mehr wach halten konnte. Am nächsten oder übernächsten Tag sagte ihr Vater auf einmal: – *Rattan*, das ist es. Es ist *Rattan*. Und er klang so triumphierend, als hätte er den Melbourne Cup gewonnen!

Ihr Vater sah sich gern als den Gebildeten der Familie. Er war Eisenbahnergewerkschaftssekretär und unterschrieb Geschäftsbriefe mit einem Schnörkel, gefolgt vom Kürzel *Union Sec.*

– Bot mit Süp, Mama, Bot mit Süp!

Ihre Mutter sagte ein Gedicht auf, ein selbstgemachtes:

‹Er war ein Dichter: Er liebte das Rollen
des Donners im Raum; er schläft jetzt in der Scholle,
die er so liebte; die Hand still wie Erz.
Ach, das versteht nur ein Dichterherz.›

Der Dichter war natürlich Grace' Mutter, die, ob wegen familiärer Armut oder eigener Einsicht in die Arbeitsweise eines Dichtergeistes, immer darauf beharrte, dass die besten Gedichte stets auf die Rückseite von Umschlägen, auf leere Briefseiten geschrieben wurden. Sie besaß Beweise dafür. Sie erzählte von Soundso, der sein Meisterwerk auf eine Rechnung geschrieben hatte, die er nicht bezahlen konnte; für

Grace' Mutter war das die mächtigste und wirkungsvollste Rache an der Armut.

– Ach, bitte, Mama, Bot mit Süp!

Plötzlich fing Grace' Vater an zu schreien:

– Habe ich es nicht oft genug gesagt … alles, was ich sage, geht zum einen Ohr hinein und zum anderen hinaus …

Erschrocken drehte sich Grace zu Philip um, der, wenn Anne die Rolle der Mutter spielte, sich in den Vater hätte verwandelt haben müssen. Er hatte sich aber überhaupt nicht verwandelt, er war Philip in seiner Wochenendkluft, der lockere Akademiker beim Spiel mit seinen Kindern; wobei tief in seinen goldgesprenkelten Augen ein ganz kleiner müder dunkler Fleck saß wie ein winziges schwarzes Hagelkorn oder ein Punkt oder Komma.

*

Ich bin gespannt, dachte Grace. Ich bin froh, dass ich nicht wie eine von diesen Kleiderpuppen bin, deren Köpfe wie Käfige gebaut sind, sonst würden meine Gedanken durch die Gitterstäbe ausfliegen. Aber ich muss es wissen. Ich muss den Grund dafür wissen, weshalb dieses Wochenende so sonderbar ist.

Philip interessiert sich für Architektur. Ihre Liebe hat etwas Architektonisches, aber ich habe das Gefühl, sie ist noch nicht ganz vollendet; die Fundamente sind solide, Wände und Dach reichen als Schutz vor dem Sturm; Philip ist ein gewissenhafter Baumeister, der mit großer Sorgfalt ein festes Gerüst aufgestellt hat. Gerüst? Galgen? Magazin? Schule? Am Gerüst hängt etwas, ein kleiner Junge mit einer blauen Wollmütze nach Art der Baseballmützen aus den USA; er ist leblos und steif; es ist Noel. Wie ähnlich er Philip sieht, wie der gepflegte Intellektuelle durch den Betteljungenrotz bereits durchscheint!

Aber es ist nicht Philips und Annes Haus der Liebe, das ich vor mir sehe, sondern ein echtes Haus, das Haus aus Edendale, das in Glenham wiederaufgebaut wird, und wir wohnen vorübergehend in Hütten, und es schneit. Wir haben nicht genug Taschentücher für alle, in der Luft hängen Wolken von Friar's Balsam, die Tante aus Dunedin mit dem Kropf sagt:

– Sie phantasiert, sie phantasiert,

und ich weine, weil ich solche Schmerzen in den Beinen habe. Wachstumsschmerzen. Ist Wachsen so schlimm? Und was hat meine Mutter noch über den kleinen Jungen aus Outram gesagt, der ‹zu schnell gewachsen› war, so dass seine ‹Kraft nicht mitkam›? War er nicht krank geworden und gestorben? Ist das eine Strafe fürs Wachsen? Und warum ziehen mich alle mit meinem Wuschelkopf auf und sagen, dass ich aussehe wie Topsy, und fragen mich, wo ich geboren bin, worauf ich, weil ich weiß, dass sie es so erwarten, antworte:

‹Ich bin nicht geboren auf dieser Welt,
v'leicht aufgewachsen im Haferfeld.
Mann, was bin ich böse!›

*

– Mögen Sie Käsetoast?

Jedes Mal wenn Anne eine solche Frage stellte, gluckerte Grace zur Antwort begeistert: – Oh, alles, alles, ich esse alles.

Jetzt, nachdem sie zu Anfang jeder Mahlzeit an diesem Wochenende auf diese Weise geantwortet hatte, sagte Grace,

162

um weniger unhöflich und missverständlich zu klingen: – Ja, Käsetoast mag ich gern.

Ihr lag auf der Zunge zu sagen: – Mein Bruder isst keine Eier, er hat noch nie Eier essen können, und ich habe es nicht gewusst.

Sie sah Philip an, und ihr fiel ein, dass Anne in einem Moment der Muße, als Philip nicht mit im Zimmer war, in vertraulichem Ton erzählt hatte: – Philip liebt *Spaghetti bolognese*, wenn es nach ihm ginge, könnte ich zu jeder Mahlzeit *Spaghetti bolognese* machen!

Nun sah Grace Philip fragend an und staunte dabei über die menschliche Fähigkeit, eine schlichte alltägliche Neigung oder Abneigung mit so viel Magie und Mysterium aufzuladen. Er mag *Spaghetti bolognese*, sagte sie stumm vor sich hin, ihr Wissen genießend.

– Es schmeckt mir so gut bei Ihnen.

Es erfüllte Grace mit Stolz, das gesagt zu haben. Sie bewunderte Annes Zauberkunst, denn obgleich eine Mahlzeit auf die andere zu folgen schien und pausenlos Vorbereitungen getroffen wurden und Anne sich ständig zwischen Spülbecken und Herd und Spülbecken und Tisch hin und her bewegte, ging das alles so unauffällig vor sich, dass man Anne, wenn man sie irgendwo mittendrin angehalten hätte, nicht mit einem Teigklumpen in den Händen oder einer halbgeschälten Kartoffel überrascht hätte. Die wohldurchdachte oder absichtslose Art und Weise, mit der sie die Zubereitung und das Kochen der Mahlzeit verbarg, erinnerte Grace an das Schaffen von Kunst; doch wurde das Essen am Ende nicht mit einer selbstbewussten Geste des Triumphs auf den Tisch gebracht. Künstler könnten von ihr lernen, dachte Grace. Sie kann schaffen und schenken, ohne laut zu sagen: – *Seht her, mein Werk.*

Wie häufig hatte Essen zu Hause bei Grace als Liebes- oder Friedensgabe gedient, war ihre Mutter an den Herd geeilt, um die besänftigenden Pfannküchlein zu backen, hatte sie rasch die Dattelscones in den Ofen geschoben, damit die Familie ein paar Augenblicke genießen konnte, in denen geschmolzene Butter alles andere vergessen ließ; oder aber es wurde mit morgendlicher Strenge aufgetischt, wie zur Betonung, dass es nach der langen Bewusstlosigkeit der Nacht und des Schlafs nun auf in den Kampf ums Überleben ging, dann ignorierte die Mutter ihren Chorgesang:

‹Iss dich dick, dass es kracht,
iss dich dick und werd ausgelacht!›

und knallte ihnen das Frühstück auf den Tisch:

– Soll keiner sagen, ich hätte meine Kinder nicht gut ernährt!

Als sich Anne, Philip, Noel, Sarah zum Essen hinsetzten, schien es Grace, als ginge es ihnen nicht unmittelbar und ausschließlich ums Überleben oder um Ansehen, Liebe, Frieden; als wären sie nicht allein; und als würden sie nicht in ihrer Küche in der Holly Road in Winchley essen. Grace hatte das seltsame Gefühl, ihr Tisch sei vor Tausenden von Jahren gedeckt worden; sie teilten ihr Mahl mit Menschen aller Zeiten und jeden Standes, in einem riesigen Bankettsaal, dessen Tisch bis in einen Teil des Saals reichte, in dem Finsternis herrschte und den Gastgeber von einem Menschen in eine unsichtbare Präsenz verwandelte. Grace konnte den unbekannten Gastgeber im Raum spüren. Sie sah Philip an und erkannte am Ernst in seinen Augen, dass ihm der Gastgeber wichtig war; während in Annes Gesicht ein sinnliches Vergnügen am Lebendigsein stand, am gemeinsamen Mahl mit so vielen unbekannten und so wenigen bekannten, inniglich geliebten Gästen .

Sie glauben an Gott, dachte Grace, sie betrachtend. Trotzdem fehlte dem Essen jegliches weihevolle Gehabe. Sie aßen, sie redeten, sie lachten. Die Kinder rülpsten und wurden ermahnt, sich dafür zu entschuldigen.

Mitten im Traum hörte Grace Philip über neuseeländische Schriftsteller reden. Er sprach mit ihr.

– Ja?, sagte sie fragend.

– Ich meine die Vorkriegsschriftsteller, die immer noch schreiben.

Grace nannte eine Reihe von Namen.

– Ein paar von ihnen kenne ich, sagte sie, stolz darauf, immerhin eine kleine Verbindung zu Menschen erwähnen zu können. Sie begann leichthin, über diesen oder jenen Autor zu plaudern, doch dann hielt sie entrüstet inne.

– Oh, ich klatsche, rief sie aus. – Zwar verrate ich keine persönlichen Details. Aber trotzdem ist es Klatsch.

– Ja, aber doch nur freundlicher, sagte Philip.

Grace erzählte vom schuldgeplagten X, dessen Frau den Unterhalt für beide verdiente.

Philip lachte herzlich.

– Das kann in diesem Haus nicht passieren! Hier bringe ich das Geld nach Haus. Er wandte sich von Grace zu Anne:

– Sobald die Kinder alt genug sind, gehst du wieder an die Schule, und ich verkrieche mich auf dem Dachboden und schreibe.

Grace erschrak bei seinen Worten und bekam Angst. Sie war so schrecklich ichbezogen, dass sie meinte, jede starke Emotion, von der sie ergriffen wurde, müsse sich auch auf andere übertragen, und wenn das nicht so zu sein schien, schüttelte sie diejenigen, die sich weigerten, ihre überschüssigen Gefühle einzugestehen, im Geist so lange durch, bis ihre Gedanken herausrieselten wie Mohnsamen und zu welken und zu sterben schienen …

Ich will nicht wieder an die Schule zurück, dachte sie und bemühte sich, ihrer Panik Herr zu werden. Das kann ich nicht. Es gibt die Unterrichtspläne vorzubereiten, das Arbeitsbuch, die tägliche Anwesenheitsprüfung, die vielen kleinen Kreuze in Band um Band um Band, die irgendwie als *Beweis* dafür gedacht sind, dass ein Schüler anwesend war oder gefehlt hat; was für eine naive Art, menschliche Bewegungen aufzuzeichnen; wo wir doch wissen, dass Kinder immerfort mit ihren Gedanken unterwegs sind, Touristen, die durch jede noch so ausgeklügelte Grenzschranke schlüpfen. Morgenkreis. Schriftlicher Ausdruck. Sozialkunde. Dienst auf dem Pausenhof. Der gefürchtete *Morgentee* im Lehrerzimmer. Gespräche mit dem anderen Referendar Bill Todd, einem nichtssagenden Geschöpf, für den ich kein Mitleid empfand, sondern bloß Unmut darüber, dass ich noch nie die Gesellschaft eines *interessanten* Mannes genossen hatte, noch nie; selbst als meine Schwester und ich uns mit zwei Studenten verabredet hatten, war sie es gewesen, die den Mutigen, Intelligenten, Aufregenden erwischte, während ich meine Abende mit einem sprachlich minderbemittelten (kein Mitleid, kein Mitleid) Dummkopf aus dem Süden verbrachte, der ständig ein Lied vor sich hin summte, das ihm nicht aus dem Kopf ging: *Don't get around much anymore.*

– Wie bitte? An die Schule zurück?

Grace wurde von den furchtbaren Gewissheiten und Ungewissheiten des Sprechens gequält. Philip hatte Anne angesehen, hatte Anne angesprochen. Das Ritual sprachlicher Kommunikation durch Sprache ist so fest etabliert, dass nur wenige Leute es infrage stellen oder zu verändern wagen. Wenn man jemanden ansieht, ihn anspricht und dabei du, du, du sagt, dann bezieht sich das Gesagte auf diese Person; es ist alles so einfach.

Da sie kein Mensch war und keine Übung in der Kunst der verbalen Kommunikation besaß, erlebte Grace häufig schreckliche Momente, in denen ihr Verstand das bestehende Ritual infrage stellte oder veränderte, so dass ganz gewöhnliche Gewissheiten für sie zu erschreckenden Ungewissheiten wurden. Philip hatte mit Anne gesprochen. Doch war Grace Anne gewesen. Und jetzt sprach Philip mit Grace:

– Ja. Sobald die Kinder alt genug sind.

Anne lächelte ruhig, ohne das geringste Anzeichen davon, dass sie sich bedroht fühlte. Sie denkt, er spricht mit ihr, dachte Grace; dann verzogen sich plötzlich die Wolken in ihrem Kopf, und sie nahm wieder ihre eigene Identität als Grace an und saß nun da und lauschte, lauschte, ängstlich um die bedrohte Anne besorgt, die erneut grinste und laut auflachte.

Grace hätte vor Erleichterung weinen mögen. Dann war es also gut, alle waren sicher. Sie starrte auf ihren Teller, um nun so zu tun, als hätte sie Philips Worte und Annes lächelnde Antwort nicht gehört.

– Das werden wir ja sehen.

Das war eine Herausforderung.

Grace betete zu egal welchem Gott, wenn er nur nahe war. Mach, dass sie sich nicht umbringen, bitte mach, dass sie sich nicht umbringen. Er ist böse, sie hat Angst. Er wird sie umbringen und als Mörder gehängt werden oder in Sing-Sing auf den elektrischen Stuhl kommen, wo sie ein eigenes Lied haben:

‹It's a song they sing at a sing-song in Sing-Sing.

We wish that we were sparrows that we could fly away …›

Sparrows? Spatzen? Schwalben? Kuckucke? Godwits, die ‹wieder sommerwärts› fliehen?

Mach, dass die ganze Welt still wird, dachte Grace. Mach, dass Philip Anne nicht umbringt. Dies ist mein Teller, mein Käsetoast, dies ist mein Kaffee in der gelben Tasse, und – o mein Gott! – Philip und Anne werden sich umbringen. Denn verstehen Sie, sie sind meine Mutter und mein Vater.

16

Jetzt weiß ich es wieder, sagte sich Grace. Es war so:

Ihr Körper war von Wunden übersäht, und weil sie dem Drang nicht widerstehen konnte, sich zu kratzen, bluteten sie ständig oder waren von dünnem braunen Schorf bedeckt; ihre Waden und Oberarme waren voller großer roter Flecken, und während sie ihrer nimmer endenden Hausarbeit nachging, setzte sie sich alle paar Minuten auf den Kohlenkasten am Feuer, schob die Strümpfe runter oder krempelte die Ärmel hoch und begann sich zu kratzen; ihre Wunden waren rot ausgemalt wie die Länder des Britischen Empire im Atlas. Der Name der Krankheit, die sie quälte, war ihr unbekannt. Sie zögerte, dem Arzt davon zu erzählen, also Dr. Oliver, der ins Haus kam, um unsere Windpocken und unseren Keuchhusten zu behandeln; merkwürdig, dass ihm ihre Wunden nicht auffielen. An heißen Tagen trug sie keine Strümpfe und keine Ärmel. Man konnte ihre dicken Oberarme sehen, die sie uns einst so stolz gezeigt hatte: – Guckt euch mal meinen Bizeps an, mit dem Bizeps könnte ich jeden Mann umhauen, worauf wir Kinder herumliefen und uns untereinander die dünnen Ärmchen zeigten und riefen: – Guckt euch mal meinen Bizeps an, guckt euch meinen Bizeps an!

Der Tante aus Dunedin und meinem Vater und den Nachbarn fielen die Wunden auf, und sie fragten:

– Warum lässt du sie nicht anschauen?

Aber meine Mutter hatte Angst oder war zu stolz oder dachte vielleicht, dass es zu viel Geld kosten könnte, denn damals gab es keine Sozialversicherung, und Arztrechnungen waren so unbezahlbar, dass mein Vater immer stöhnte und seufzte und sie dann als Schmuck und Mahnung auf den Kaminsims warf, wo ihre transparenten Fenster bald von Staub überzogen waren.

Auf der letzten Seite von *Truth* war jede Woche eine Arztkolumne mit dem Titel *Truth's Doctor Tells*. Vielleicht fragte meine Mutter ihn um Rat. Ich weiß es nicht. Oder vielleicht schickte sie eine Bestellung an eine Versandfirma. Eine grüne Salbe von überwältigendem Geruch, nach in Benzin gekochtem Kohl, traf nun regelmäßig mit der Post ein, und meine Mutter setzte sich tagsüber zwischendurch hin und rieb sich die Beine mit der grünen Salbe ein. Doch sie half nicht. Der Tisch im Elternzimmer lag voller Salbendöschen, die bis auf eine Spur schmelzender Salbe am Boden leer waren. Ich meine, ich wäre damals so groß gewesen, dass ich meiner Mutter bis ans obere Ende ihrer Beine reichte. Wenn ich sie anschaute, sah ich Schorf und blutende Wunden. Wie zwei Bäume mit kranker Borke kamen sie mir vor – auf der Plantage gab es solche Bäume mit verfaulter, weicher Borke, die von Käfern zerfressen wurden und mit gefleckten Pilzen bewachsen waren.

Meinem Eindruck nach ist meine Mutter jahrelang mit diesen Wunden herumgelaufen, ohne sie loswerden zu können. Sie traute sich nicht mehr aus dem Gartentor; bald ging sie nicht einmal mehr weit vor die Hintertür. Jahre später, als sie diese Zeit in gewohnter Manier zu einer entscheidenden Phase ihres Lebens erklärt hatte, wie das Hochwasser, die Zeit, als ihr Arm sechs Wochen ‹nicht zu gebrauchen› war, und der Tag, an dem Tommy Lyles überfahren wurde, hieß es bei ihr: ‹Als ihr klein wart und ich zwei Jahre nicht vors Tor gegangen bin.›

Ich weiß noch, dass ich sie, wenn ich den Kopf hob, um ihr ins Gesicht zu schauen, weinen sah. Wenn mein Vater nach Hause kam und in scharfem Ton über die Rechnungen und Geld sprach, sah ich meiner Mutter an, dass sie sich fürchtete; jedenfalls schien es mir so; oder aber ich war es, die sich fürchtete, doch auch meiner Mutter mit ihrem Godfrey'schen Kinn und ihrem Gesicht, das dem Erzbischof von Canterbury so ähnlich war, standen die Tränen in den Augen, wenn mein Vater sagte:

– Sobald diese Kinder alt genug sind –

– Ich bringe hier das Geld nach Hause. Sobald diese Kinder alt genug sind –

Bitte, Gott, mach, dass sie sich nicht umbringen, sagte ich. Mach, dass mein Vater nicht meine Mutter umbringt, weil die Rechnungen hoch sind und sie Wunden hat und die Welt voll grüner Salbe ist, selbst die grünen Blätter am Birnbaum und am Pflaumenbaum riechen nach grüner Salbe. Was wird passieren, wenn ich alt genug bin? Alt genug wofür? Die Kuh hat ein Kalb bekommen, und als es ein paar Wochen alt war, ist ein Mann gekommen, um es sich anzusehen; er hat gesagt: Es ist noch nicht alt genug. Ich fragte: - Wofür? Mein Vater sagte: – Steck deine Nase nicht in Dinge, die dich nichts angehen, aber der Mann sagte gedankenlos: – Für das Gefrierhaus.

Ob es im Gefrierhaus wohl schneite?

*

– Du weißt, was er macht, oder, Schatz?

Das war Philip, der da sprach. Grace war unendlich erleichtert.

Es war ohne jeden Zweifel Philip, der da sprach. Und da waren Anne, Sarah, Noel –

Noel machte grunz grunz.

– Ja. Anne lächelte. – Ich hab's auch schon erraten.

– So mag ich dich gar nicht gern, mein Sohn.

Anne wusch und wickelte den plötzlich unerwünschten, stinkenden Noel.

– Soll ich dir Puder holen, Schatz?

– Nein danke, das nehme ich gar nicht mehr.

Philip sah Anne bewundernd an, so als hätte sie durch die Aufgabe von Puder ein Opfer gebracht, das er niemals in Erwägung gezogen hätte. Wie mutig sie war! Er hatte immer gemeint, Babypuder sei genauso notwendig, genauso ein Teil des Kleinkinderlebens wie Windeln. Anne arbeitete ohne Hast, ruhig, geschickt. In Philips Gesicht stand die unausgesprochene Frage, die sich eher an die Menschheit im Allgemeinen richtete als an Noel: – Muss es so sein?

Er wandte sich entschuldigend Grace zu, fast als riete er, dass sie, weil sie kein Mensch war, eine Erklärung suchen könnte.

– Tut mir leid. So was kommt halt vor.

– Ja, sagte Anne und sah Grace an. – Wir bitten vielmals um Entschuldigung. Sie krabbeln schon die ganze Zeit ständig um Sie herum, und jetzt muss auch noch sowas passieren.

– Oh, ich bitte Sie. Das macht doch nichts.

– Aber es gibt Grenzen, sagte Anne. – Normalerweise kleben sie nicht so an unseren Gästen.

Grace fühlte sich geschmeichelt, bis ihr klar wurde, dass sie keine besondere Tugend besaß, die Sarah veranlasste, mit ihr reden, und Noel, über den Tisch krabbeln zu wollen, um zu ihr zu kommen. Ihr Verhalten erklärte sich daraus, dass sie es gewohnt waren, Menschen zu Besuch zu haben – Leute, die mit ihnen redeten, die vielleicht mit ihnen spielten, die wussten, was man sagte, was man machte, und nicht dasaßen wie Bäume oder Steine und darauf warteten, dass eine unsichtbare Macht sie bewegte oder ersatzweise für sie sprach.

– Oh, das macht doch wirklich nichts, wiederholte Grace.

Und jetzt war Noel, der kleine Bettlerjunge im Nachthemd, bettfertig und sollte nach oben getragen werden, und Grace verspürte eine flüchtige Einsamkeit, als sie sah, wie er, von seiner Familie mit Abschiedsumarmungen bedacht, an seinen kindlichen Styx in der Unterwelt davongetragen wurde. Er hatte nicht darum gebeten, Grace zu küssen. Auch Sarah verlangte nicht, auf ihren Schoß zu klettern; sie sagte schlicht Gute Nacht, in ruhigem Ton, und folgte Anne und Noel nach oben, während Grace in sich hineinlächelte und ihnen nachschaute und daran dachte, dass Kinder, wenn Besuch länger bleibt, am ersten Abend sondieren und am zweiten die Noten verteilen. Sie erinnerte sich an das reizvolle Durcheinander aus Taschen und Mänteln am ersten Abend und die munter schwatzenden Tanten und Onkel, daran, wie sie aufbleiben und mitmachen wollte, zuhören, sondieren; und an den nüchternen ruhigen leicht entzauberten Blick auf die Runde der Gäste am zweiten Abend, da man sie jetzt schon bei Tageslicht und einen ganz Tag lang gesehen hatte, und an das widerspruchslose Zubettgehen.

Am dritten Tag lebte die Neugier bisweilen wieder auf. Das Pro und Kontra war mit grausamer Ehrlichkeit abgewägt worden; die Bilanz war bekannt.

Philip stieß einen Seufzer der Erleichterung aus.

– Nun, das wäre vorbei.

Grace lächelte das verständnisvolle Lächeln der privilegierten alten Jungfer, während Philip aufstand, den Tag abschüttelte, ins Wohnzimmer ging und sich in den ihn mitfühlend umfangenden Sessel am Kamin sinken ließ. Grace nahm ihm gegenüber Platz und wandte sich, die Präsenz und Nähe von Büchern genießend, dem Studium der Titel zu. Ah, da war das *Book of New Zealand Verse*!

‹Nein, nicht das selbstverliebte Aufgeblase,
Nicht die akribischste Historie setzt ihn frei,
Den Kraftstrom weltentdeckender Ekstase,
Und stopft die Münder, die da sagen:
Hier ist die Welt zu Ende, Wunder sind vorbei.

Nur wenn durch tieferes Erinnern, Fragen
Der matte Glanz bescheidenen Ruhms ihm bleibt,
Besteht der Seemann neben uns, und ohne Klagen
Träuft in die Welt unserer Zeit er
Das Blut, das die Geschichte einer Insel schreibt.›

Das, sagte sich Grace, als Zugvogel sogleich ganz in ihrer neuseeländischen Welt, wurde zur Erinnerung an den Seefahrer und Forschungsreisenden Abel Tasman geschrieben. Aber vielleicht war der Seefahrer, der am meisten dazu beitrug, die Geschichte unserer Insel mit Blut zu besudeln, gar nicht Abel Janszoon Tasman, der anno 1642 die blauen Meere befuhr, sondern die amerikanische Marine, die im Krieg nach Wellington kam; es war eine Zeit voll Lebensgier, Blut und Geschichte, als die Herzen aller Frauen aus den Wollschuppen und Kaninchenfängerhütten in die Straßen von Wellington stürmten, um das Abenteuer zu suchen. Ich war damals ein

Schulmädchen, doch erinnere ich mich, wie wir mit fünf-
zehn, sechzehn unsere Witze über die amerikanischen Marine-
soldaten machten; und als sie nach dem Krieg in ihre illusori-
sche ‹Heimat› zurückkehrten (genauso illusorisch wie etwas
Geschriebenes, das angeblich ‹mit meinen eigenen Worten›
ausgedrückt ist – nämlich wessen Worten?), da war das Blut
in allen Flüssen vom Waikato und Wanganui bis hinunter
zum Clutha zu sehen; sogar im lehmigen Mataura war der
Schnee mit Blut befleckt. Das war mal ein Tasman, der es
leicht hatte und nach dem kein Tag, kein Meer benannt ist!

*

Philips Augen waren geschlossen. Er ließ den Tag von sich
abfallen, gab sich Ruhe und Erholung hin.
    – Tauschen wir die Sessel, damit Sie sich die Bücher auf
dieser Seite des Zimmers ansehen können. Und morgen
Abend können Sie in der anderen Ecke sitzen und sich dort
die Bücher ansehen.
    Er lachte. Sie tauschten die Sessel, gerade als Anne mit
einem hausfraulichen Blick eintrat, aus dem dennoch die fins-
tere nordische Freude der Familie Macbeth sprach: ‹Ich hab
die Tat getan!›
    – Ich hab die Kinder ins Bett gesteckt.
    – Gut.
    (Ein kläglich Bild. Wie töricht, das ein kläglich Bild zu
nennen …)
    – Grace und ich haben Plätze getauscht, damit sie die Bü-
cher auf dieser Seite des Zimmers anschauen kann; morgen
Abend setzt sie sich dort in die Ecke.
    Philip schien sein Plan zu amüsieren. Anne, die mit dem

Gesicht zum Feuer saß, fand ihre Stelle im *Ulysses* und begann zu lesen. Philip schlug sein Buch über die neuseeländische Außenpolitik auf. Grace war nicht fähig, sich aus der plötzlichen Fülle der Bücher eines auszusuchen, und las die Titel in den Regalen: Architektur, Kirchenbau. Neuseeländische Romane.

– Je mehr ich über ihn lese, desto mehr gewinne ich den Eindruck, dass Peter Fraser Neuseelands bester Premierminister war.

Grace und Anne blickten beide rasch und abwehrend auf. Grace sah den jämmerlich schielenden bebrillten Premierminister vor sich, von dem sie wenig wusste und auch nichts hatte wissen wollen oder das Gewusste längst vergessen hatte. Sie erinnerte sich an die Einstellung ihm gegenüber, die sie, ohne nachzudenken, aufgesogen hatte wie ein Schwamm, aus dem allgemeinen Schmutz der öffentlichen Meinung. Jetzt versuchte sie zum ersten Mal, ihre Abneigung gegen ihn zu begreifen; mit Entsetzen ging ihr auf, dass in einem ‹jungen› Land, in dem ‹Jugend›, Sonne, Strände, Sport, physische Gesundheit das Ideal verkörperten, die Tatsache, dass ihr Premierminister schielte und eine Brille trug, offenbar unverzeihlich gewesen war! Er war als ‹schlechter› Premierminister angesehen worden, weil er eine Brille trug.

Grace hätte vor Scham weinen mögen. Wie der Dichter befahl, setzte sie die Vorgänge in ihrem Land einem ‹tieferen Erinnern› aus, einer genaueren Untersuchung, einmal unter Absehung von der betörenden Landschaft, von den Touristengletschern, Bergen, Flüssen, Steppen und dem Busch, von denen so oft gesprochen wurde, als wären sie geplante Errungenschaften menschlichen Wirkens, und konzentrierte sich stattdessen auf die Szenerie des Persönlichen, die wahrhaft

menschlichen Gebäude der Gewohnheiten, Meinungen, Vor-
urteile. Sie sah sich die glatten goldenen Menschen an mit
ihrer tadellosen Sehkraft, ihren perfekten Gliedmaßen, ihren
vor geistiger Gesundheit und Konformität strotzenden Hirnen; wie Rettungsschwimmerengel erschienen sie ihr, die
vom winzigen Waipapastrand im Süden (‹Wie die voll großer
Trauer am Ufer klagende Flut …›) bis an die Küste des North-
land marschierten, wo die Pohutukawabäume loderten; und
dazu spielte das große Aufgebot der Musikkorps – die Blas-
kapelle mit dem *Invercargill March*, *Colonel Bogey*, die Dudelsack-
kapelle mit *Cock o' the North*, *Speed Bonnie Boat*; und die Sonne
schien, der Tag gleißte vor Licht, während draußen auf dem
Meer, für den Augenblick oder den Tag oder das Jahr ge-
zügelt, die Flutwelle auf den Zeitpunkt wartete, an dem sie
alles ertränkte, und bis dahin ihre blaue Patience legte, so
dass Welle über nummerierte Welle schwappte. Erschrocken
nahm Grace die fanatische Unschuld des Marsches wahr, die
Akzeptanz der Leute, die Ehrfurcht, die sie ihm entgegen-
brachten – ja, sogar ihre Mutter, für gewöhnlich eine sanfte,
friedliche Frau, kündete in ihrer Verwirrung von Bürgerkrieg,
Gott, Vaterland.

‹Mine eyes have seen the glory of the coming of the Lord.
He is trampling out the vintage where the grapes of wrath
are stored.›

Sie sang die Hymne des Amerikanischen Bürgerkriegs. Doch
was hatte *vintage* – Weinlese – mit alldem zu tun?
Die Rettungsschwimmer trampelten durch den Sand. Warum machten sie diese abrupten Abwehrbewegungen und
wedelten ruckhaft mit den Armen? Wegen der Sandfliegen.

Natürlich, sie wollten die Sandfliegen töten, diese winzigen schwarzen Insekten, die einen verfolgten und bissen, stachen, dicke rote Beulen auf der Haut hinterließen; hässliche Beulen auf der schönen gebräunten Haut.

Grace war in diesem Augenblick so gewiss am Strand, dass sie zustimmte, als sich ihr ein schläfriges, träge-beobachtendes sonnenbadendes Paar zuwandte und sagte:

– Ist es nicht wunderschön hier, ein großartiges kleines Land, Sonne, Strand, alle so gesund?

– Ja, es ist wunderschön, das beste Land der Welt zum Kinderhaben; Sonne, Aufstiegschancen, Gesundheit, Glück.

– Und bald wird man dieses Zeug haben, mit dem man die ganzen Sandfliegen ausrotten kann. Dann wird es noch schöner. Es ist doch nicht zu bestreiten, dass die Sandfliegen eine Plage sind.

– Nein, das ist nicht zu bestreiten.

Was soll man da erwarten, wenn die Verrückten, die Krüppel, die Nichtkonformen auch einen Platz am Strand haben wollen?

Und wenn ein Premierminister auftaucht, der schielt und eine Brille trägt, ist dann nicht zu erwarten, dass du ihn genauso wenig magst wie eine Sandfliege, die dir die Parade verdirbt, weil sie dir die makellose Haut mit einer hässlichen roten Beule verschandelt?

*

– Über Peter Fraser habe ich nicht viel gewusst, sagte Anne zu Philip.

– Ich auch nicht, sagte Grace. – Für mich war immer Mickey Savage der größte neuseeländische Premierminister.

Sie erinnerte sich an das riesige Foto von Mickey Savage, das zu Hause an einer Wand in der Küche gehangen hatte; ein Lächeln im sanften Gesicht, unbeschmiert, weil sie ihn selbst als Kinder schon verehrt hatten – nie hatten sie die Momente ungetrübter Glückseligkeit vergessen, als ihr Vater auf die Nachricht aus dem Gesundheitsministerium hin, dass die Arztbesuche und Krankenhausaufenthalte fortan kostenlos sein sollten – *kostenlos* –, sämtliche unbezahlten Krankenhaus- und Arztrechnungen zusammensuchte, den Staub von ihren Fenstern wischte, sie aufmachte, glättete, laut vorlas, zu einem Stapel ordnete und mit einem Freudenschrei den Ofen- ring lüftete und sie ins Feuer warf. Grace erinnerte sich daran, dass die Freude ihrer Mutter durch eine leise Furcht gedämpft war, der Schornstein könnte sich durch die brennenden Kran- kenhausrechnungen entzünden.

– Ein Schornsteinbrand kostet uns fünf Shilling!

– Ja, sagte Grace, unbewusst ihre Eltern zitierend, – Mickey Savage war der Beste!

(– Er ist der Beste, hatte ihre Mutter oft gesagt. – Nach den alten Forbes-und-Coates und der Koalition ist er der Beste! Grace hatte nie richtig begriffen, ob Forbes-und-Coates ein Mann oder zwei Männer waren oder ob sie überhaupt Men- schen waren; sie waren nur ein kindliches Bild von altersgrü- nen, mottenzerfressenen Mänteln in einem Schrank; während das Wort Koalition, das sie bereits gedruckt gesehen hatte, sich anhörte, als wenn Grus geschaufelt würde, und wie Grus offenbar etwas Unerwünschtes war – die Frau von nebenan rief ihrem Sohn immer aus dem Garten nach: – Bill, sieh zu, dass du Kohlen kriegst, bring mir keinen Grus!)

– Er war der Beste, murmelte Grace.

O ja, bekräftigte Anne.

Grace und Anne lächelten sich zu, sie spürten das plötzliche Band der Sympathie. Ihre neuseeländische Vergangenheit rief in ihnen alte Einstellungen und Sätze wach, und sie bekamen einen entschlossenen Zug um den Mund – sie würden es jedem Engländer zeigen, der ihnen zu sagen versuchte, was sie über ihr Land nicht wüssten!

Der Augenblick war im Nu vorbei, doch Grace und Anne hatten beide registriert, wie sie sich sofort gegen ‹Ausländer› (vor allem Engländer) zur Wehr setzten. Grace zitierte stumm für sich:

‹Dort sieht man durch ihr Beckenglas
Die lustwandelnde Königin, sich langsam von der Scheibe wendend,
Huldvoll den Mund zur Frage formen: «Albert, Schatz,
Wie sprechen wir das aus – *Waitangi?*»›

Ausländer waren gefährlich, insbesondere in einem ‹jungen› Land. Ebenso Homosexuelle, Außenseiter, Intellektuelle, jede zweifelhafte Gruppe, die dem Vergnügen der über den goldenen Strand marschierenden goldenen Rettungsschwimmer in die Quere kommen könnten.

– Gewiss, räumte Philip ein. – Savage hat die Sozialversicherung eingeführt. Aber Peter Fraser hat die Konferenz von San Francisco in die Wege geleitet. Er war es, der fast gegen den Willen seiner Landsleute dafür gesorgt hat, dass Neuseeland in der Weltpolitik eine Stimme bekam, und der es geschafft hat, dass man dort endlich über den eigenen Tellerrand schaute; er hat Neuseeland geholfen, erwachsen zu werden.

Ach, wie schwer es doch ist, dachte Grace, das zu schätzen, was ein Mann unsichtbar zum Weltfrieden beiträgt, wenn man sich lebhaft an einen anderen erinnert, der, zumindest für eine Weile, Frieden in unser Haus brachte, das zufällig in der Straße der Unschuld und Erfahrung lag: Nummer 56 in der Eden Street, Oamaru, Südinsel, Neuseeland, südliche Hemisphäre, Welt. Die Welt kommt erst ganz am Ende der Aufzählung; es ist so leicht, sie zu vergessen. Wenn ich meine Liste auf ihre Tauglichkeit hin untersuchen würde, indem ich sie (wie in dem Spruch vom Meerschweinchen) ‹umgekehrt am Schwanz aufhänge› – Nummer 56, Eden Street, Oamaru, Südinsel, Neuseeland, südliche Hemisphäre, Welt –, wäre es die Welt, die herausfiele, wie die Augen des Meerschweinchens – aber Orte und Meerschweinchen haben keine Schwänze, sie sind eins; und nichts fällt heraus, niemals.

Es ist so schwer, ein Urteil zu fällen. Peter Fraser, Mickey Savage. Süden, Norden, die Welt.

Plötzlich war Grace bedrückt und ärgerte sich über ihre konfuse insulare Denkweise, sie war der ‹Welt› und ihrer Probleme überdrüssig; ihr fehlte die Kraft, ihr emotionales Netz so weit zu spannen und es ohne fremde Hilfe heimzuschleppen in ihr Herz. Sie fühlte sich einsam; sie wollte auf einem winzigen Inselstrand in der Sonne sitzen oder vielleicht doch bei den Rettungsschwimmern mitmarschieren; Musikkorps würden sie aufmuntern, ja, ja, es würde Spaß machen, zur Musik zu marschieren, und wäre längst nicht mehr so unangenehm, jetzt wo man dafür Sorge trug, dass die Sandfliegen ausgerottet wurden. Sandfliegen waren eine Plage. Das war nicht zu bestreiten.

– Das kann keiner bestreiten, schrie ihr Vater. Was für ein wunderbarer Satz das war, wie gut er einen mundtot machen konnte!

– Bitte entschuldigen Sie mich … ich … ich werde mal eine Weile nach oben gehen – um die Heizung anzustellen …

– Aber selbstverständlich, selbstverständlich.

Grace entfloh nach oben. Eine Zeitlang stellte sie sich gebeugt über die Gasheizung, dann, angezogen vom Bücherregal und den wenigen Büchern, die sich Annes Vater aus Neuseeland mitgebracht hatte, fand sie die History of the Rifle Brigade, setzte sich wieder an das Heizgerät, schlug das Kapitel mit der Überschrift War in the Trenches – Der Grabenkrieg – auf und begann zu lesen, und beim Lesen konnte sie ihren Vater singen hören, sein Lied vom Krieg – trotzig und von Furcht gequält und voller Zweifel, ob die Dinge so sein mussten, wie sie waren.

‹I want to go home,
I want to go home,
I don't want to go to the trenches no more
where the bullets and shrapnel are flying galore.
Take me over the sea
where the Allemands won't get at me.
Oh my, I don't want to die,
I want to go home.›

17

In dem hellen weißgestrichenen kalten Zimmer, das von der Gasheizung nicht einmal ansatzweise zu wärmen war, las Grace vom Ersten Weltkrieg und dachte darüber nach, sie durchlebte den Dreck und das Grauen, denn obgleich sie erst sechs oder sieben Jahre nach dem Ende des Krieges geboren war, hatte sie durch Hollywood und die stillen, düsteren Phantasien, die aus den Erzählungen des Vaters über den Krieg geboren waren und aus den Liedern, die er darüber sang, als Kind geglaubt, dass sie während des Krieges gelebt hatte, dass sie wirklich ‹im Krieg› gewesen war, in den Schützengräben gekämpft, Verwundungen durch Gas und Granatsplitter erlitten hatte.

Im Majestic Theatre, mit ihrer knisternden Tüte voll saurer Drops und Anisbonbons, die von der freundlichen Mrs Widdall so gemischt worden waren, dass weder saure Drops noch Anisbonbons als einförmiger Klumpen unten in der Tüte übrigblieben, war Grace beinahe jeden Samstagnachmittag in den Krieg gezogen, manchmal auf deutscher ‹Seite›, manchmal auf der Seite der ‹Alliierten›. Sie konnte nicht, ohne schier von Grauen erdrückt zu werden, an den Nachmittag denken, als sie unten im Meer in einem U-Boot gefangen war, das von einem Torpedo getroffen worden war. Mit ihren Geschwistern hatte sie die Serie *The Ghost* City gesehen, und obgleich sie wussten, dass die Cowboys und Viehdiebe nur ‹gespielt› waren, hatten sie ihr volles Wochenquantum an Albträumen mitbekommen, als eine Folge damit zu Ende ging, dass der

‹Gute› ahnungslos den Schuppen eines verlassenen Steinbruchs betrat, während der ‹Böse› gerade den gigantischen Brecher in Gang setzte; langsam, langsam senkte er sich auf ihn; er konnte nicht entkommen; die Folge endete mit dröhnender Musik und donnernden Hufen, und es war Zeit für unser Eis.

Dann gingen erneut die Lichter aus, und Grace und ihre Geschwister befanden sich tief unter dem Meer in einem U-Boot, wo sie zu ersticken oder ertrinken drohten. Jedes Mal, wenn sie die Gefahr zu vergessen suchten, rief der Film sie wieder wach, indem er zeigte, wie das Wasser langsam stieg und die anderen Mitglieder der Besatzung nach Luft rangen, zusammenbrachen, vor Angst durchdrehten. Ersticken. Das Wort machte Angst. Grace hatte niemals den gelblichen Schein des Lichts unter Wasser vergessen können, es war anders als Sonnenlicht, von ganz anderer Farbe, denn es war so weit von der Sonne entfernt, dass kein Licht es je berührt hatte; ein gelbes schwefeliges Leuchten, bei dem sie an den Untergang von Pompeji denken musste – eine weitere der als real erlebten Katastrophen aus dem Durcheinander von Erinnerung, Wissen, Träumen, das alles Gelesene, Gehörte und Erlernte filtert und Tropfen um Tropfen in den Fundus eines Kindergedächtnisses eingibt.

Als der Film aus war und Grace mit ihren Geschwistern blinzelnd in das harte Sandpapiertageslicht hinaustrat, das so anders war als das weiche heimliche Leuchten in der Tiefe des Meeres, wussten sie, oder vielmehr wusste Grace und ging selbstverständlich davon aus, dass es auch für die anderen so war, dass sich die Welt verändert hatte; dass sie nie wieder dieselbe sein würde. Grace sah sich die Leute an, die aus den Ausgängen strömten; die Sorge um ihren Untergang, ihr Ersticken und ihren Tod drückte ihr förmlich die Luft ab. Obgleich es ihr früher nie aufgefallen war, sah sie ihnen jetzt an, dass es ihnen Probleme bereitete, immer weiter und weiter zu atmen, und das, obwohl sie gar nicht unten im Meer waren, sondern hier oben in der Welt, auf der Erde, wo die Sonne schien, das Tageslicht blitzte und die Vögel sangen und das Laub der Bäume gelb und braun und golden wurde, wie auch im Garten vor dem großen zweistöckigen Haus von Miss Peters die drei Platanen, die sich über die Straße beugten, schon golden wurden.

– Die Platanen sind reif, dachte Grace plötzlich springend und hüpfend. – Die Platanen sind reif.

Das hieß, die Zeit für Windmühlen war gekommen. Auf dem Heimweg aus dem Kino machten sie Windmühlen aus den Platanenblättern und rannten mit ihnen durch die Straße, doch alle drei oder vier Schritte fiel ihnen wieder ein, dass Windmühlen machen und durch den Wind laufen nichts daran ändern konnte, dass die Menschen, selbst jene, die von reichlich Luft im Himmel und aller Welt umgeben waren, mehr und mehr Angst davor bekamen, nicht mehr atmen zu können, irgendwo weit von der Sonne entfernt im Verborgenen ersticken zu müssen, wo das Licht, obgleich es durch das Wasser weicher schien, so gelb schimmerte wie das vulkanische Feuer am Tag des Untergangs von Pompeji … Pompeji … Grace erinnerte sich, dass auch ihre Mutter dabei gewesen war, sie hatte ihre Familie auf das Grummeln des Vulkans aufmerksam gemacht und dann ganz still am Küchenfenster gestanden und die Gardine aufgehalten und mit unheilkündender Stimme gesagt: – Pompeji. Pompeji.

Doch der Krieg, der Erste Weltkrieg …

*

Ordentlich aufgereiht wie Internatsschüler im Schlafsaal lagen die Verwundeten unter freiem Himmel vor der Lazarettbaracke des Roten Kreuzes, aber in Wirklichkeit waren sie nirgendwo außer auf Seite 53 der *History of the Rifle Brigade*. Grace hätte schnell umblättern können, um sie loszuwerden. Warum sollte sie sich um Soldaten bekümmern, die im Ersten Weltkrieg verwundet worden waren, wo es so viele Soldaten und so viele Kriege gab?

Der General führte seine Inspektion durch. Gewiss, seine saubergenagten Gebeine sahen nicht anders aus als die Gebeine aller anderen Menschen, doch man habe Erbarmen mit ihm, stelle die schützende Schicht aus Fleisch und Haut wieder her, hülle ihn darin ein, lösche alle Wunden aus; er ist der General.

Er fragte die Männer:

— Wenn ihr vom Feind gefangen genommen werdet, welche Angaben müsst ihr machen?

Ein Chor der Verwundeten, die Stimmen zittrig wie von alten Männern:

Name Dienstgrad Nummer, Name Dienstgrad Nummer.

Grace wollte gerade von Seite 53 nach Seite 55 umblättern, als einer der Verwundeten, der wie seine Kameraden dalag, so ordentlich aufgereiht und mit Löwenstempel versehen, in ihre schmalen grauen Tragen gebettet wie normierte Eier im Karton, sich auf seinen Ellbogen aufstützte, den Kopf reckte und es wagte, Aufmerksamkeit auf sich zu ziehen.

Grace war außerstande umzublättern, ehe sie ihn angehört hatte. Er sagte in einem flehentlichen Ton, aus dem jeder Stolz verschwunden, gleichsam durch die perforierte Realität abgelaufen war:

— Hier bin ich! Nimm mich zur Kenntnis! Sag dem General, er soll mich zur Kenntnis nehmen und sehen, wie schwer ich verwundet bin. Versprich mir das!

– Ich verspreche es, sagte Grace.

Als sie das Buch zuschlug, hörte sie ihn mit übertrieben fröhlicher Stimme singen:

‹I want to go home,
I want to go home,
I don't want to go to the trenches no more
where the bullets and shrapnel are flying galore.
Take me over the sea
where the Allemands won't get at me.
Oh my, I don't want to die,
I want to go home.›

Grace stellte das Buch wieder ins Regal, machte die Gasheizung aus und begab sich nach unten ins Wohnzimmer. Philip und Anne blickten auf, als sie eintrat. In Philips Augen stand eine Mischung aus Mitgefühl und Sorge, und Anne sagte rasch:

– Möchten Sie eine Tasse Kaffee?

– Ja bitte, sagte Grace und ließ eine Erklärung für ihre Abwesenheit folgen: – Ich habe mich in dem Buch von Ihrem Vater festgelesen, *History of the Rifle Brigade*. Ich habe fast eine Stunde gelesen.

– Sie hatten hoffentlich die Heizung an?

Grace wollte eigentlich sagen: – Aber nein!, damit Philip und Anne glaubten, sie sei entweder zu schüchtern oder zu sehr in ihren Gedanken verloren, um die Gasheizung anzustellen, aber sie war eine leidenschaftliche Anhängerin der Wahrheit in welchem Gewand auch immer, selbst wenn es um Kleinigkeiten ging, und sie wollte die Außen- wie die

Innenwelt von aller Falschheit entkleidet wissen, so wie die Vögel, die geflogen kamen, um das Blattgold abzupicken, mit dem der glückliche Prinz bedeckt war, ihm erst die Kleider stahlen, dann die Gliedmaßen, die Edelsteinaugen, die Ohren, das Fleisch, bis nur noch sein Herz übrig war ... man musste anfangen, die Falschheit behutsam Schicht um Schicht abzutragen ... deswegen antwortete Grace:

— Ja, ich habe die Heizung angestellt.

Sie war nicht zu schüchtern, zu sehr in ihren Gedanken verloren; das gab sie nur vor, weil sie das Gefühl hatte, ihre Erwartungen nicht zu erfüllen; sie hatten einen geistreichen, intelligenten Gast erwartet; und stattdessen hatten sie diese Grace-Cleave bekommen, genauso mit Bindestrich gesprochen, wie es die kleine Sarah (intuitiv) machte.

Dennoch fürchtete sie sich wirklich, in erster Linie vor Schwellen und den Menschen, die sie überqueren könnten; und weil sie ständig auf der Hut war, umgab sie sich mit einer offensiven Wolke aus Sentiment und Traum – Schüchternheit, Gedankenverlorenheit.

— Ja, wiederholte sie kühn, – ich habe die Heizung angestellt.

Sie sah, dass Philip und Anne sich heimlich wünschten, sie wäre nicht so kühn gewesen. Sie hatten sich Gedanken um sie gemacht – weil sie in ihr Zimmer gegangen und ohne ein Wort der Erklärung eine Stunde oder mehr dort geblieben war. Sie hatten voll Sorge sagen können wollen:

— Ach, Sie hätten die Heizung anstellen müssen, um es warm zu haben. Sie müssen sie jederzeit anstellen, Grace.

Sie nahm ihre Enttäuschung wahr, daran, wie sorgsam sie ihre Worte von der Sorge bereinigten, die nun doch nicht notwendig war.

– Wie gut, dass Ihnen warm genug war, sagten sie gleichzeitig.

– War Ihr Vater bei der Rifle Brigade?, fragte Grace Anne.

– Ja. Hören Sie, ich werde mal Kaffee machen.

Als Anne zurückgekehrt war und sie ihren Kaffee getrunken hatten, zog Grace ein Buch, *Modern Architecture*, aus dem Regal und sprang beherzt auf.

– Ich glaube, ich werde mich zurückziehen. Gute Nacht.

– Gute Nacht, sagten Philip und Anne gleichzeitig, und wieder fügte Philip, als wäre es zu bezweifeln, dass sie am nächsten Morgen erscheinen würde, hinzu:

– Bis morgen früh.

– Ja, sagte sie förmlich.

Sehr geehrter Herr, bezugnehmend auf Ihre Äußerung in der Angelegenheit des Sonntagmorgens, möchte ich bestätigen …

Sie würde es niemals lernen; Kommunikation mit Menschen war mehr als nur ein Geschäftsbrief; warum bekam sie das nicht hin? Sie hatte Tränen der Wut in den Augen, Wut auf sich und die Welt, als sie, über dzs, ults, betrs und vordems stolpernd, nach oben ging, ins Bett.

Wie in ihrer ersten Nacht in Winchley war das Kissen tränennass, bevor der Schlaf kam.

18

In der Nacht wachte sie auf. Ihr Mund pochte vor Schmerz. Sind Worte oder Zahnschmerzen der Grund?

Zahnschmerzen beginnen und enden mit verdeckter oder offener Gewalt.

– Riech mal an dem hübschen Tuch, sagte der Zahnarzt zu Grace, und sie hob arglos den Kopf und schnupperte an dem hübschen rosa Tuch; dann würgte sie an der Hinterlist und kämpfte dagegen an, biss, strampelte, aber es half nichts, der Zahnarzt siegte, durch Lügen hatte er obsiegt, und Grace schlief ein, und als sie aufwachte, war der Zahn raus, in ihrem Mund war ein schartiges Loch und ein Geschmack nach Blut, dieser besondere Geschmack, von dem man weiß, dass es Blut ist, und, während man es vor dem geistigen Auge rot über breite Steinstufen in die Sonne und auf dem Marktplatz hinausfließen sieht, unwillkürlich sagt: – Das ist Blut, ich schmecke Blut. Als der Zahn raus war, war es mit dem nächtlichen Weinen vorbei und mit dem Hinternvoll in der Nacht zur Strafe für ihr Weinen, und es blieb nur die neue Unannehmlichkeit – Grace wurde zu groß für ihr Bettchen, ihre Beine stießen an die Gitterstäbe, wenn sie sich auszustrecken versuchte. Sie war jetzt vier, und ihre Lieblingsmusik war die Dudelsackmusik, die ihr Vater abends spielte und dabei im Flur auf und ab ging.

– Spiel mich in den Schlaf, Papa. Spiel mich mit deinem Dudelsack in den Schlaf. Schnell, ich krabble in mein Bettchen, und du spielst mich in den Schlaf!

Und ihr Vater spielte die Kinder in den Schlaf, meistens mit vollem Dudelsack, wobei er den Sack im Gehen rhythmisch presste, so dass er zur Musik leise wie Großvater schnaufte; manchmal spielte er auch ohne den Sack und die wie Finger gespreizten Pfeifen und die hängenden Schottenfransen, ohne Kilt und Felltasche, bloß in gewöhnlichen Feierabendsachen und, ohne auf und ab zu gehen, nur die Melodiepfeife; er erklärte mit einer Resignation, die uns Angst machte, weil sie nicht die geringste Auflehnung erkennen ließ, dass der Tag kommen werde, wo er nie wieder den Dudelsack spielen könne, sondern nur noch die Melodiepfeife, und dann irgendwann nicht einmal mehr die.

– Eines Tages, sagte er, wird meine Lunge zu schwach sein.

Wie seltsam, vom prächtigen Dudelsack mit seinem Drum und Dran und dem Kilt zur simplen, langweiligen Melodiepfeife überzugehen, mit der das ganze Glucksen und Dudeln und laute Singen der Highlandtäler und -berge überhaupt nicht einzufangen war; und von der Melodiepfeife still und leise, fast gleichgültig, weiter zu gar nichts; ein Ventil des Lebens schloss sich, wurde für immer versiegelt.

Und es geschah, wie es Grace' Vater vorhergesagt hatte. Es kam eine Zeit, wo er den Dudelsack nicht mehr spielte und die Melodiepfeife unbenutzt in ihrem Kasten in der Anrichte lag; der Kilt ging bei einer der vielen Versetzungen verloren, und mit der Felltasche spielten Grace und ihre Geschwister Bart und Santa Claus.

– Spiel mich in den Schlaf!

Manchmal sang er auch für sie.

– ‹Come for a trip in my airship›, lud er sie zur Fahrt in seinem Luftschiff ein.

Und er sang:

‹Underneath the gas light's glitter
stands a little orphan girl …›

Wer mochte dieses Waisenmädchen im Schein der Gaslaterne
sein?

Ich nicht.

Ich nicht.

‹I belong to Glasgow, dear old Glasgow town.›

‹He wheels his wheelbarrow,
through streets broad and narrow
crying cockles and mussels alive-alive-oh …›

Und das Lied, bei dem unsere kleinste Schwester Dots, die fast
drei war, immer unter den Tisch lief, um sich zu verstecken,
und weinte und weinte, während wir anderen mitleidig zu-
guckten; unser Herz wurde zu Eis, wenn wir das Lied hörten,
doch nur die kleine Dots musste weinen. Weil sie meinte …
weil sie meinte …

‹Steig nicht hinab in den Schacht, Dad,
Träume treffen oft ein.
Daddy, du weißt, wenn dir was passierte,
bräche das Herze mein …›

Ach, warum hatte Vater sie damit gequält? Er war kein Bergarbeiter, er war Lokführer erster Klasse, *locomotive engineer* schrieb
er auf seine Arbeitsblätter und auf Schulformulare, in die der
Beruf des Vaters einzutragen war; aber vielleicht war er trotzdem ein Bergarbeiter? Alles war irgendwie *möglich*. Möglich-

keit war kein Sack und keine Kiste, die sich ein für alle Mal verschließen ließ, sondern ein riesiger offener Schacht, der alles, alles aufnahm; der mächtige Strom der Möglichkeiten ließ keine Wahl zu, kein Lenken und kein Auslöschen.

– Es gibt nichts, was nicht sein kann!, pflegte ihr Vater streng zu sagen, und obwohl sie sich alle Mühe gaben, es zu verstehen, logisch zu durchdringen, konnten sie nur begreifen, dass er die Wahrheit sagte; auch dass es *gibt's nicht* und *gab's nicht* nicht gab, lernten sie. Anscheinend *gab es* alles. Drachen? Auch Drachen. Und Gott.

Also war ihr Vater ein Lokführer erster Klasse und zugleich ein Bergarbeiter, der in den Schacht zog und in den Tod, weil seine kleine Tochter Dots mit dem blonden Haar es so geträumt hatte, seinen Tod geträumt hatte.

Wenn ihre Mutter abends für sie sang, sang sie selten beunruhigende Lieder; manchmal sorgte sie mit Wörtern, die sie eigentlich zum Lachen bringen sollten, für Verwirrung, und dann lachten sie nicht, sondern fragten ernst: Warum? Warum? Wie kann das sein? Wie kann Omas Onkel am Pips eingehen? Welchem Pips?

‹Grandma's uncle died with the pip,
you tell Dinah that.›

Mutter hielt nichts von traurigen Liedern. Sie schimpfte mit Vater, wenn er die Kinder mit *The Wearing of the Green* zum Weinen brachte.

They're hanging men and women at the wearing of the green.›

Männer und Frauen aufhängen, bloß weil sie Grün trugen!
Ihre Mutter sagte: – Egal, Kinder, denkt nicht drüber nach, es
ist nur ein Lied, denkt an Elfen und Engel und Gott im Himmel … Doch Engel waren schwierige Wesen, ihr Leben war
so komisch, sie waren weder Männer noch Frauen, sie aßen
nicht, sie mussten nicht zur Toilette und sprachen nicht, sie
flogen bloß durch die Wolken oder liefen verkleidet auf der
Erde herum … das war schon interessanter … man konnte
nie wissen …

– Warum wurden Männer und Frauen aufgehängt, die
Grün trugen?

– Sing das nicht wieder, Curly.

– Sing uns *Ragtime Cowboy Joe*, Papa!

Zu dem Lied gab es Bewegungen; ihr Vater musste aufstehen und tanzen. Er war Ragtime Cowboy Joe.

‹In Arizona, wo die Schüsse knallen,
folge dem Nordstern, tu dir den Gefallen.
Der schlimmste grimmste Bursche von allen
ist Ragtime Cowboy Joe.

Beginnt er erstmal im Ballsaal zu ballern,
wird jeder schnell den Revolver abschnallen,
denn schießt er, das ist bekannt bei allen,
tanzt jedermann vor Angst.

Und er singt
Ragtime für das liebe Vieh,
wenn er schwingt
hoch im Sattel hott und hü,
dieser lauthals schallende,

knall und fallende
arizonische Ballermann,

Ragtime Cowboy Joe ...›

– Jetzt *Dan Murphy*, Papa.

Das war ihr ganz besonderes Lied, weil gegenüber ein
Mr Murphy wohnte und vor seiner Tür eine Natursteinstufe
war, auf der grünes Moos wuchs.

– ‹Twas long years ago ...›, begann ihr Vater, und, schon
in die richtige traurige Stimmung versetzt, warteten sie darauf, dass er den besonderen Teil über *sie* sang. Dann ließ er
immer stolz seinen Blick auf ihnen ruhen; wie wichtig sie sich
fühlten!

‹Arm, doch zufrieden waren wir ...
und wir sangen ohne Streit
in der schönen Jugendzeit
auf dem Stein vor Dan Murphys Tür.

Der Kindheit Gefährten und Freunde ...›

Die letzte Zeile wurde mit einem Triller gesungen, der immer
lauter wurde, bis sich am Ende seine Stimme überschlug; die
Lautstärke und Ausgelassenheit hatten etwas Rührendes, das
Grace im Gedächtnis blieb; sie konnte ihren Vater die Zeile
immer noch singen hören, denn sie besaß eine jener undefi-
nierbaren Eigenschaften, die, im Grunde gegen jede Erwar-
tung, so häufig dafür sorgen, dass ganz gewöhnliche Vor-
kommnisse, Wörter, Bruchstücke von Sätzen und Liedern für
immer ins Gedächtnis eingehen.

Trotz ihrer Einwände gegen ‹traurige› Lieder hatte ihre Mutter selbst ein ganzes Repertoire von Gedichten über Kriege, Hochwasser, Flutwellen. Es gab einen Hund, der vor Sehnsucht verging und am Grabe seines Herrn verstarb – der Refrain am Ende jeder Strophe lautete:

‹The dog at his master's grave …›

Es gab kleine Jungen, die Krüppel waren, und Waisenmädchen; aber die liebsten Gedichte der Mutter waren solche, die weniger persönliches als globales Unglück zum Thema hatten. Flutkatastrophen verfolgten sie. Grace entnahm es dem Ton, in dem ihre Mutter sprach, dass sie bei der Sintflut dabei gewesen war, in der Arche, mit Noah und den Tieren; dass sie während der großen Flut an der Küste von Lincolnshire gewesen war.

‹Der alte Bürgermeister stieg auf den Glockenturm.›

(Grace sah den alten Bürgermeister vor sich, wie er mit seinem schwarzen breitkrempigen Hut, die dünnen Beine in roten Strümpfen, die schmale Treppe hinaufstakste.)
Und es gab die Kühe, die zum Melken nach Hause geholt wurden (wie Betty, Beauty, Pansy):

‹Cusha Cusha Cusha calling
ere the early days were falling,
Come up Whitefoot, come up Lightfoot,
Jetty to the milking-shed.›

196

Doch Grace wusste, dass Kühe, obgleich sie alle darauf warteten, gemolken zu werden, und Beauty und Pansy fügsam waren, nicht immer dem Ruf zum Melkschuppen – in den Kuhstall – folgten. Eine Kuh, die Scrapers hieß, weil sie sich immer sorgfältig die Hufe sauberkratzte, bevor sie den Stall betrat, musste an einem Seil um die Hörner geführt werden, und das nicht etwa über eine sanfte Weide mit Margeriten und Schlüsselblumen, sondern steil an Kalksteinfelsen entlang den Berg hinunter bis an einen Bach im Tal, über den sie nur sprang, wenn man ihr gut zuredete. Aber Whitefoot, Lightfoot, Jetty, Beauty, Pansy und Scrapers lebten alle in Hörweite des Meeres und waren (so meinte Grace) ständig von Flutwellen bedroht – es war Grace' Mutter, die diesen Eindruck vermittelte; denn schaute sie nicht ängstlich aus dem Fenster zur Mole, zum Cape Wanbrow, auf den Pazifik, der so in ihrer Nähe toste, während sie ihnen von Mary erzählte?

‹O Mary, geh und ruf die Kühe heim,
und ruf die Kühe heim
drunten am Strand von Dee.
Der Westwind war wild und schwer wie von Seim,
und ganz allein ging sie.›

Am Ende ertrank Mary in der Flut, und obwohl Grace ein ganz anderes Leben führte als Mary (da hieß es – Grace! Grace! Geh die Kühe holen, es ist Zeit zum Melken), war der Ozean immer so nahe und so bedrohlich und verschlang das Land.

– Als ich ein Kind war, war da noch ein Fußballfeld, wo jetzt der Ozean ist, sagte ihr Vater in einem Ton der Verwunderung. Der Verlust eines Fußballfeldes war bedenklich.

Manchmal bereisten Professoren das Land mit Vorträgen über *Erosion: die Bedrohung des Landes durch das Meer* und zeigten Dias von gewöhnlichen Landstrichen, die zerfressen, untergraben, von Wellen verschlungen worden waren, doch keiner dieser Vorträge konnte die Phantasie so bewegen wie die eindrucksvolle Tatsache, dass ein ganzes Fußballfeld verschwunden war ...

Grace hatte oft aus dem Fenster gesehen und auf die Flutwelle gewartet oder in der Küche auf den Holzboden gestampft, um die Geheimnisse der Erde darunter zu ergründen und das Erdbeben zu spüren, das, wie ihre Mutter sagte, aus dem ‹Bauch› der Erde aufsteigen würde. Oft bebte das Haus, stürzten Schornsteine auf die Straße, und ihre Mutter, in der noch die grausigen Erinnerungen an die Erdbeben von San Francisco und Napier lebendig waren, erteilte Anweisungen, die Grace ganz konfus machten, so dass sie nie wusste, ob sie auf die Straße hinauslaufen sollte, weit vom Haus fort, oder ob sie im Haus bleiben und um keinen Preis auf die Straße hinauslaufen sollte, mit der Folge, dass jedes Mal, wenn die Erde bebte (ihre Stadt lag auf einer Verwerfungslinie), das Beben schon vorbei war, ehe sie überhaupt ruhig nachdenken konnte, und dann seufzte ihre Mutter und sagte: – Gott sei Dank ist es nicht so eins wie in Napier, und wenn er zu Hause war, trug ihr Vater seine künstliche Ruhe zur Schau und bemerkte sanft: – Ich verstehe die ganze Aufregung nicht.

Der Grund für die Aufregung war natürlich der Tod. Das war Grace klar. Und sie wusste auch, dass der Tod meistens nicht aus der Erde oder dem Meer kam, sondern dass er da war, zu Hause, und bei ihnen wohnte, so wie die Großmutter bei ihnen wohnte, und die schickte auch keiner fort. Deswegen war die Aufregung natürlich größer, wenn der Tod die

Stirn besaß, sich mit der Erde und dem Meer zu verbünden und (in Form von Blitz und Donner) mit dem Himmel.

Ja, der Tod wohnte bei ihnen wie die Großmutter. Ach Großmutter! Auch sie sang, warum sangen und sangen die Erwachsenen, ihre Mutter, die sang und Gedichte aufsagte, wenn sie kehrte und putzte, kochte und fütterte, ihr Vater, der sang, wenn er von der Arbeit kam und badete (wobei er still war, während er sich rasierte; immer machte er ihnen Angst; er konnte es nicht leiden, dass sie ihm dabei zuschauten – Warum dürfen wir dir nicht beim Rasieren zugucken, Papa? – Herr im Himmel, raus mit euch, hab ich gesagt!), und ihre Großmutter saß in ihrem Rollstuhl in der Sonne und sang, und die Lieder ihrer Großmutter rührten Grace so, dass sie immer beinahe weinen musste. Sie war sich sonderbar bewusst, dass die Großmutter ‹eine andere› war; sie war weder Mutter noch Vater, sie war eigentlich nicht bei ihnen zu Hause, und oft wenn sie draußen in der Sonne saß, schien sie keinen Platz zu haben, an den sie gehörte, so als hätte sie ihren Rollstuhl von der Straße zu ihnen gelenkt, in ein fremdes Haus, und als würde sie bald wieder weiterfahren, zum nächsten fremden Haus. Sie war dick, mit einem Drei- oder Vierfachkinn, dunklen Augen, schwarzem Kraushaar, und sie trug ein langes schwarzes Kleid. Es hieß, sie wäre aus Glasgow gekommen, sechs Monate auf dem Schiff, als sie gerade mal achtzehn war, aber Grace wusste, dass sie eine Sklavin aus Virginia, aus Amerika, war, denn in ihren Liedern sang sie von Heimweh nach ‹Virginie›. In Grace' Ohren klang ihre Sehnsucht nach ‹Virginie› genauso wie die Sehnsucht, die sie nach dem Versteck in den Silberbirken und nach dem Ort hatte, von dem der Wind sang, wenn er in den Telegrafenleitungen an der heißen, staubigen Straße heulte.

Bring mich zurück nach ole Virginie,
Da wern Baumwoll' und 'toffeln und Mais gepflückt,
Da trällern so süß die Vögel im Frühjahr,
Da sehnt sich mein schwarzes Herz hin zurück …

Wenn sie fröhlicher war, sang sie und zuckte im Takt mit den Ellbogen:

Ins Röhricht hinunter, da geh ich hin,
die Spottdrossel singt dort so leise und so froh.
Komm mit, das Boot liegt bereit, oho,
wir fahrn hoch und trocken auf dem O-hi-O.
Komm mit, das Boot liegt bereit, oho,
wir fahrn hoch und trocken auf dem O-hi-O.

Ja, dachte Grace dann, ich komme. Flink, flink.

*

Im Haus war alles still. Philip und Anne schliefen, die Kinder schliefen. Nirgends wurde gesungen. Zwei Nächte und ein Tag in Winchley ohne Gesang, abgesehen von Noels Morgenlied kombiniert aus Daseinslob, -erneuerung, -feier: nur eine Kinderstimme, die noch keine verständliche Worte hatte. Stille war eine städtische Disziplin, die Grace nur schwer ertrug; man sang nicht einfach laut und unmelodisch, wenn man in einer Wohnung wohnte mit Leuten darunter, darüber und an allen Seiten hinter den Wänden. Man musste sich ‹zivilisiert› benehmen. Man kaufte sich Schallplatten, auf denen andere Musik machten, Künstler, die mehr singen konnten als bloß *I want to go home, Oh my, I don't want to die, I want to go home.*

In meiner Heimat, dachte Grace – ja, ich sage es wirklich: In meiner Heimat – waren früher oben der Himmel und die Wolken und unten das Gras und die Toten, und hinter den Wänden waren die Schafe und Kühe und der Wind aus den Southern Alps. Aber jetzt bin ich in einer anderen Welt und soeben dabei, den Akt des Findens durch Verlieren zu vollenden – ‹Gefunden ist gefunden, wer's verliert, ist angeschmiert.›

Ich bin im Zimmer von Noels Großvater. Sarahs Großvater. Seine Dudelsacknoten liegen im Bücherregal. Ich sehe, dass in einem Regal auch Schallplatten mit Dudelsackmusik sind. *Cock o' the North, The Wee McGregor, The Massed Pipe Bands of the Highlands* . . .

Grace spürte Tränen in den Augen. ‹Finden ist der erste Akt, der zweite Verlust.› Ihre Augen fühlten sich an wie Sandgruben. Sie glauben, ich werde Montag nach London zurückkehren, dachte sie, aber ich kann nicht bleiben, ich kann nicht bleiben, ich werde morgen abreisen, ich werde dieses *Heimat, Heimat* vergessen, ich werde in meiner Londoner Wohnung sitzen und auf meine zivilisierte Entdeckungsreise gehen und hoffen, dass die Leute von oben, unten, nebenan mich nicht so behindern, dass es mir unmöglich wird, aufzubrechen wie Abel Tasman, in eine neue Richtung, in eine sich weitende Welt, oder um der Route zu folgen, die mir als Zugvogel bestimmt ist.

Bitte lass mich nicht zu einem Seefahrer auf einem Flaschenschiff werden, einem gläsernen Vogel auf einem Kaminsims!

19

Ich erinnere mich, sagte sie. Ich erinnere mich, es war so: Die Schule fängt an und läuft und läuft. Ich glaube, dass ich lesen lerne. Ich habe ein Buch mit dicken schwarzen Buchstaben und einem weichen grünen Einband, der von blassgrünen Fäden durchzogen ist. Die erste Geschichte handelt vom Rotkäppchen, das eines Tages loszog, um seiner Großmutter Kuchen und Wein zu bringen, und nicht wusste, dass ein Wolf in ihr Haus im Wald gekommen war – siehst du sein großes Maul, seine Zähne, die rote raue Zunge? – und die Großmutter aufgefressen hatte, sich ihre Sachen angezogen hatte und nun darauf wartete, Rotkäppchen zu fressen. Mir will scheinen, dass Leute in Geschichten einen manchmal hören und manchmal nicht hören, wenn man mit ihnen spricht, aber dass trotzdem nichts, was man sagt, die Geschichte, wie sie geschrieben ist, verändern kann. Wie kann ich Rotkäppchen warnen? Die Worte der Geschichte gehen über die ganze Seite, es ist nirgendwo genug Platz frei, um eine Warnung hineinzuschreiben, und wenn ich *Rotkäppchen, pass auf* an den unteren Rand oder den Seitenrand schreibe, wird Rotkäppchen es bestimmt nicht beachten, und komischerweise bin ich darüber froh, denn wenn sie schließlich zu dem kleinen Haus tief im Wald gelangt (warum steht da nicht ‹Busch›, und warum gibt es da immer nur Rotkehlchen und Nachtigallen und keine Fächerschwänze?), freue ich mich auf den Moment, wenn sie die Tür aufmacht, in die Schlafkammer geht, ans Bett der Großmutter tritt und vom Wolf gefressen wird –

wie enttäuschend, dass ausgerechnet in dem Moment ein Jäger vorbeikommt, als der Wolf Rotkäppchen fressen will! Wenn sich ein Wolf als meine Großmutter verkleiden würde, würde ich das sofort erkennen – oder etwa doch nicht? Man kann sich leicht in Menschen täuschen ... ihre Gesichter verändern sich ... manchmal sehen Menschen wie Wölfe aus ... wie dumm.

Es gibt keinen Grund, Angst zu haben, o nein. Um von der Schule nach Hause zu gelangen, gehe ich nur eine Straße hinunter, dann um eine Ecke und wieder geradeaus bis über die Eisenbahnschienen, und dann bin ich da. Wie sollte ein Wolf es schaffen, vor mir da zu sein, wenn ich mich beeile?

Ich lese gern. Wenn die Worte einmal auf der Seite sind, verändern sie sich nie mehr; wenn man ein Buch aufschlägt, fallen die Buchstaben nicht heraus.

Sie lernt lesen; sie ist in der ersten Klasse; sie will Lehrerin werden, wenn sie groß ist; sie geht auf die Wyndham District High School.

– Was lernst du in der Schule?

– Ich lerne gerade ein Lied:

‹Wenn der Doktor mit seiner dicken Brille
dir den Puls fühlt und sagt: Statt einer Pille
ist Rizinusöl wohl die beste Arznei –
bist du da gern ein kleines Mädchen?›

– Wie heißt deine Lehrerin?

– Miss Botting, aber wir nennen sie Miss Bottom.

– Lass mal dein Lesebuch sehen. Du bist ja wirklich ein großes Mädchen, wenn du das schon lesen kannst.

– Ja, ich bin ein großes Mädchen. Ja ja ja ja.

Trotzdem frage ich mich, warum so viele Geschichten von Jungen und Mädchen handeln, die eine Botschaft überbringen sollen oder zu einer Reise aufbrechen und nie die Botschaft ausrichten oder ans Ziel der Reise gelangen, weil sie von Wölfen und Füchsen gefangen werden. Ich hatte nie gewusst, dass es auf der Welt so viele Wölfe und Füchse gab. Meine Mutter singt ein Lied, das ‹New Zealand the Land of the Fern› heißt, und wenn sie mit Singen fertig ist, erzählt sie uns gern, dass es in unserem Land keine Schlangen oder Wölfe und Füchse oder wilden Tiere gibt. Mein Vater macht ein strenges Gesicht: ‹Alles ist möglich.› ‹Man soll nie zu früh den Mund aufmachen.›

Vielleicht habe ich, wenn ich morgen zur Schule gehe, nicht so viel Glück wie der Junge, der von einem Fuchs verschluckt und lebend aus seinem Bauch gerettet wurde. In einem Bauch ist es finster und geheimnisvoll, dort bewegen sich schleimige Maschinen, und an den Wänden wächst Moos, rot wie Blut, und in einem grüngelben Sumpf schwimmen nackte Knöchel, von Händen und Fingern abgetrennt; *Knöchel*; guck mal, meine *Knöchel*, guck mal, meine *Waden*; auf der anderen Seite der Eisenbahnschienen gibt es in der Ginsterhecke hinter dem großen Busch aus wilden Wicken ein perfektes Versteckloch für jeden Fuchs, der Kinder auf dem Schulweg fressen wollte.

Wir haben ein neues Baby.

Meine Großmutter ist tot.

Wenn du wüsstest, dass du *Knöchel* und *Waden* hast, würdest du dann nicht auch weinen und weinen?

*

Der Tod meiner Großmutter war der leichteste Tod, den ich je erlebt habe, wie ein langsamer Tanz, und meine Mutter bügelte Vaters besten Anzug und seine schwarze Krawatte, und Großmutter lag in ihrem Zimmer, damit man sie anschauen konnte, aber keiner fragte mich, ob ich sie anschauen wollte. Die Tante aus Dunedin und die Tante aus Wellington hatten nasse Gesichter und Lippen, und sie drehten sich langsam im Kreis, dort, an der Tür zwischen Flur und Küche, und fragten Isy, meine älteste Schwester:

– Möchtest du Großmutter sehen?

Langsam, leise, gingen sie durch den Flur, und Isy bekam Großmutter zu sehen und damit lebenslang etwas, womit sie mich hänseln konnte: – Ich hab Großmutter gesehen, als sie tot war, und du nicht. Ich hab Großmutter gesehen, als sie tot war.

– Wie sah sie aus?

– Als ob sie schläft.

Es hatte keinen Sinn zu sagen, dass ich ihr nicht glaubte, weil ich ihr glauben *musste*, weil nur sie es *wusste* und ich Großmutter nicht in ein Buch stecken konnte, um auf die Weise zu versuchen, eine Antwort von ihr zu bekommen, indem ich an den Rand schrieb: *Großmutter, siehst du aus, als ob du schläfst, jetzt wo du tot bist?*

– Man kann nicht aussehen, als ob man schläft, wenn man nicht mehr ist.

– Großmutter schon. Alle Toten sehen so aus.

– Aber man *muss* anders aussehen, wenn man nicht mehr ist. Man kann nicht atmen. Mit dem Atmen ist es aus. Halt mal die Luft an.

– Gut. Du auch. Los, ich halte die Luft an, ich halte die Luft an.

– Ich halte auch die Luft an. Oh oh ich ersticke, Mama, Isy wollte, dass ich *ersticke!*

Ersticken. Ersticken.

Und schon kommt Papa, um uns zu versohlen oder um für uns Dudelsack zu spielen, entweder das eine oder das andere.

*

Einige Leute aus der Schule tauchen für einen Moment auf und sind im nächsten wieder weg, und andere sind immer da. Billy Delamore ist immer da, aber nur, weil er in der Schule in die Hose gemacht hat. Margaret Wilmot ist da, weil ihr Vater der Direktor ist und sie an ihrem Geburtstag ihr bestes Kleid getragen hat und auf das Podest im Klassenraum geklettert ist und Miss Botting, von uns Miss Bottom – Popo – genannt, einst gesagt hat:

– Margaret, hier ist ein Geschenk von deinem Vater zu deinem Geburtstag. Herzlichen Glückwunsch, Margaret!

Miss Botting bat uns, laut zu rufen: Herzlichen Glückwunsch, Margaret.

Ach, könnte man doch die Tochter des Direktors sein und ein bestes Kleid anhaben und von allen zugerufen bekommen: Herzlichen Glückwunsch!

– Schau mal nach, was du geschenkt bekommen hast, Margaret, drängte Miss Botting. – Mach den Umschlag auf und schau nach.

Das musste man Margaret Wilmot nicht zweimal sagen. Sie zögerte nur um der Wirkung willen. Sie machte den Umschlag auf, nahm das Geschenk heraus und zeigte es Miss Botting, die einen entzückten Schrei ausstieß und sich der Klasse zuwandte und Margaret Wilmots Geburtstagsgeschenk in die Luft hielt.

– Na, ist sie nicht ein Glücksmädchen, Kinder? Margaret hat von ihrem Vater eine Pfundnote zum Geburtstag bekommen. Eine *Pfundnote*, unterstrich sie, um uns zu vermitteln, dass dies etwas ganz Besonderes war, und zeigte sich entsprechend zufrieden, als es Getuschel gab, dann Schweigen und dann lautes Oh und Ah, als allen klar wurde, dass eine Pfundnote das wunderbarste Geschenk war, das man überhaupt bekommen konnte. Wieso bekam ich denn aber, wenn wir Geschenke spielten und ich meine Mutter fragte:

– Was wünschst du dir vom Weihnachtsmann?,

von ihr die Antwort:

– Gute Worte und ein glückliches Heim.

Von meinem Vater kam, wenn meine Mutter das sagte, normalerweise ganz schnell:

– Quatsch.

Aber auch er wünschte sich keine Pfundnote. Er wünschte sich, dass der Wolf nicht an die Tür klopfte.

Also wusste er Bescheid, wusste Bescheid über die Wölfe und Füchse auf dem Schulweg und den kleinen Jungen, der im Bauch des Fuchses gefangen war!

– Margaret Wilmots Vater hat ihr zum Geburtstag eine Pfundnote geschenkt. Sie ist aufs Podest gestiegen, und Miss Botting hat sie ihr in einem Umschlag gegeben, und sie hat ihn aufgemacht und damit gewedelt. Mit der Pfundnote.

– Dann ist sie wohl eine Angeberin, sagte mein Vater.

– Na sowas, sagte meine Mutter, – dass ein so kleines Kind eine Pfundnote zum Geburtstag kriegt!

Es sah aus, als würden sie nie Mr Wilmots Beispiel folgen. Ich würde *nie* auf dem Podest stehen, während die Lehrerin vor der Klasse eine Pfundnote in die Luft hielt. Das einzige Mal, dass ich auf dem Podest gestanden hatte, war, als sie entdeckt hatten, dass ich eine Diebin war.

Als ich am nächsten Tag zur Schule ging, bedachte ich Margaret Wilmot mit einem verächtlichen Blick, wie um zu sagen (es war das Einfachste, das zu sagen und zu denken, was die Eltern gesagt und gedacht hatten):

– Du bist eine Angeberin, eine Prahlliese.

Ich kam in die zweite Klasse. Ein paar Wochen später durfte ich schon in die dritte, die Klasse von Mr Ryan.

– Pass gefälligst auf, gib acht, sagte Mr Ryan und schlug mich mit dem Riemen. Warum redeten alle davon, dass man achtgeben sollte, wenn es ums Aufpassen ging, acht, wovor?

Dann kam die Nachricht.

– Ich werde schon wieder versetzt, Mum, nach Norden. Oamaru.

– Oamaru? Wo ist das?

– In Otago.

– Im Hochland?

– Nein, an der Küste.

– In Oamaru gibt es Erdbeben, oder? Davon habe ich im *Wyndham Farmer* gelesen. Und das Meer frisst immer mehr Land weg.

Meine Mutter konnte solche Angst in die Welt setzen, schlicht indem sie ein paar Worte äußerte, große Augen machte, die Hand aufs Herz legte oder sich rasch über die Schulter nach einem unsichtbaren Feind umsah, in diesem Fall dem ‹Bauch› der Erde oder der ‹Gier› des Meeres.

– Dann zeig uns Oamaru auf der Karte, Papa, wo ist der Atlas?

208

– Welcher Atlas? Wir haben keinen Atlas. In *Pear's Dictionary* gibt es eine Karte, aber da werdet ihr Oamaru nicht finden, o nein, bloß Erdteile wie Europa, Afrika, Amerika. Oamaru ist viel zu klein!

Mein Vater klang geheimnisvoll, so als hätte er persönlich Oamaru vor den Leuten versteckt, die in London in ihrem Büro saßen und nach wichtigen Orten für den Atlas suchten.

Hurra, wir werden versetzt! Wir werden versetzt!

Mein Vater spielte sonntags Golf, und wir zerpflückten die Golfbälle, um zu sehen, woraus sie gemacht waren; und meine neueste Schwester krabbelte in ihrer Kiste herum und machte Aa in die Windeln, das aussah wie Blumenkohl, und ich hatte Würmer. Ich hatte sie gesehen! Ich guckte eines Tages hin, als ich fertig war, und sah kleine weiße Dinger, die sich schlängelten und krabbelten, und rief: Mama, da sind kleine weiße Dinger drin, die sich drehen und winden!

– Würmer!, sagte meine Mutter mit entsetzter Stimme. – Würmer!

Sie machte mir Angst. Ich beschloss, künftig den Mund zu halten.

– Das Kind hat Würmer, sagte Mutter zu Vater.

Mein Vater sah mich böse an und rief:

– Würmer?

Schuldbewusst, erschrocken, sagte ich leise: – Darf ich bitte aufstehen? Ich verließ den Tisch und ging nach draußen und setzte mich zwischen Gänseblümchen und Löwenzahn ins Gras, ganz allein, weil ich Würmer hatte.

*

Noel singt. Es ist wieder Morgen. Philip und Anne und die Kinder stehen auf. Jetzt höre ich sie unten. Es muss zehn Uhr sein, Sonntagmorgen. Warum soll man bei Gott aufhören? Warum ihn zur Decke, zum Deckel, zum Dach der menschlichen Mythologie machen? Nur weil uns, wenn wir bei Gott ankommen, die Worte fehlen, warum sollen wir ängstlich werden und unsere Reise abbrechen, warum nicht weitergehen und erst einmal singen, wie Noel beim Aufwachen singt, mit unverständlichen Worten, aus denen nach und nach die neue Sprache erblüht?

20

Grace probte ihre Ansprache.

– Übrigens, ich denke, ich werde heute Nachmittag nach London zurückfahren. Eigentlich wollte ich bis Montag bleiben, aber ich fürchte, mir fehlt meine Schreibmaschine, ich würde mich gern wieder an die Arbeit machen ... wissen Sie?

Übrigens. Ich fürchte. Wissen Sie.

Brutzelnder Bacon, Wasserhähne im Bad, die auf- und wieder zugedreht werden, Wasserkästen, die spülen, Bewegungen treppauf, treppab, bettelnde Kinderstimmen (nach Essen); Gähnen, verschlafene Ausrufe; Stille.

Sich der Richtigkeit ihrer sonntagmorgendlichen Entscheidung gewiss, stand Grace auf, wusch sich, kleidete sich an, wartete zehn Minuten, indem sie die Saatkartoffeln Reihe für Reihe von rechts und dann Reihe für Reihe von links zählte, und ging dann langsam die Treppe hinunter in die warme Küche; vor Augen bereits die Szene, die sie dort erwartete – die Kinder, angezogen und abgefüttert, still mit ihren Büchern oder Spielsachen beschäftigt, Philip und Anne am Tisch, das Frühstück fertig –

– Guten Morgen. Wir wollen gerade anfangen. Sie haben genau den richtigen Moment abgepasst, um zum Frühstück herunterzukommen. Nicht jeder Gast hat ein instinktives Zeitgefühl ...

Sie hörte sich antworten:

– Das macht die Übung. Ich habe gelernt, Kante auf Kante mit der Zeit zu leben und die Momente genau zuzuschneiden, damit die Nähte nicht schief und krumm werden, die Momente nicht ausfransen. Das ist eine Kunst, oder vielmehr eine Notwendigkeit, meinen Sie nicht? Auch für Leute, die kein Zugvogel sind so wie ich. Sie wissen, dass ich ein Zugvogel bin? Rußsturmtaucher, Godwit, Schwalbe, Gemeine Amsel – die Amsel habe ich in einem Olivenbaum auf einer spanischen Insel singen hören, wo das Licht auf den glatten grauen Felsen lag wie Flecken aus Schnee.

Durch den Verzicht auf Überlappungen, die Freuden wie Gefahren mindern und jeden pointierten Moment verderben, kann man den perfekten Ausblick über die Zeit hinaus genießen, wie er sich ergibt, wenn man seine Bewegungen und Bedürfnisse genau passend zuschneidet.

Darauf antworteten sie, voll Bewunderung für ihre Klugheit:

Ja. Gewiss, gewiss, gewiss.

Und sie fuhr fort:

– Wenn sich unsere Gedanken drehen, lassen wir uns leicht dazu verleiten, ihre gewaltige Bewegung für lebendige Originalität zu halten, für die Umwälzung von Vorurteilen und fixen Ideen, wo es doch stets viel wahrscheinlicher ist, dass die Maschine, die sie hält, nur ein kunstvoller Zementmischer ist und die wirbelnden Gedanken, wenn das Denken fertig ist, wieder in die unveränderte konventionelle Form gegossen werden, so dass wir, wenn wir zusehen, wie sie sich so verfestigen, dass man darauf tanzen, bauen, reisen kann, nicht mehr im Traum darauf kämen, welche Täuschung, welche Hoffnung einst durch die scheinbar gewaltige Erneuerung geweckt wurde …

An dieser Stelle lehnte sich Philip auf seinem Stuhl zurück, schob den leeren Teller von sich und sagte: – Lassen Sie uns

darüber reden. Lassen Sie uns reden. Ein bisschen weniger …
schwülstig vielleicht, aber wissen Sie, Grace, wissen Sie …

– Ja, ja, fiel Grace ihm eifrig ins Wort,

– Reden wir. Reden wir von der Zeit, von Kante auf Kante
gelegten Nähten, von Zementmischern auf Baustellen, wagen
wir uns dahin vor, wo Bilder baumeln und schweben, pflo-
cken wir sie an Gedanken fest, machen wir einen Zirkus, eine
sonntägliche Zirkusmatinee, mit dem Löwen, dem Tiger, dem
dicken Mann am vollgedeckten Tisch, zu dem der Ausrufer
oder das Plakat erklären: Wissen Sie, wie viel der dicke Mann
täglich verdrückt? So viel, dass ein Mann, seine Frau und drei
Kinder daran genug hätten – und mehr! Und mehr! Sehen
Sie, wie sich der Tisch unter dem Gewicht der Speisen biegt,
probieren Sie es selbst, essen Sie das, was der Mann bei einer
Mahlzeit isst, freier Eintritt für jeden, der den Versuch macht,
eine Mahlzeit des dicken Mannes zu essen …

– Ist das nicht … ein wenig extravagant für einen Sonntagmorgen?, fragte Anne.

– Es regnet, ein Sturm zieht auf, das große Zelt wird um-
gerissen, Feuer bricht aus, Panik, die Leute trampeln ihre
Nachbarn tot, da sie im Angesicht des Todes rasch die Entscheidung fällen, wer ihnen am wichtigsten ist. Ich bin wichtig. Ich. Ich. Ich bin wichtig. Philip, Anne, Noel, Sarah, hört
mir zu. Ich bin wichtig. Ich fliege allein, abseits des Schwarms,
auf langen Reisen durch Sturm und klares Wetter sommerwärts. Hört mir zu!

*

Als Grace in die Küche kam, war Anne dabei, Noel zu füttern,
während Sarah mit ihrer Puppe spielte. Sonst war nichts zu

essen auf dem Tisch; nichts war fertig. Philip war nirgends zu sehen. Mit dem Gefühl, dass ein Rückzug nicht infrage kam, setzte sich Grace unbeholfen an den Tisch.

– Guten Morgen, sagte Anne. – Möchten Sie schon eine Tasse Kaffee vorweg?

– Nein, nein danke. Ich fürchte, ich bin viel zu früh. Ich habe einfach kein Zeitgefühl. Ich dachte … ich weiß nicht … hier ist es nachts sehr dunkel, nicht … anders als in London. Ich denke übrigens, ich werde heute Nachmittag nach London zurückfahren und nicht erst morgen früh. Ich glaube, ich habe Sehnsucht nach meiner Schreibmaschine. Ich würde sehr gern bis morgen früh bleiben, aber ich habe wirklich große Sehnsucht nach meiner Schreibmaschine … es ist wunderschön bei Ihnen, ich habe es sehr genossen, vielen Dank für die Einladung, ich … ich … ich …

– Nun, wenn Sie meinen, dass es sein muss, aber Sie dürften wirklich gerne bleiben, aber wenn Sie meinen, dass es sein muss.

Oh, dachte Grace. Ich hätte warten sollen, bis sie und Philip zusammen sind. Jetzt muss ich für Philip meine Ausreden wiederholen. Ach nein, o nein.

Philip trat ein, in seinem besten Anzug.

– Guten Morgen. Haben Sie gut geschlafen?

Wie am Morgen zuvor machte seine Frage Grace verlegen, denn sein forschender Blick schien eine ausführliche Antwort zu heischen, vielleicht gar einen Bericht über geträumte Träume. Er wirkte unzufrieden, als Grace lediglich Guten Morgen sagte; ja, danke. Es herrschte Stille, während er wartete, lächelnd, aufmunternd, wissbegierig.

Grace sagte nichts. Anne hob Noel endlich aus seinem Hochstuhl und sah Philip an.

– Grace fährt heute Nachmittag nach London zurück. Die Arbeit ruft.

Von anderen vorgebracht, fehlt Ausreden stets die freundliche Verschleierung, mit der man sie selbst versieht; sie kommen scharf umrissen heraus, unverkennbar als Ausreden. Erschrocken darüber, wie ihre eigenen Worte in die Welt gesetzt wurden, ohne helfende Hand, ohne Plan, ohne jeden Versuch, sie zu verkleiden oder zu umhätscheln, riss Grace sie an sich, arrangierte sie neu und präsentierte sie hastig Philip.

– Ich genieße meinen Besuch hier sehr, aber ich denke wirklich, dass ich heute Nachmittag nach London zurückkehren werde. Ich habe das Gefühl, wieder an meine Schreibmaschine zu müssen. Das ist so. Wirklich. Ich würde sehr gern bleiben. Ich würde sehr gern bleiben.

Philip wirkte enttäuscht und verletzt.

– Aber wir haben doch oben noch mein Arbeitszimmer. Sie können sich jederzeit dahin zurückziehen und so lange oben bleiben, wie Sie wollen; Sie müssen nicht nach London zurück. Nehmen Sie *meine* Schreibmaschine.

– Aber das ist nicht dasselbe, es ist nicht dasselbe, sagte Grace, und ihre Stimme wurde lauter, um ihre Schuldgefühle zu übertönen.

– Es ist nicht dasselbe, wiederholte sie, diesmal in einem scherzhaft schrillen Ton, weil sie versuchen wollte, munter und humorvoll zu klingen, und fühlte sich dann töricht und niedergeschlagen, als Philips Antwort weder leichtherzig noch verständnisvoll ausfiel, sondern in ihrer Knappheit und Sachlichkeit und durch sein Gefühl, als Gastgeber versagt zu haben, schlicht unterkühlt:

– Nun denn, wenn Sie fahren müssen ... ich werde Ihnen die Züge heraussuchen. Aber Sie wissen, dass Sie mein Arbeitszimmer benutzen können und so lange bleiben können, wie Sie mögen.

– Natürlich. Ich will gar nicht weg. Ich will sehr gerne bleiben. Es ist nur, dass ich Heimweh nach meiner Schreibmaschine habe.

Das Thema war erledigt. Philip wollte in die Kirche.

– Ich bin jetzt weg, sagte er.

– Papa, kann ich mit in die Kirche?

– Heute Morgen nicht, Sarah. Vielleicht gibt es nachher noch einen Familiengottesdienst. Dann kannst du mitkommen.

Philip ging zu Anne und gab ihr einen flüchtigen Kuss, während Grace sie aus dem Augenwinkel beobachtete und das Fehlen jeder äußerlichen Emotion in ihrem Kuss registrierte. Sie hatten ihre Liebe so kodiert, dass sie mit einer schlichten alltäglichen Geste auszudrücken war, ähnlich wie ein Maler, der seine Kunst seit Jahren ausübt, dem Publikum ohne Verlust von Würde oder Können eine Leinwand präsentieren kann, die eine einzige gerade Linie zeigt oder ganz in einer einzigen Farbe gehalten ist. Wie die Leute, die ein solches Gemälde betrachten, anfangs oder vielleicht auch bleibend unentschieden sind, ob es sich um eine simple Konzentration von nichts handelt oder mehr enthält, sann Grace über die im Kuss ausgedrückte sichtbare und die wahre Empfindung nach, doch die Galerien der Liebe gaben ihr Geheimnis nicht preis. Als Philip und Anne sie zu diesem Wochenende eingeladen hatten, hatten sie nicht versprochen, ihr auch einen Katalog des Innenlebens ihrer Physis und ihres Geistes mitzuliefern.

*

Grace aß ihr Frühstück allein. Dann tranken sie und Anne zusammen Kaffee. Noel wurde zum Schlafen draußen in den Kinderwagen gepackt, Sarah wiegte einen in ein Tuch gehüllten Löffelengel in den Armen, während das Jesuskind, ausrangiert, auf dem Boden lag.

– Kochen Sie gern? Kochen Sie in London für sich allein?

– Ja, ich koche gern. Für mich allein mache ich mir nicht viel Mühe.

– Kürzlich war eine Freundin aus Neuseeland hier, und ich bin nach London gefahren, um sie zu sehen. Und da saß sie in einer Einzimmerwohnung in Earl's Court mit einem winzigen Gaskocher in der Ecke. Ich sollte bei ihr essen. Sie warf alles in einen Topf – Gemüse, Fleisch, alles, schlug ein Ei drüber und servierte das Ganze einfach so, mit dem Wasser. Mit dem Wasser!

– O ja, pflichtete Grace ihr aufgeregt bei. – Ja, genau. Ja, genau. Ich hatte auch mal eine Bekannte mit einer winzigen elektrischen Kochplatte in der Zimmerecke. Sie stand immer gegen drei Uhr nachts auf, um den Kessel aufzusetzen, damit er zum Frühstück um sieben endlich kochte. Das ist eine leichte Übertreibung … natürlich.

– Aber das Wasser in dem ganzen Gemüse! Und Margarine statt Butterflocken drin!

– Ja, genau, genau!

– Und ich habe noch eine Freundin aus Neuseeland hier. Sie besucht uns häufiger mal für ein paar Tage. Sie rülpst. Es klingt unmöglich, aber sie rülpst einigermaßen ungehemmt. Es ist das merkwürdigste Geräusch, das ich je gehört habe. Sie behauptet, nichts dagegen tun zu können. Sie macht es überall, überall und jederzeit.

Anne versuchte sich an einer Demonstration des komischen Geräuschs, das ihre Freundin machte . Sie lachten gemeinsam.

– Philip hat es tapfer auf sich genommen, sie zur heiligen Kommunion in der Kathedrale von Relham mitzunehmen.

Grace spürte einen eifersüchtigen Stich.

Sie schwiegen eine Weile.

– Es stört Sie nicht, wenn ich hier in der Küche bleibe? Ich halte mich hier gerne auf. Es ist warm, und es ist schön, einfach so zu reden. Oben im Zimmer Ihres Vaters habe ich Noten für Dudelsack entdeckt. Spielt er Dudelsack?

– Er hat früher gespielt. Er ist früher immer mit dem Dudelsack im Flur auf und ab gelaufen.

– Er ist im Flur auf und ab gelaufen? Mein Vater auch! Er hat uns abends in den Schlaf gespielt. Aber als wir nach Oamaru umgezogen sind, hat er nicht mehr Dudelsack gespielt, nur noch die Melodiepfeife.

– Ach ja, die Melodiepfeife. Dad hat seine Melodiepfeife hierher mitgebracht, aber er spielt sie nicht mehr.

– ‹Meine Lunge wird zu schwach›, hat mein Vater immer gesagt. ‹Ich kann den Dudelsack nicht mehr spielen und jetzt nicht einmal mehr die Melodiepfeife› … Hat Ihr Vater einen Kilt getragen?

– Er hat einen gehabt. Aber er hat ihn nicht oft getragen.

– Mein Vater war Highland-Tänzer. Seine Schwestern haben auch getanzt.

Anne seufzte.

– Manchmal frage ich mich, ob es richtig war, Dad hierher zu uns ins Haus zu holen. Aber als meine Mutter starb, dachten wir.

– Er hat eine Schaffarm gehabt?

– Er hat sie in der Weltwirtschaftskrise verloren. Den Verlust hat er nie verwunden. Er konnte es nicht ertragen, in der Stadt zu leben, in einem Haus auf tausend Quadratmetern. Er stand ständig am Tor und hielt Ausschau. Meinen Sie, dass Sie nach Neuseeland zurückgehen werden?

– Das weiß ich nicht, das weiß ich nicht.

– Diese ewigen Teekränzchen am Nachmittag! Ich könnte das nicht!

Sie hatten unterschiedlich gelebt; nachmittägliche Teekränzchen hatte Grace nicht gekannt – oder doch, einmal, als sie nach all den Jahren aus der Klinik entlassen worden war, hatte ihr jemand einen Brief geschrieben:
Liebe Grace,
ich habe Dein Buch gelesen. Kennst Du mich noch? Magst Du mal nachmittags zum Tee kommen?
Deine Katherine.
Ach, Katherine. Grace hatte sie als Achtklässlerin mit rosigen Wangen und blauen Augen in Erinnerung. Sie hatte gerade ihren Vater verloren und war von Romantik und Neid umstrahlt – wie wunderbar, einen toten Vater zu haben! –, und sie hatte begonnen, Gedichte über Gärten zu schreiben, und auf dem Musikfest hatte sie ein Lied gesungen:

‹Wunderschön ist ein Garten am Bache gelegen,
wo die Alten träumen und die Jungen sich regen,
wo die Blumen die Blüten und Knospen entfalten
und sie schließen am Abend, bevor sie erkalten.›

Es war ein *hübsches* Lied, das wusste Grace, trotz der wenig bestimmten Botanik; aber noch hübscher war:

‹An die Musik.

Du holde Kunst, in wie viel grauen Stunden,
Wo mich des Lebens wilder Kreis umstrickt,
Hast du mein Herz zu warmer Lieb entzunden,
Hast mich in einer bessre Welt entrückt!
In eine be-hessre We-helt entrückt!›

Wenn Katherine dieses Lied sang, sang sie von ihrem verstorbenen Vater und erging sich dabei angenehm in ihrem schmerzlichen Verlust. Ein seltsames Mädchen, diese Katherine! Sie ging früh von der Schule ab, um Knöpfe und Gummiband zu verkaufen; mit dem Gedichteschreiben war es dann vorbei.

‹Ja, ich komme zum Tee›, hatte Grace daher erwidert und sich einen Nachmittag lang in einem seltsamen, mit Wandteppichen und wunderschönen Möbeln überladenen Haus steif und verlegen bemüht, Schokoladentorte zu essen. Katherine liebte immer noch schöne Dinge. Grace sagte:

– Ich weiß noch, wie du Schuberts *An die Musik* gesungen hast.

– Ach ja? Das habe ich vergessen. Ich habe die Schule gehasst.

– Du hast auch das von dem Garten gesungen: ‹Wunderschön ist ein Garten am Bache gelegen›.

– Ach so? Wir haben so viele Lieder gelernt. Ich war froh, als ich von der Schule abgehen konnte.

Da sie keine Möglichkeit fand, ihre Erinnerungen loszuwerden, blieb Grace stumm und bemühte sich, ihre Schokoladentorte herunterzubringen; das Baby zu bewundern, die Wandteppiche, das beheizte Gewächshaus. Katherine fuhr sie nach Hause und setzte sie ein paar hundert Meter vor dem

Haus ab. Ohne zu verstehen, was sie (traumverloren vielleicht in einem paradiesischen Bild von Kindheit, Farmen, Obstgärten, ländlicher Großzügigkeit) dazu veranlasste, fragte Grace beim Abschied:

— Möchtest du ein Dutzend Eier mitnehmen?

Sie fragte unvermittelt, beiläufig.

— Nein danke, sagte Katherine, kühl erstaunt.

Sie nahmen Abschied und versprachen einander, sich wiederzusehen, wohl wissend, dass keine von beiden das Versprechen halten würde.

*

— Ich habe nicht viel Erfahrung mit Teekränzchen.

— Ich hatte sie furchtbar satt … Sind Engländer nicht jung? Verglichen mit denen zu Hause, meine ich. Als ich Philip kennenlernte, dachte ich, er würde noch zur Schule gehen.

— Ja, sie sind jung. Das ist die Sonne drüben, vermutlich.

— Ja, wahrscheinlich ist es die Sonne.

(Ob ich wohl, dachte Grace, eine Andeutung einfließen lassen kann, dass auch ich Erfahrung mit Männern habe?)

— Mir ist das auf den Balearen aufgefallen, sagte Grace. — Was Sie Sonne ausmacht, meine ich.

— Ach, Sie waren auf den Balearen? Waren Sie lange dort?

— Nicht sehr. Ein paar Monate.

(Noch nicht, sagte sich Grace. Gleich könnte der Moment kommen, aber noch nicht.)

— Ich vermute, Sie haben dort ein Buch geschrieben?

— Ja, ich habe ein bisschen geschrieben. Aber ich fürchte — Ihr Herz begann zu pochen, es gelang ihr, die Atemlosigkeit in ihrer Stimme zu beherrschen, und sie sagte wie beiläufig:

– Ich habe die Zeit überwiegend mit einer Affäre zugebracht. Wir haben uns natürlich getrennt. Aber es war interessant, weil ich noch nicht viel Gelegenheit hatte, Betterfah-
rungen mit Männern zu sammeln.

– Oh, das war bestimmt schön!

– O ja. Was zum Erzählen, wenn ich alt bin und im Schau-
kelstuhl sitze.

Die Schranken zwischen ihnen brachen ein; sie lächelten
sich zu, verstohlen, wissend.

– Nun, sagte Anne leichthin, – ich sollte mich ans Kochen
machen. Das Essen sollte fertig sein, wenn Philip aus der Kirche kommt. Wir wollen nicht, dass Sie Ihren Zug verpassen.

– Ich geh mal nach oben, einen Blick in das Arbeitszimmer werfen.

Ehe sie sich nach oben begab, ging Grace ins Wohnzimmer,
um ein Buch zurückzustellen. Das Feuer vom gestrigen Abend
lag erloschen im Kamin. Das Zimmer war verlassen, die leeren Sessel standen dicht am Feuer; herumliegende Seiten der
Zeitungen von Freitag und Samstag zeugten so deutlich wie
zertrampelte Busfahrscheine auf nasser Straße von mensch-
lichem Verkehr. Grace setzte sich in einen der Sessel. Die Tür
ging leise auf, und Sarah kam herein, mit ihren Löffelengeln
und ihrem wieder angenommenen Jesuskind. Sie war gekommen, um das Ritual zu vollziehen, das Kinder lieben, aber nur
selten erleben dürfen – eine private Unterredung mit einem
Gast. Sarah nahm bedächtig Platz und legte ihre Babys neben
sich auf den Sessel.

– Jetzt ist keiner mehr hier im Zimmer, sagte sie, um zu
betonen, dass sie ungestört waren.

– Nein.

Beide wussten, dass sie meinte, keiner außer ihnen.

– Mama und Papa sitzen abends hier, wenn wir im Bett sind, aber jetzt ist keiner hier. Magst du meine Engel?

Sie hielt Grace die beiden in Frottee gewickelten Teelöffel zur Ansicht hin; ihre ovalen Gesichter blitzten, wo sie sie poliert hatte.

– Ich weiß nicht. Ich glaube, ich mag sie. Schlafen sie?

– Nein, sie sind wach. Sie sind im Bett, aber sie sind wach. Das Jesuskind schläft.

–Ach, der Kleine schläft?

– Die.

– Entschuldigung, ich meine die. Na ja, ich meinte der, aber wenn du es sagst, ist er eine sie. Sie sieht aus, als ob sie fest schläft.

– Ja, sie schläft ganz ganz fest … Fährst du heute weg?

– Ja, mit dem Zug, heute Nachmittag.

– Kommst du mal wieder zu Besuch?

– Nun – ich – vermutlich –

– Ich will, dass du wiederkommst. Kommst du mal wieder zu Besuch?

– Ja, sagte Grace rasch. Ihr Herz überschlug sich vor Dankbarkeit, Liebe, Zuneigung und der besonderen Freude an einem Gesprächsritual, das von einer raffinierten kleinen Strategin vollzogen wurde, einer Diplomatin von der Geschicklichkeit eines Generals, der auf einem von Leichen übersäten Schlachtfeld mit dem Feind speist und trinkt.

– Ja, wiederholte Sarah. – Ich möchte, dass du wiederkommst.

Das Gespräch war vorbei. Feierlich verließen sie das Zimmer, schlossen sorgsam die Tür hinter sich, und als Sarah in die

Küche vorauslief, warf sie Grace über die Schulter jenen stahl-harten Vernichtungsblick zu, den Kinder haben, wenn ein Kontakt geschlossen ist, Verträge unterzeichnet sind.

21

Oben unter dem Dach wunderte sich Grace über den Charakter von Leuten, die anderen Zutritt zu einem Zimmer gewähren, in dem ihre tiefsten Geheimnisse verwahrt sind.

Sie saß an Philips gigantischem Schreibtisch, betrachtete die mit Papier und Briefen vollgestopften Schubladen und Fächer und die tragbare Schreibmaschine der Marke Imperial auf dem Schreibtisch, in der ein Blatt Papier steckte, *nackt* und für alle Welt zu sehen! Irgendwo in einer der Schubladen lag womöglich getippt und gebunden Philips Roman. Wie konnte er sich trauen, einer Fremden Zutritt zu diesem Zimmer zu gewähren! Oder war dieses Zimmer nicht der Hort seiner Geheimnisse? Vielleicht hatte nicht einmal er selbst Zugang zu seinen Schätzen; vielleicht hütete er sie anderswo, ohne sie je zu erkennen; vielleicht warf einen nach dem anderen weg, ohne je von ihnen Notiz genommen zu haben?

Grace sagte sich, dass es sich aller Versuchung zum Trotz nicht gehörte, in die Papiere eines anderen zu schauen, seien sie nun eingestandene Geheimnisse oder nicht, und wandte ihre Aufmerksamkeit dem Fenster zu, das klein war und aus dem man auf den Golfplatz blickte und auf die starren, wie toten Bäume, die monumental und leidend dastanden wie die Dornbäume, als die Selbstmörder in der Hölle ihr Dasein fristen.

Das Zimmer, beschloss Grace, wäre perfekt zum Schreiben, wobei das nichts mit der Aussicht zu tun hatte, denn beim Schreiben ist die Landschaft, die man betrachtet, nicht der Garten in der Holly Road oder der Golfplatz von Winchley; auch nicht die Old Brompton Road, der Autosalon, die Kondenswattestreifen am Himmel; sondern ein geheimnisvoller Ort jenseits des normalen Horizonts, wo die Wellen vom schwachen Schein der ertrinkenden Sonne durchdrungen werden und die letzten Lichtstrahlen wie winzige glitzernde Fische in die dunklen Falten und unablässig bewegten Stoffbahnen des Wassers flüchten; das innere Meer; man kann aus jedem Fenster gucken – in Winchley, London, Neuseeland, der ganzen Welt –, ohne jemals diese eine bestimmte Aussicht zu finden. Doch hier auf dem Dachboden, entschied Grace, würde es wenig Mühe kosten, wenig Ermunterung brauchen, die Vorhänge vor dem geheimen Fenster aufzuziehen, die Scheibe zu zerschlagen und in die Aussicht einzutreten; ängstlich, bang, hoffnungsvoll, einsam; unter Anpassung des Atems an die Erfordernisse des neuen Mediums; immer und immer wieder dem Konflikt der Meerjungfrau ausgesetzt – davongehen oder bleiben; durch das Fenster zurückkehren, das auf der einen Seite ein Spiegel ist, oder sich in der Bluthöhle einrichten und langsam verwandeln, aus einer, die auf die Aussicht schaute, in eine, die ein Teil oder Ganzes der Aussicht selbst ist; und von dort, wo der Spiegel bloß ein verzerrtes Bild von dir zurückwirft, wie du auf den dunklen Wellen dümpelst, Gesicht und Körper hinter Gittern aus Silber- und Goldlicht gefangen, weitergehen über die Aussicht hinaus (denn Schöpfung ist Bewegung), über dich selbst hinaus – wohin? Nicht zur winzigen Quelle, die von einem Staubkorn, einem Punkt, einem Insektenfuß für immer zu verstopfen ist, sondern an eine weite Küste mit so vielen Wellen wie Fischen und Walen, die als Anfang geeignet wären, ehe die Wahl getroffen ist, über das Leben entschieden, und sich der aufgeladene Wassertropfen, leuchtend vor Kraft und Stolz, seinem einsamen, von Staubkörnern, Punkten, Insektenfüßen bedrohten Wagnis aussetzt; nur eine Fülle von Wellen kann dir einen Horizont gewähren, eine Küstenlinie, ein Land; einen Zugang zur wahren Quelle jenseits der Aussicht, jenseits des kleinen beschränkten selbstgewählten Lebensabschnitts – zur grenzenlosen Milliardärsküste der Ewigkeit; von unablässigen Rivalitäten und Rhythmen und Ausgangsmustern hin zu Schweigen und Stille; kein Wind in den Bäumen – keine Bäume; kein Himmel, keine Menschen, keine Gebäude; es mag sein, dass an dieses Ziel nur durch die äußerste Anpassung des Atems zu gelangen ist: durch den Tod.

Ein Zugvogel könnte dahin fliegen, dachte Grace und wähnte sich sogleich dort, spürte luftlosen Raum um die Federn; in der himmellosen Welt fühlte sie sich weder bleiern noch leicht; wo zuvor in der Welt der Wind ihre Federn gekrümmt und gezaust und ihre Form seinen Gesetzen unterworfen hatte, ihre Fahnen in zitternde Fontänenbögen zertrennt und von der Sonne, die darin Wasserbewegungen sah, mit Regenbögen behängt; wo zuvor der Wind ihren Flug bestimmt oder sie in der Schwebe gehalten hatte, umschloss ihre Federn nun eine Woge aus Nichts, als würde eine Wolke um ihren Körper gestrickt; doch waren alle Grenzen aufgehoben; im freien Fall würde sie ewig fallen wie ein Stein; das Land hörte niemals auf.

Eine Sehnsucht erfasste sie, von der Quelle, dem Körnchen, der Aussicht zurückzukehren, durch die Scheibe wieder ins Dachzimmer zu klettern, und im Nu, wie im Traum, war sie da, vor sich der Schreibtisch, die tragbare Schreibmaschine der Marke Imperial (Ich habe eine Olivetti, dachte sie, Philip isst gern *Spaghetti bolognese*; mein Bruder hat nie Eier essen können, er hat viele Jahre kein einziges Ei gegessen), vor dem Fenster der Golfplatz und die Bäume. Ihr war kalt. Sie ließ einen letzten Blick durch das Zimmer schweifen – und entdeckte in einer Ecke die Rucksäcke, Windjacken, Stiefel, die auf den Urlaub in den Highlands warteten. Sie erinnerte sich an Philips Worte über eine Reise in die Highlands, die er mit Anne bald nach der Rückkehr aus Neuseeland unternommen hatte.

– Wir sind damals alle Strecken gelaufen. Weißt du noch unsere erste Reise? Du warst mit Sarah schwanger, aber das wusstest du noch nicht.

Während Philip sprach, hatte Grace das Gefühl, über goldene Steine unter trägen elefantösen Wolkenformationen zu laufen, die ihr Licht hinaustrompeteten; doch auf einmal hatte sich der weite Himmel über den Highlands verengt, er wurde häuslich, beklemmend, blau wie der beste Porzellanteller, und Grace spürte eine Bewegung in ihrem Bauch: Sarah.

In der Mitte des Dachzimmers lagen, hoch aufgestapelt, ganze Jahrgänge literarischer Wochenschriften und anderer Zeitschriften mit vergilbten Kanten und gelben Flecken auf den Umschlägen, als wäre die Feuchtigkeit (hierzulande spricht man mit Grauen von ihr: Feuchtigkeit ist ins Haus eingedrungen) lebendig geworden und hätte sich mit ihrer nassen Hand auf das Papier gelehnt.

Jetzt weiß ich, wohin Literaturzeitschriften gehen, dachte Grace mit der Befriedigung eines Menschen, der das Rätsel gelöst hat, wohin die Fliegen im Winter, die Stecknadeln aus der Schachtel und derlei mehr verschwinden. Auf einem Regal in der Nähe der Zeitschriften standen Annes Bücher aus der Studienzeit und verschiedene Bücher von Philip. Dieses Haus bot Büchern keine Grenzen, sie flossen über, überschwemmten alles; man musste sich aufs Dach stellen und nach Hilfe winken, in Gedanken traurig bei den ach so geliebten Möbeln, die schon ruiniert waren von den aufsteigenden, alles durchtränkenden Ideen …

– Sind Sie da oben, Grace? Es gibt Kaffee.

– O ja, danke. Ich komme!

Wie die Tradition es will, wenn man ein Zimmer verlässt, ließ Grace noch einmal einen letzten zaudernden Blick durchs Zimmer wandern; dort war ein an Philip adressierter Umschlag; getippte Briefe, handgeschriebene Briefe; plötzlich stand sein Leben vor ihr, seine Aktivitäten, Briefe, die für ihn ankamen und die er las und beantwortete. Ich bin nicht da, dachte sie. Ich bin nicht da. Ich bin nirgendwo. Sie spürte, wie sich die Welt verfinsterte, wie sie plötzlich ausgeschlossen war, und sie schlug mit den Flügeln gegen die Tür der Finsternis, doch ihr machte keiner die Tür auf; denn keiner hörte sie.

22

Moment. Es war so, sagte sie. Ich weiß noch, so war es.

Wir wurden also nach Oamaru versetzt, und die Versetzung war mit der längsten Reise verbunden, die wir je gemacht hatten, viel weiter als nur ein paar Schnaufstationen
mit der Eisenbahn, eine Tagesreise über eine endlose Zahl von
Flüssen durch Grasland und Cabbage-Tree-Gegenden, durch
Mondlandschaften voller Kaninchenbauten, über denen weiße Staubwolken hingen; Eisenbahnhäuser, Eisenbahnhütten,
Wäscheleinen, Bahnübergänge mit Warngebimmel; Schafe,
Felder; und bei Dunedin der dunkle unheimliche See, von
dem Isy mir erzählte, dass er keinen Grund habe. Wir betrachteten ihn aus dem Fenster; uns schauderte, weil wir
wussten, wenn wir hineinfielen (wie schwach die Brücken
über die vielen Flüsse waren), würden wir für immer verschwinden.

– Das Taieriwatt, sagte meine Mutter mit Weltuntergangs-
stimme. Eine graue wogende Schlammödnis, in der sich
unablässig begrabene Mammuts wälzten, über Abermillionen
Jahre von Lebensströmen durchpulst, ähnlich wie das Leben
in kleinen Insekten und Tieren noch für ein paar Sekunden
zuckt, nachdem ihr Herz zu schlagen aufgehört hat.

In Dunedin änderte sich die Fahrtrichtung, der Zug schien
rückwärts zu fahren, wir schienen in die verkehrte Richtung
zu reisen, wieder heim nach Wyndham. Mir war schlecht,
und ich lag mit dem Gesicht auf dem nach Rauch stinkenden
Ledersitz, und sie deckten mich mit einem Mantel zu.

– Wir fahren jetzt genau nach Norden, sagte meine Mutter, und wieder war ihre Stimme tragisch aufgeladen. Wieso konnte meine Mutter, indem sie *genau nach Norden* sagte statt bloß *nach Norden*, den Eindruck vermitteln, dass bald das Ende der Welt bevorstand?

Genau nach Norden. Ich atmete langsam und tief angesichts dieser grausigen, unausweichlichen Realität.

– Guckt mal, Kinder, die Southern Alps!

Wir betrachteten die beschneiten Gipfel, die sich in einer fast ungebrochenen Linie am Horizont entlangzogen wie Schaum am Saum eines Himmelssees, und sie folgten uns bis nach Oamaru, wo sie nunmehr unbewegt vor dem Himmel hinter Waimate, Weston, Waiareka und den anderen Orten standen, deren Namen uns allesamt neu waren.

*

Binnen einer Woche konnten wir es hersagen, in erster Linie als Schutz gegen die vielen fremden Nachbarskinder. Es hieß nicht mehr Ferry Street Windham Southland, sondern Eden Street 56, Oamaru, North Otago. Unser Haus hatte eine Nummer, weil es so viele andere Häuser in der Straße gab, mehr als ich je im Leben gesehen hatte. Angeblich war es eine der längsten Straßen der Stadt, sie begann am Strand, verlief quer über die Main Street, leicht bergan zu unserem Haus, an unserem Haus vorbei, steiler bergauf in einer scharfen Kurve nach rechts und immer noch höher, bis an den Grüngürtel um die Stadt.

Die Nummer 56 war anders als alle anderen Häuser, in denen wir je gewohnt hatten. Es hatte ein Bad mit einer Badewanne, Dusche, Waschbecken und Hähnen für kaltes und warmes Wasser. Das Klosett war zwischen dem Waschhaus und dem Kohlenschuppen – ein kleines Holzhäuschen mit Spinnen in den Ecken und einem von Kerzenwachs bekleckerten Bord. Dass wir Strom hatten, für uns etwas bis dahin Unbekanntes, lieferte meinem Vater einen neuen Grund für laute Klagen:

– Im ganzen Haus brennt Licht! Man kann unser Haus schon von der Thames Street sehen; was glaubt ihr denn, wer wir sind, dass im ganzen Haus Licht brennt?

Die Thames Street wurde für Vater zum Markstein. Wenn wir laut waren, konnte man uns ‹bis zum Fuß der Thames Street› hören; wenn ihm etwas scheinbar Unmögliches zugemutet wurde, kam die Antwort:

– Da kann ich ja gleich die Thames Street runterlaufen!

Bei meinem Vater reimte sich Thames mit James. Ich staunte darüber, wie er gegen jeden Widerspruch hartnäckig dabeiblieb, anstatt seine Aussprache so zu ändern, dass es sich auf *hems* reimte ...

Also. Ein Haus, im Garten ein Rosenbogen, eine von einer Banks-Rose überwucherte Sommerlaube, in der wir *Hugh Idle & Mr Toil* spielen konnten, zwei Japonica, in Weiß und Rot; ein Pflaumenbaum, dessen Äste zur Hälfte über den Zaun zum Nachbarn hinüberhingen; ein Birnbaum mit zwei Birnensorten, Honig und Winter; Apfelbäume, Kochäpfel und Irish Peach; ein Pfirsichbaum, der nie Früchte trug; ein Hühnerstall; ein Kuhstall; nach hinten hinaus, hinter dem Garten, die Bullenweide, der Berg mit seinen Höhlen und Fossilien, die meilenweit ausgedehnten Pinienpflanzungen; und überall, links, rechts, auf der gegenüberliegenden Straßenseite, in der Glen Street bis an den Bach unendlich viele Nachbarn und ihre Kinder … die reichen Leute, deren Sprösslinge nicht mit kleinen Kindern spielen durften, die an die Tür klopften: ‹Bitte, kann Mary bei uns spielen kommen?›, und die ärmeren Eltern, denen es gleich war, wer wo spielte, und die sich abends, wenn es Zeit wurde, ins Bett zu gehen, in der ganzen Straße vor die offenen Haustüren stellten und mit lauter Stimme ‹Joh-nny, Joh-nny› riefen, die letzte Silbe immer eine Oktave höher als die erste, so dass der Name in alle Winkel der Dämmerung drang, in der überhaupt noch nicht an Schlaf zu denken war. Mit fünf Namen, die sie zu rufen hatte, war unsere Mutter eine der besten Ruferinnen in der Straße. Zur Verstärkung flocht sie in ihre Kommandos das im Busch übliche ‹Coo-ee› ein und rief uns, mit der Ältesten beginnend der Reihe nach bis zur Jüngsten: Isy, Jimm-y, Gra-ace, Dott-ums, Chickabidee! Wo so viele Namen gerufen wurden, war es kaum anzunehmen, dass keiner sie hörte, aber wir versuchten trotzdem so zu tun, als wäre nur einer gerufen worden:

– Isy, du sollst kommen.

– Jimmy, du sollst kommen.

Oder, drohender:

– Du sollst zu Papa kommen!

Am Ende gaben wir nach, beendeten unser Spiel, sagten Bis Morgen und zockelten nach Hause, wo uns Vater, der sich bereits das Essen schmecken ließ, zur Rede stellte, denn er war kleinlicher als Mutter, der es (so behauptete sie jedenfalls) gleich war, mit wem wir spielten, weil alle Kinder miteinander spielen sollten, egal wie arm oder reich sie waren und welcher Rasse und welcher Kirche sie angehörten.

– Ich hoffe, ihr habt nicht wieder mit den Petersen-Kindern gespielt … lasst euch ja nicht mit Billy Walker erwischen.

Diese Ermahnungen hörten wir gern, weil sie uns die

Möglichkeit bescherten, am nächsten Tag, bevor wir mit den Petersens oder Billy Walker zu spielen anfingen, herablassend zu prahlen:

– Wir dürfen nicht mit euch spielen.

War die Formel hergesagt, gaben wir uns fröhlich dem Spielen hin, das noch an Reiz gewann, weil es gefährlich war, mit verbotenen Freunden zu verkehren. *Verkehren*. Das war das böse Wort – Wehe, ich erwisch euch dabei, dass ihr mit Ted McLeod verkehrt. *Verkehren* war ein schlimmeres Verbrechen als bloßes *spielen* mit.

Das war Oamaru; alles, Dinge wie Menschen, wurde rasch mit Namen und Spitznamen belegt, Spitznamen für die Bewunderten und Freundlichen, Spitznamen für die Verrückten, die am Ende der Straße in Pantoffeln vorbeischlurften, mit den Fäusten drohten und fluchten. Die neue Welt war so von unheimlichen und schönen Aufregungen voll, dass alles in mir überlief. Ich blinzelte, schnitt Grimassen, und meine Eltern, die mich im grüngebundenen ‹Doctor's Book› nachschlugen, diagnostizierten:

– Veitstanz.

– Hör mit den Grimassen auf, sagte mein Vater. – Du hast eine Krankheit, Veitstanz.

– Veitstanz, Veitstanz!

Es war etwas, mit dem man mich hänseln konnte, und das Hänseln war eine wichtige Waffe, auf die wir uns alle immer gleich stürzten, um sie gegeneinander einzusetzen. Meine Nase wackelte wie eine Kaninchenschnauze.

– Wenn du mit den Grimassen nicht aufhörst, stecke ich dich zu den Kaninchen in den Bau. Guckt sie euch an, guckt sie euch bloß an.

Meine Schultern und Arme zuckten auf und ab wie Pumpenschwengel.

Ich war sechs Jahre alt, in der ersten ‹Standard›-Klasse an der North School, und der Weg zur Schule war weit, kein einfaches ‹die Straße hinunter, über die Schienen und um die Ecke›, sondern durch etliche Straßen bergauf, bergab und je nach Zeit, Laune, Gesellschaft wahlweise durch diese oder jene Straße. Um es zum Mittagessen nach Hause und rechtzeitig wieder in die Schule zu schaffen, mussten wir rennen und rennen, im Schweinsgalopp, mit häufigen Blicken zur allseits sichtbaren Turmuhr; wenn wir nicht um Viertel vor eins an der Ecke zur Eden Street waren, war alles umsonst, dann wussten wir, dass wir zu spät kommen würden. Die meisten Schüler aus der Eden Street mussten in der Mittagspause rennen, und oft, wenn ich im Dauerlauf vor mich hin lief, vielleicht mit Seitenstechen (Oh, ich hab *Seitenstechen*), holte mich ein großer Junge mit bloßen Knien und behaarten Beinen ein und zischte mir im Vorbeilaufen ins Ohr:

– Ich bin hinter dir her!

Und wenn ich mich an den Tisch setzte, um Hackfleisch und Kartoffeln zu essen, sagte ich stolz:

– Willy Collins ist hinter mir her!

Manchmal legte ich Angst in meine Stimme, wenn ich das Gefühl hatte, dass es passend war.

– Nein, ich kann Fleisch und die Zeitung nicht holen gehen. Willy Collins ist hinter mir her!

Dann antwortete meine Mutter:

– Diese großen Jungs haben keine Erziehung.

Meine Mutter sprach oft von ‹Erziehung›. Wir wussten nicht genau, was das war, aber wir hatten eine.

‹Ich habe eine Erziehung›, sagte ich zu dem Mädchen, das

neben mir am nächsten Einzeltisch saß. Alle Tische in unserer Klasse waren Einzeltische, ein Fortschritt gegenüber den kleineren Klassen, wo man in Bänken saß wie in einem Puppenhaus, doch wie schlug mir das Herz, als ich an der nächsten Klasse vorbeiging und die Zweiertische sah – dual desks – , von den Kindern ‹jewl-desks› ausgesprochen, wie Schmuck und Edelsteine. Wie ich mich danach sehnte, an einem ‹Jewl-Tisch› zu sitzen! Wie ich mich danach sehnte, Montagmorgens aufgefordert zu werden, die Tintenfässer zu füllen! Die Blumen ins Wasser zu stellen und allein draußen bei den Wasserhähnen trödeln zu können, während ich dem gemischten Gemurmel von den Tischen Kommt, ihr Mädchen lauschte:

> ‹Kommt, ihr Mädchen, seid gegrüßt,
> die das Dasein ihr versüßt,
> kommt, ihr Mädchen, seid gegrüßt,
> Mädchen, kommt, kommt her!
>
> Munter gleite unser Boot,
> wo die Flut es nicht bedroht,
> bis wir dann im Abendrot
> heimgekehrt vom Meer.›

Dass der Lehrer mich bat, nach der Schule dazubleiben, um ihm zu helfen! Morgens die Übungsbücher auszuteilen!

Und wie ich mich danach sehnte, beim ‹Doppelten Holländer› und Gummihüpfen allein zu springen und nicht bloß mit allen andern zusammen, ‹all in together this fine weather›, wenn die mächtigen und wichtigen Kinder, deren Mütter ihnen ganze Wäscheleinen als Springseile schenkten, den Pöbel (zu dem ich gehörte), einen Augenblick mitspringen ließen! Ach, wie mich jedes Mal Staunen und Bewunderung erdrückten, wenn ich die eine oder zwei Schülerinnen ansah, die als Erste in der Saison das Seilspringen einführten. Einen Tag war auf dem Schulhof kein einziges Seil zu sehen, am nächsten Tag wurden von wichtigen Wegbereitern einige wenige geschwungen; am dritten Tag erscholl aufgeregt von allen Seiten: ‹Seilspringen! Seilspringen!›

Die Tage waren erfüllt von Wünschen, Aufregungen, Entdeckungen. Ich entdeckte Geranien. Tagelang lebte ich in einem Traum von Geranien, ihrem Namen, ihrer Farbe, ihrer Art, sich wild über die Böschung hinter den Häusern in der Glen Street auszubreiten. Ich pflückte sie, berührte die Blütenblätter, zerdrückte die Stängel; der Saft lief in die Falten meiner Finger und Hände, wo meine Lebenslinie zu sehen war und meine Herzlinie und die lange Linie, die meine Falschheit anzeigte, und an meinem kleinen Finger die sieben Linien, die mir sagten, wie viele Kinder ich bekommen würde – mein ganzes Leben und mein Herz und meine Falschheit und meine Kinder, alles war mit dem Duft und dem Saft von Geranien getränkt!

Ich wurde vorzeitig in die zweite Klasse versetzt, ans Fenster, noch immer nicht an einen ‹Jewl-Tisch›. Die Lehrerin war eine junge Frau, die den Befehl gab: ‹Tritt vor› und tüchtig zuschlug, vor allem Freitagnachmittags, wenn wir still für uns lesen sollten. Eines Tages sah sie aus dem Fenster und sagte:

‹Wo das feine scheu-äugige Wild im Rudel zum Trinken kommt,
Wenn die Sterne zum Anbruch der Nacht groß und mildgelb funkeln›,

und ich saß ganz still, ohne Grimassen zu schneiden oder mit den Schultern zu zucken, während die Rehe tranken; *trinken, blinken, sinken*; ich sah Wasser vor mir, Plätschern und eine schnelle Flucht in den Wald; die ‹mildgelben Sterne› waren Butter, Blütenblätter.

    – Aufpassen! Gib acht!

    – Acht!

    – Schlagt euer *Dominion Song Book* auf! Wir singen *Gott der Völker, dir zu Füßen*:

‹God of Nay-shons at Thy Feet,
in the bonds of love we meet,
Hear our praises we en-treat,
God defen Dour Free-land.
Guard Pacifixtrip-lestar
from the bondsof hate an war
maker praises heardafar,
God defen New Zealand!›

Jetzt *Kommt, ihr Mädchen*. Lauter, macht beim Singen den Mund auf! Eins, zwei. Jetzt *Wie die voll großer Trauer*.

‹Wie die voll großer Trauer am Ufer klagende Flut
traur' ich um gefangene Freunde, erschlagene Krieger.
Hier will ich weinen …›

Jetzt das Gleiche auf Maori. Los jetzt, macht die Münder weit auf.

‹E pare ra …›

         *

Wir waren arm, es gab Lohnkürzungen, Gerede von Arbeits-
losigkeit; die Lebensmittelrechnungen wurden höher und
höher, und meine Mutter zog ihr bestes Kostüm an, um den
Vermieter aufzusuchen und ihn zu besänftigen, und plötzlich
waren mir meine Sachen zu klein und konnten nicht mehr
größer gemacht werden, und die Tante aus Petone schickte
ein braunes Kleid, das nach Schweiß roch, ein Altfrauenkleid
mit gerafften Ärmeln und Biesen und Fältchen dort, wo alte
Frauen ihren Busen unterbringen. Die Geranien waren tot.
Und Fluffy, die Katze, war tot. Auch Jimmy wurde krank,
mitten in der Nacht, und Mutter lief im Nachthemd durchs
Haus und rief:

– Er hat einen Krampfanfall! Einen Krampfanfall!

Sie betonte die erste Silbe, dass es klang wie ein Alarm,
und wir kletterten aus dem Bett, mitten in der Nacht, als wäre
es schon Tag; gähnend, blinzelnd, die Augen reibend; dicht
aneinandergedrängt, ohne zu wissen, wohin, kein Zimmer
war sicher; der Krampfanfall rauschte an unseren Ohren vorbei wie ein Wind; und keiner wusste, warum, keiner hatte
eine Erklärung.

– Auf jetzt, eins, zwei. Mit weit geöffnetem Mund und schön
laut!

‹Wie die voll großer Trauer am Ufer klagende Flut
traur' ich um gefangene Freunde, erschlagene Krieger.
Hier will ich weinen …›

Die Sonne, die in der Klasse so hell geleuchtet hatte, verzog
sich. Ohne milderndes Licht wirkte die Farbe der braunen Tische und Böden und Wände düster und trostlos, wie Möbel in

Gängen, durch die man nur herein- und heraus- und hindurchgeht, ohne sich je dort aufzuhalten. Durch den Spalt unter der Tür wehte ein Wind, der sich kalt auf meine Füße in ihren schnürsenkellosen Turnschuhen mit den durchlöcherten Zehen legte.

Ist Großvater tot? Ja, Großvater ist tot, und er hat seine Brille in ihrem violetten Samtetui zurückgelassen und seine Pfeife und sein Rasiermesser mit dem blanken schwarzen Griff.

Dann kam Fluffys Tod. Ich rannte um die Ecke; das grausame Geschick der Maoris aus dem Lied, die Kälte im Klassenzimmer, der einsame Strand, an dem das Meer bei jedem Atemzug seufzte, ohne je innehalten oder helfen zu können – und nirgendwo Menschen, alle Krieger ertrunken oder ermordet – das alles war mehr, als ich ertragen konnte.

Ich rannte nach Hause. Dort sprang mir Isy mit einem triumphierenden Schrei entgegen:

– Fluffy ist tot! Guck mal, ein Schmetterling, ein Roter Admirabler!

– Tot?

– Vergiftet. Ein Roter Admirabler. Fang ihn!

– Das heißt *Admiral*.

– Doch bloß in der Marine, du Dummkopf. Sie ist tot. wir haben sie in einen Zuckerbeutel gepackt und an der Hecke unten im Garten begraben.

Aber hier ist Winchley und nicht Oamaru. Ich bin ein Zugvogel.

23

Grace ging zum Kaffee in die Küche hinunter. Philip war von der Kirche zurück und lehnte am Kaminsims, rauchend, Kaffee trinkend, seine heitere Stimmung erkennbar an der Art, wie er sich gelegentlich Sarah oder Noel schnappte und über die Schulter warf oder mit Schwung von einer Hand zur anderen reichte wie Wassereimer, mit denen er die überall noch schwelende Sonntagsstimmung löschen wollte. Die Küche war durch das Kochen wärmer geworden, und Annes Gesicht war erhitzt und rot gefleckt. Vor Erschöpfung seufzend setzte sie sich ans Ende des Tisches, um ihren Kaffee auszutrinken. Sarah hatte gerade wieder einmal die Freude daran entdeckt, aus dem Fenster zu gucken, und wollte das Vergnügen ganz für sich allein haben, weshalb sie Noel schubste und kniff, der unter Tränen hartnäckig darauf bestand, die Aussicht zu teilen, obgleich er noch gar nicht groß genug war, um etwas sehen zu können.

– Will auch sehen, will auch sehen!, ließ sich aus seinem sabberigen Jammern und Klagen deuten.

– Sarah, lass das, Sarah! Annes Stimme war ruhig und sanft.

– Er will rausgucken, sagte Sarah mit der gleichen Gelassenheit und schubste Noel gleichzeitig geschickt beiseite.

– Will auch sehen, will auch!

– Hast du schon dein Büchereibuch gelesen, Sarah?

– Ich kann das Picknick nicht drin finden.

– Das mit dem Picknick haben wir abgegeben. Dies ist dein neues. Hast du es schon gelesen?

– Es ist blabla, blabla, bla, sagte Sarah nachdrücklich. – Bloß lauter Blabla.

Sie ging vom Fenster weg zu Philip, der sie auf den Schoß nahm. Er saß in einem Sessel und hatte die Füße auf den anderen gelegt.

– Ich habe Grace von meiner Freundin erzählt, die rülpst, sagte Anne.

– Schön. Hast du ihr von Wallace erzählt?

– Ja, von Wallace und ihrer Einzimmerwohnung und ihrer Kochkunst.

– Benutzen Sie immer ihren Nachnamen?, fragte Grace.

– Ja, das kommt noch aus der Collegezeit. Vom Aufrufen der Namen.

Philip wandte sich Grace zu. Seine Augen waren wie Steine, über die gelbes und braunes Wasser floss, mit dunklen Flecken durchsetzt.

– Im Mai, sagte er, – fahren wir in eine Kate im äußersten Nordwesten von Schottland, wo die Leute vom Aufstand von 1745 reden, als wäre er gestern gewesen –

(– Ach, nicht schon wieder, Philip, murmelte Anne lächelnd.)

– Der alte Dugald zum Beispiel –

Philip hob Sarah von seinem Schoß, stellte seine Kaffeetasse ab, drückte seine Zigarette in einem Aschenbecher aus und stellte sich vor sein Publikum, um den alten Dugald zu geben.

– Sie müssten ihn hören, sagte er. Er setzte einen nordwestschottischen Akzent auf, fuchtelte mit gespreizten Fingern durch die Luft und sprach mit bebender Stimme:

– Die Unterrrrnehmung warrrr von Anbeginn ein Irrrrrsinn! Aye, Aye!

Alle lachten anerkennend. Grace fiel ein, dass er ihr bei

dem Interview dieselbe Nummer mit denselben Worten vor-
gespielt hatte:

– Die Unterrrrnehmung warrrr von Anbeginn ein Irrrrsinn!

Der alte Dugald hatte auf Philips Phantasie einen solchen
Eindruck gemacht, dass Grace vermutete, noch wenn er ein
alter Mann wäre, kahl wie ein Säugling, die helle Haut von
Adern durchzogen wie von roten Wollfäden, seine Erinnerungen vertieft, verengt, gefiltert, würde der Gedanke an den alten
Dugald und die Irrrsinnsunterrnehmung für Philip ein Schatz,
für seine Familie oder die Mitinsassen des Altersheims eine
Plage sein … Angesichts dieses Blockblicks auf die Zeit, dieses
Salzblocks der Zusammenschau von Kindheit, Mannesalter,
Greisentum wurde Grace angst und bange – es war Philip, der
aus Noels blassem bösen kleinen Rotzgesicht schaute; sie sah,
wie Philip plötzlich Noel einen Blick zuwarf, sich in ihm wiedererkannte und erst überrascht wirkte, dann zufrieden und
dann stolz. Grace musste an seine Worte im Taxi denken:

– Ich werde zu einem richtig stolzen Vater. Die Kinder sind
jetzt in dem Alter, wo sie eine eigene Persönlichkeit entwi-
ckeln.

In seinem Blick las sie die Befriedigung darüber, dass er
für würdig befunden worden war, dupliziert und mit Güte-
stempel noch einmal der Öffentlichkeit präsentiert zu werden; allerdings auch den schweren Schock, den Stolz und Liebe in ihm auslösten, so als hätte er, indem er Noel ansah und
sich selbst in ihm erkannte, die notwendige Isolierung vom
Strom des Lebens gerissen und etwas Tödliches berührt. Noch
mitten in seiner Nachahmung von Dugald (Die Unterrrrnneh-
mung warrrr von Anbeginn ein Irrrrsinn!) ließ er den Blick zu
Anne wandern; und nun sah Grace, wie ihn eine andere Art
von Schlag durchfuhr – leicht, fast angenehm; ein Schlag, der

ihm keine Verletzung zufügte, sondern ihn wie ein zur Kontrolle weidender Tiere eingesetzter Elektrozaun dazu bewegte, auf dem Feld des Lebens zu bleiben.

Er wollte nicht sterben, er wollte nicht sterben.

Wie sie ihn so genau beobachtete, hörte Grace förmlich seinen Vorsatz: ein ganz alltäglicher Frühstücksvorsatz, der sich zu einer Meldung von Name Dienstgrad Nummer wandelte; zu einer Sondierung und Etikettierung seiner Identität; er sprach deutlich; er wollte keine Verwechslung; er war nicht dieser oder jener Mensch; Name, Dienstgrad, Nummer; das war klar, nicht wahr?

Jetzt nahte der Feind, aber es gab keine Gefangennahme und keine Verwundung, diesmal nicht.

– Die Unterrrrnehmung warrrr von Anbeginn ein Irrrrsinn!

Grace staunte, als ihr aufging, dass der Krieg, der mit Philips zufälligem Blick auf Noels Gesicht begonnen hatte, kaum eine Sekunde gedauert hatte.

Ich muss mich vorsehen, dachte sie. Mein Geist ist mit einer Substanz für schnelles Wachstum bestrichen, einer Art Kompost mit günstiger Wirkung auf weggeworfene Momente, die so unvermittelt und so hoch aufschießen wie Märchenbäume, und ehe ich ein- oder zweimal zwinkern kann, steht ein Wald – Vögel, Tiere, Leute, Häuser, sämtlich aus dem leichtsinnig abgeworfenen Moment gesprossen; er ist Zeitraffer und Zeitlupe zugleich. Wenn Leute zu mir sagen:

– Was denken Sie?,

sehe ich aus dem Augenwinkel einen Lichtblitz; einen erstarrten Blitz, eine Wolke, und aus der Wolke treten, wie Könige und Königinnen aus einer Kutsche, die geehrten Gedanken, dem Anlass entsprechend herausgeputzt.

– Die North-West Highlands haben so viel Ähnlichkeit mit der Westküste von Neuseeland!

Schon wieder redete er von Neuseeland!

Ach, Philip, du weißt doch, wie unglücklich du dort warst!

– Trotzdem habe ich –

Plötzlich fiel ihm ein, dass er seinen besten, vielleicht seinen einzigen guten Anzug anhatte, und Philip begann die Kinder- und Aschekrümel von seinen Sachen zu wischen:

– Ich muss mich umziehen.

Als er gegangen war, sagte Grace atemlos:

– Oh, Sie haben beide eine so wunderbare Art mit Kindern! So viele Eltern – wissen Sie –, so viele Eltern haben keine Ahnung, wie sie mit ihren Kindern umgehen sollen.

(Sie redete, als hätte sie viel Erfahrung mit vielen Eltern und vielen Kindern: Sie redete weise daher, in einem Ton, der besagte: – Ich kenne mich damit aus, wissen Sie.)

Grace konstatierte, wie erleichternd es war, vom Nachdenken über Menschen zur Ebene (siehe auch ‹Ebene› – baumlos, windgezaust, ungeschützt) unpersönlicher Hinweise und Vorschläge für Eltern überzugehen; nicht als dort Einheimische, o nein, das nicht; nur auf der Durchreise. Sie war hoch in der Luft und wedelte mit Maximen wie mit großen wohlgeformten Windmühlenflügeln, als Philip im karierten Hemd und der Cordhose mit dem Riss in der Tasche zurückkehrte.

– Oh, sagte er. – Was ist das hier, ein Gespräch von Frau zu Frau?

Grace wurde verlegen.

– Ich habe gerade gesagt, berichtete sie angespannt, – dass Sie beide gut mit Kindern umzugehen verstehen – ich meine

– so viele Eltern – Sie wissen doch, wie manche Eltern sind –
sie haben keine Ahnung, wie sie ihre eigenen Kinder anpa-
cken sollen – ich meine –

– Behandeln sie wie Frrremde, sagte Philip. – Genau wie
Frrremde.

– Nein, das ist zu viel gesagt, entgegnete Anne.

Grace staunte darüber, wie furchtlos Anne ihrem Mann zu
widersprechen wagte.

(Kein Widerspruch! Wage ja nicht, mir zu widersprechen!)

Als Anne sagte: – Nein, das ist zu viel gesagt, erzitterte
Grace vor Angst, als wäre sie selbst Anne, dabei war Anne gar
nicht sie, sondern Grace' Mutter, ach, warum hatten die Identitäten keine Disziplin, warum überschritten Menschen ständig die gehörigen Grenzen? Was war das für ein furchtbarer
Diebstahl in meinem Leben, dachte Grace, bei dem mir die
Fähigkeit geraubt wurde, Grenzen zu errichten, zu wissen,
wie ich zwischen einem Menschen und dem anderen unterscheiden soll; Menschen sind wie das Meer; ich kann doch
nicht mein Leben lang den kleinen Holländer spielen!

Grace blickte ängstlich von Anne zu Philip und wartete auf
den Schlag, den Schrei: – Widersprich mir nicht, ich weiß,
wovon ich rede!

Am liebsten hätte sie sich versteckt – im Schlafzimmer,
unter dem Bett, im Schrank.

– Du kannst mir glauben, dass ich weiß, wovon ich rede!
Lass dir das gesagt sein.

– Ja, ja, natürlich hast du recht. ‹Gesegnet sind die Fried-
fertigen; denn sie werden Gottes Kinder heißen.›

Doch wenn Grace Mutter und Vater zuhörte, hatte sie
nicht das Gefühl, dass ihre Mutter, indem sie allem beipflich-

tete, was der Vater sagte, sich wie ein Kind Gottes verhielt, das damit rechnen durfte, aufzuerstehen und am Jüngsten Tag zum ewigen Leben berufen zu werden. Grace schämte sich für ihre Mutter, sie wäre gern zu ihr gegangen, um ihr einen Schubs zu geben, nicht mit Worten, sondern mit den Händen, schubsen und schlagen wollte sie sie; ihre Rückgratslosigkeit war ihr verhasst, und sich selbst hasste sie für ihr Mitgefühl mit ihr; sie wollte endlich die ganze Gefühlsverwirrung loswerden, indem sie sie schlug, ja vielleicht sogar ermordete.

– Vielleicht hast du recht, Schatz. Ein bisschen von beidem wäre vermutlich das Richtige für die Kinder.

Vielleicht hast du recht! Bei Grace zu Hause gab man niemals zu, dass ein anderer recht hatte!

– Ja, einerseits –

Sie waren ein Paar wie aus dem Lehrbuch. Komm, jetzt setzen wir uns mal hin und sprechen darüber wie vernünftige Menschen.

Grace bekam plötzlich Angst vor ihrem Ernst, vor der Art, wie sie *glaubten*. Hätte sie gesagt:

– Ich bin ein Zugvogel. Sie denken, ich bin Grace Cleave, die übers Wochenende bei Ihnen zu Besuch ist, aber in Wirklichkeit bin ich ein Zugvogel; *Ferne blickt uns an,*

dann hätten Philip und Anne erwidert:

– Äußerlich haben Sie nichts von einem Vogel. Worauf gründen Sie Ihre Annahme? Wo ist Ihr Beweis?

Es wäre sinnlos, die Stimme zu erheben und zu rufen:

– Ich sage Ihnen, ich bin ein Zugvogel. Jawohl, jawohl! Ich dulde keinen Widerspruch!

Niemals würden sie erwidern: – Ja, natürlich, wir sind ganz Ihrer Ansicht, ja ja, natürlich.

Es sei denn, sie hielten sie für verrückt.

– Ich meine, warf Grace ein, – so viele Kinder werden behandelt, als wären sie Babys. Immerzu. Ich meine –

Ach, für wen hielt sie sich eigentlich, dass sie so daherredete? Bei dem Gedanken, wie anmaßend und dumm sie sich verhalten hatte, entfuhr ihr plötzlich ein Schrei, und dieser setzte sich durch ein unerwartetes Spiel der Luft in ihrer Kehle oder vielleicht des Gefühls in ihrem Herzen bis in ihren nächsten Satz hinein fort, so dass er mehr wie eine Klage als eine Äußerung herauskam:

– Ich sage das natürlich eindeutig als Außenstehende!

Philip und Anne sahen sie an und bestätigten mit ihrem Blick, dass sie außerhalb des Kreises stand, dann sahen sie sich an, als Innenstehende, und dann wieder Grace, die zu Stein wurde und dachte: Es ist keine Fülle da, sie teilen ihre Zeit wissenschaftlich auf, nichts fließt über.

– Ja, sagte sie und fügte zu ihrem Schrecken hinzu: – Ich habe mich intensiv damit beschäftigt ... na ja, das haben wir alle ... nicht wahr?

So waren sie doch auf dem gleichen Stand wie sie.

Grace versuchte, nicht an den Abend ihrer Ankunft zu denken, als Sarah auf ihren Schoß klettern wollte und sie, weil Philip und Anne sich für das Benehmen ihrer Kinder entschuldigten, gesagt hatte:

– Ich habe früher Babys gehütet, wissen Sie ... ich habe jahrelang kleine Kinder gehütet. Und außerdem war ich an der Schule ...

Die Schule? Eine geschwollene, entzündete Erinnerung, die eines Tages aufgeschnitten, gesäubert, auf ihre normale Größe reduziert werden musste; eine alte Erinnerung inzwischen, aus längst vergangener Zeit, doch sie begleitete sie überall uneingeschränkt, ähnlich wie, aber bösartiger als, die seltsamen peinlichen Fleischwucherungen, die man gewöhnlich bei alten Leuten sieht, unerklärlicherweise bei alten Leuten, die in Busse ein- oder aus Bussen aussteigen.

Lehrerin zu werden war ein Fehler gewesen, das wusste Grace. Sie dachte zurück an das Aufnahmekomitee des College und die Fragen im Vorstellungsgespräch:

– Was hat Sie zu dem Entschluss geführt, den Lehrberuf zu ergreifen?

Und ihre falsche falsche Antwort:

– Oh, ich wollte schon immer Lehrerin werden!

(Entgegen dem, was in ihrem geheimen Tagebuch stand: Ich habe es niemandem erzählt, ich werde es niemals jemandem erzählen, aber wenn ich erwachsen bin, werde ich Dichter.)

Anscheinend war sie noch immer nicht erwachsen, und ein Dichter war sie auch nicht, und selbst wenn sie je ein Dichter würde, würde ihr nicht die Bezeichnung Dichter zuteil – sondern ‹Dichterin›, das Wort, das wie ein Unkrautvernichter auf die Person und die Arbeit einer Frau gesprüht wird, die Gedichte verfasst – mit diesem Mittel sind schon viele ‹eingeschläfert› worden; uns wird versichert, es sei schmerzlos, deswegen gebe es keinen Grund zur Sorge, nicht wahr? Schmerzlosigkeit, ob oder ob nicht mit einem regulären Tod einhergehend, ist ein erstrebenswertes Ziel …

– Wir wissen, wo wir stehen, sagte Philip.

Eine tröstliche und zugleich drohende Bemerkung.

– Ja, es wird Zeit, dass wir essen, wenn Grace ihren Zug erreichen soll.

– Aber vorher, sagte Philip, – wollen wir uns noch etwas anhören. Setzen Sie sich und hören Sie zu.

Grace nahm am Tisch Platz, der unerklärlicherweise auf einmal zum Mittagessen gedeckt war, und während Anne die Vorbereitungen dafür traf, das Essen aufzutragen, ging Philip ins Wohnzimmer, und plötzlich erklang Orgelmusik aus dem Lautsprecher über der Küchentür.

Grace lauschte gehorsam der Musik. Wie hätte sie erklären sollen, dass sie lieber allein war, wenn Musik gespielt wurde? Sie spürte, wie mit jedem Ton, der in ihrem Ohr anschwoll und an Kraft und Resonanz gewann wie Musik, die in die verborgenen Spiralgänge einer Muschel geblasen wird, mehr Haut und Fleisch von ihrem Körper abgeschält wurden, bis nur noch das Skelett

(Was ist ein Skelett? der knöcherne Stützapparat des Körpers, der knöcherne Stützapparat des Körpers)

übrig war; und darauf begann eine neue Kraft aus dem Reich jenseits der Musik, die sich in ihrer immerwährenden Verkleidung einließ, auf die Knochen zu wirken (Knochen sind im menschlichen Denken ein so vertrautes Bild und häufig anzutreffen – in entsetzten einfühlenden Phantasien – das wird von mir übrigbleiben, unter der Erde, aufragend wie ein Kalkfelsen, mein Phosphor glimmend; ein Pfund Knochen bitte für den Hund, Markknochen; mein Mark eine Mischung aus sonnenblumenfarbenem Fett und Hammeltalg …) Grace spürte, wie sich der Stoff, die Form, die Richtung ihrer Knochen veränderten, wie sie von der Musik zu einer dieser verdrehten Metallskulpturen gebogen wurden, die man so aufhängt, dass sie sich tanzend und schimmernd im Wind drehen, nur dass in ihrem Fall die Galerie vergessen hat, für den Lebenswind zu sorgen; die Skulptur ist alles andere als ein *Mobile*, bewegt nur durch die gelegentliche Einwirkung heftigen menschlichen Atems.

Grace drückte die Arme fest an und zog die Schultern hoch wie ein Frosch, die Hände an den dünnen grünen blechernen Beinen hatten Schwimmhäute und hingen schlaff nach vorn – Vogel, Frosch, Frau. Sie legte den Kopf auf den Tisch und fing an zu weinen.

– Verzeihung, Verzeihung. Das kommt einfach, wenn ich Musik höre.

Sie unterdrückte ihre Tränen; sie zitterte.

– Wie gedankenlos von uns!, rief Anne aus. – Hätten Sie doch nur was gesagt!

Philip kam an die Tür.

– Na, gefällt es Ihnen?

Ihm fiel ihre Bestürzung auf.

– Mach aus, Philip. Grace ist schon ganz mitgenommen.

– Oh, es gefällt mir sehr. Sehr, sehr!, versicherte Grace. – Aber ich muss allein sein, wenn ich Musik höre. Ich muss allein sein!

Auf einmal heulte Sarah laut auf und lief zu ihrer Mutter.

– Mami, Grace-Cleave weint, Grace-Cleave weint!

Schluchzend klammerte sich Sarah an Anne, die sie auf den Arm nahm und wiegte.

Sch-schh, es ist alles gut, Schatz, Grace weint, weil sie die Musik so schön findet.

Philip hatte sich ins Wohnzimmer begeben, um die Musik auszustellen.

– Das ist Bach, oder?, sagte Anne.

– Ja … ich bin nicht sicher … ich glaube ja, sagte Grace.

– Das wird Philip gefallen, sagte Anne. – Wir hatten noch nie jemanden zu Besuch, der geweint hat.

Wieder gefasst, im Mittelpunkt der Aufmerksamkeit, nun stolz, beschämt, über ihren Erfolg froh, murmelte Grace:

– Tut mir leid, dass ich mich so habe gehenlassen. Aber ich mag Bach wirklich sehr.

– Ich fürchte, ich kann mit der Musik, die Philip spielt, nicht allzu viel anfangen; sie dudelt einfach immer weiter.

– Oh doch, Bach mag ich sehr, sagte Grace rasch in begeistertem Ton. – Er ist, seine Musik ist, er ist …

(Sie erinnerte sich, wie sie als Schulmädchen, bevor sie je Musik von Bach gehört hatte, tagelang wie im Traum lauschend, lauschend umhergelaufen war, im Kopf das ‹wohltemperierte Klavier, das wohltemperierte Klavier›, das halbverstandene ‹wohltemperiert› ein Trost für ihre Seele.)

Philip kam wieder herein.

– Dann hat Ihnen unser Händel-Konzert gefallen?

Er lächelte sie an.

– Händel? Ich habe gedacht, es wäre Bach, sagte Anne.

Leise pflichtete Grace ihr bei und bedauerte, dass ihr Ansehen schon wieder gemindert war. Vielleicht weinte man in den besten Kreisen nicht bei Händel, dem guten alten gemütlichen Händel, der weniger für dieses bewegende Orgelkonzert bekannt war als von Rathausfeiern wie jenen in ihrer Erinnerung, bei denen der Male Voice Choir und der Women's Institute Choir gemeinsam in Abendrobe den Messias sangen; wo die Sopranistin (die später nach Übersee ging und wegen Ladendiebstahls verhaftet wurde – was war es noch gewesen, ein Viertelpfund Tee oder ein Paar Perlonstrümpfe?) jubelnd ihre Stimme bis an die abblätternde Rathausdecke steigen ließ, um den Einwohnern von Oamaru den Glauben zu schenken, dass ihr Erlöser lebte.

Grace seufzte. Mit dem guten alten gemütlichen Händel war es vorbei. Das Orgelkonzert hatte sie zu Tränen gerührt, ihr Körper war zu einem Metallskelett in einem Raum ohne

Wind reduziert worden, angeschaut und befummelt von zahlenden Betrachtern, die ausriefen:

– Diese Linie, dieser Werkstoff, diese Dreidimensionalität.

– Sie mögen Bach, sagen Sie? Ich liebe ihn wahnsinnig.

Philip sah sie an, wartete auf ihre Antwort.

– Ja, ich mag Bach.

Philip schwieg, sah sie weiter an und wartete in seiner beharrlichen verunsichernden Art darauf, dass Grace etwas sagte. Warum kann er nicht verstehen, dachte sie, dass alle meine Worte Plattitüden sind, dass, wenn ich einen Satz schüttle und ausleere, nichts mehr übrig ist und meine Äußerung kein Restchen Gedanke oder Vorstellungskraft mehr enthält? Warum wartet und wartet Philip wie ein alter Bauer am Brunnen auf den Eimer voll Gold?

– Ja, ich mag Bach sehr. Er ist … seine Musik ist … Ich mag ihn sehr. Wenn ich Bach höre –

Es hatte keinen Zweck; sie konnte es nicht erklären, ohne über Klischees zu stolpern und kopfüber zu stürzen, Klischees waren immer gefährlich, die Verunreinigung, die sie im Denken hinterließen, umso tödlicher, weil sie nicht genau zu identifizieren war und man sie ständig fälschlicherweise für Fitzel origineller Gedanken hielt. ‹Sphärenmusik›, also wirklich! Meistens nahm Musik ihren Ausgang auf Erden – in der Tradition der Mythenbildner, die einen bestimmten Ort des Übergangs in den Himmel oder die Hölle benannten, und wer in andere Welten aufbrach, reiste dazu nach Land's End oder an das North Cape in Neuseeland oder an irgendeinen Fleck in Italien, und wenn er wieder zurückwollte, nahm er den gleichen Weg in umgekehrter Richtung und erfreute sich am Anblick vertrauter Land- und Himmelsstriche: Beim Auf- (oder Ab-)stieg ‹sahen wir die Sterne›.

Bachs Musik schien keinen solchen Ausgangsort zu schaffen. Die Erde löste sich auf; man war sogleich im Himmel.

– Was wollten Sie sagen, Grace? Wenn Sie Bach hören –?

– Wenn ich Bach höre, bin ich – ich meine – ist er –

Es hat keinen Zweck. Das kann ich sehen.

Seine Musik ist eine Entlausung des Geistes, alle kleinen hirnsaugenden, glaubensaugenden Insekten gehen ein; sie schrumpeln und fallen ab, man kann sie zwischen Daumen und Zeigefinger nehmen, verbrennen, zerreiben. Bach ist eine Anstaltsdusche aus Klang, er ist die perfekte geschlossene Haftanstalt, wenn Sie es genau wissen wollen, denn zahlen müssen wir immer, wenn wir zu Musik verknackt sind. Bach ist lebenslange Haft ohne Strafminderung, doch was für eine Haft! Allein durch den Gang einer Fuge kann der Geist freigesetzt werden, zu Gott als Zeitvertreib. Ist Gott ein Zeitvertreib? Sie mögen lachen, Philip, aber wenn ich nach London zurückkomme, werde ich das mit meinem Geistlichen besprechen – dem Geistlichen in meinem Roman.

– Was wollten Sie sagen?

– Ich wollte gar nichts sagen. Ich habe nichts zu sagen. Tut mir leid, dass ich geweint habe. Es ist absurd. Verzeihen Sie.

24

Das Essen wurde aufgetragen – Lammbraten. Philip hatte ihn Grace Samstagnachmittag gezeigt, er hatte das Tuch über dem Teller zurückgeschlagen und ihr das mit einem blauen Stempel versehene Gelenk hingehalten.

– Das bekommen Sie morgen zu Mittag. Echt aus Neuseeland importiert!

Noel wurde in seinem Hochstuhl gefüttert und quengelte.

– Es sind die Zähne, Schatz. Gib ihm eine halbe Aspro.

– Ja, es sind die Zähne. Ich habe gesehen, dass einer kommen will.

– Die Probleme des Elternseins, rief Philip aus und sah dabei Grace an.

– Ja, sagte sie wissend, aber ihre Aufmerksamkeit galt der Uhr auf dem Kaminsims.

– Keine Sorge, sagte Philip. – Wir werden auf jeden Fall früh genug von hier aufbrechen, damit Sie den Zug erreichen.

Anne bemerkte Grace' verblüffte Miene und sagte:

– Philip wird Sie hinbringen, mit dem Bus.

Grace' erster Gedanke war: Er will der Familie entfliehen. Das Wochenende ist zu viel für ihn.

Er schien ihre Gedanken zu lesen; er lachte und wandte die Sache ins Scherzhafte:

– Ja, ich begleite Sie zum Bahnhof, um den schreienden Kindern eine Weile zu entkommen; soll Anne sich um sie kümmern. Wissen Sie, was Annes Vater zu Frauen sagt?

Weiber heißen sie bei ihm. Er gibt mir ständig Ratschläge wie:

– Überlass das lieber den Weibern. So was ist doch Weibersache.

Grace und Anne lachten gemeinsam.

Grace musste an ihren eigenen Vater denken und die Hartnäckigkeit, mit der er darauf bestand, dass die ‹Weiber› diese oder jene Arbeit zu übernehmen hätten. Als Unterton zu Philips Geplänkel meinte sie ein gewisses Maß an Freude darüber herauszuhören, dass ihm die Übernahme dieser Einstellung seines Schwiegervaters von Zeit zu Zeit erlaubte, sich einer unangenehmen Aufgabe zu entziehen, indem er sie an die ‹Weiber› verwies. Philip hatte nichts für häuslichen Kleinkram übrig. Grace erinnerte sich, wie er am Samstagvormittag, als Anne gerade die Asche aus dem Kamin im Wohnzimmer fegte, hereingekommen und beim Anblick ihrer traditionellen Aschenputtelpose lobenswerterweise sofort hinzugeeilt war:

– Das kann ich doch machen, Schatz. Lass mich das machen, Schatz!

Er hatte erleichtert gewirkt, als Anne, der ihr eingebläuten ‹Weiberrolle› entsprechend, entgegnete:

– Nein, nein, ist schon gut, danke,

und er sich mit einem sanftmütigen

– Wie du meinst, Schatz,

aus dem Zimmer verziehen konnte.

Sie setzten ihr Mahl schweigend fort, nur gestört von Noels Jammern. Die Mahlzeit ging zu Ende. Sie tranken Kaffee und rauchten Zigaretten. Verträumt drückte Anne ihre Zigarette in der Melaminuntertasse aus.

– Lass das, Schatz. Das gibt einen Brandfleck.

Angespannt, zitternd, sah Grace aus dem Fenster und versuchte, sich möglichst unsichtbar zu machen.

– Aber ich habe es schon öfters gemacht, und die Untertasse hat nie einen Fleck bekommen.

– Das kann trotzdem passieren, bei solchem Kunststoff.

Annes Stimme war ruhig.

– Ich drücke dauernd meine Zigarette darauf aus. Die Untertasse hat noch nie gelitten, soweit ich weiß.

– Wie du meinst, Schatz.

Es war vorbei. Wirklich? Grace machte sich wieder sichtbar, hörte auf, wie abwesend aus dem Fenster zu starren, schwieg weiter mit gesenktem Blick; sie wartete unsicher, gefangen in ihrer Angst; und kam sich sehr vor wie eine Auster, die, weil sie sich sicher wähnt, ihre Schale öffnet, aber dann plötzlich wieder zuklappt, weil sie eine Gefahr wittert, und in der Eile einen Teil ihres Körpers aussperrt, der die Form einer blassbraunen gefältelten Manschette aus Angst besitzt. Grace konnte spüren, wie sie zuklappte ... sie war wieder zu Hause ... mit ihrer unbeschränkt gültigen Fahrkarte in die Eden Street 56 gesaust, es war Abend, und sie war an dem Punkt der Müdigkeit, wo die nackte Glühbirne in der Küche zu einem Muster aus flackernden gelben Streifen verschwamm, einem verschwommenen Wasserfall, den sie nebelhaft durch die Wimpern sah; wieder und wieder riss Grace die Augen auf und bemühte sich, den Kopf möglichst nicht auf das Samtpolster sinken zu lassen, dessen vom Vater aufgemalte Rosen sich unangenehm in die Haut drückten; sie war mit Warten beschäftigt, mit Warten und, bei schwindendem Interesse und zunehmender Dumpfheit, mit der kindlichen Tätigkeit des ‹Aufbleibens›. Ihr Vater war am Kakanui, um Austern zu holen, und ihre Geschwister waren im Bett, und ihre Mutter saß am Kopf des Küchentischs, flickte blaue Drillichhosen und ein Arbeitshemd aus schwarzem Kammgarn und sang leise vor sich hin das Lied, das sie komponiert hatte und das ihr so viel Geld einbringen würde, dass sie alle Rechnungen bezahlen und jedem in der Familie etwas schenken konnte – ihren Töchtern je ein ‹weißes Fuchspelzcape›.

– Aber ich will kein weißes Fuchspelzcape!

– Ich werde euch allen Gesundheit kaufen, freundliche Worte, ein glückliches Zuhause – und ein weißes Fuchspelzcape!

Und damit basta!

– ‹Neuseeland, Neuseeland, Land der Farne›, sang sie, denn Farne, Glockenhonigfresser, Tuis, Kowhaiblüten und der Busch mussten immer irgendwie dabei sein – sie waren ein Code, der von jedermann verstanden wurde, der keine Überraschungen bot und von Grace' Mutter und ihren Freundinnen, die ebenfalls Gedichte und Lieder schrieben, wie eine Währung gehandelt und getauscht wurde. Die Glockenhonigfresser, die Tuis, die Kowhaiblüten waren immer da, genauso wie die Elfen und Feen, an die sie, wie die Mutter sie zu überzeugen suchte, nachts denken sollten, anstatt sich von Dracula, Werwölfen, dem Phantom der Oper Angst machen zu lassen.

Grace riss erneut die Augen auf. Sie versuchte mit aller Macht, sich auf das ‹Aufbleiben› zu konzentrieren, um das Bitten und Flehen zu rechtfertigen, mit dem sie das erreicht hatte, was ihr mittlerweile eher wie eine Strafe als ein Privileg erschien. Bald würde ihr Vater mit einem Sack Austern nach Hause kommen, die er auf dem Küchentisch ausschütten würde; der Salzgeruch würde so mächtig sein, dass selbst der

Kohlenkasten in der Ecke, auf dem Grace saß, ihr vorkommen würde wie ein Fels in einem Nest aus Meer, von den Wellen des Schlafs ungehindert umschwappt und umflossen; dann würde Grace ihre eingeschlafenen Beine wecken, vom Kohlenkasten klettern, an den Tisch gehen und die Austern anschauen, den Geruch nach Sack und Salz einsaugen, die wenigen Muscheln anstupsen, die sich wagemutig öffneten, und zusehen, wie sie zuschnappten und einen Teil von sich draußen abklemmten, aber vor lauter Angst die Schale nicht wieder öffnen mochten, um ihn hereinzuholen; vielleicht war es die Zunge, die sie draußen ließen, auch wenn Grace' große Schwester behauptet hatte, dort säßen auch ihre Augen und Ohren, das wäre bei Austern nicht richtig zu sehen, genauso wenig wie bei Schnecken und Würmern, deren Mund – behauptete sie – gleichzeitig auch ihr After wäre, so dass man, wenn Würmer den Mund aufmachten, nicht wissen konnte, ob sie sprechen oder kacken würden, das sei beides dasselbe, nicht wie bei Menschen, bei denen würde man den Unterschied wenigstens immer merken.

– Wo ist das Austernmesser, Mum?

Ein Moment der Panik; nie bleiben die Sachen dort, wo sie hingehören; ach ja, es ist auf dem Bord in der Ecke, in der Spülküche. Und da war es dann tatsächlich, unter einem schmutzigen Geschirrtuch und ein paar Wäscheklammern, und während Grace die Austern betrachtete und ihren Geruch in sich aufnahm und darüber nachsann, dass scheinbar nichts, was aus dem Meer kam, ganz allein für sich gesammelt werden konnte und man das, was ihr Vater haben wollte und nach Hause gebracht hatte, zwar einen Sack Austern nennen konnte, aber das Meer trotzdem allerlei Beiwerk dazugetan hatte – Salz, Pipi- und Fächermuscheln, goldenen und brau-

nen Seetang, Grus, Sand; jede Menge Exemplare der haften-
den Meeresgetiere …

Dann würde ihr Vater das Austernmesser an einer schwachen Stelle zwischen den Schalen ansetzen, die beiden Hälften
aufbrechen, mit einem schnellen Handgriff die milchgraue
Auster aus ihrem Bett schneiden, sie mitsamt dem Austern-
wasser auf einen Teller gleiten lassen und Grace anbieten, und
sie würde den Teller (oder die Schale) kippen, das Austern-
wasser trinken und sich die glitschige Auster in den Mund
flutschen lassen, um sich dann mit leisem wohligen Ekel zu
schütteln, wenn sie in die Auster biss und ihr aufging, zu
spät, dass sie ihr Gedärm vertilgte, vermutlich mit Darmwind
drin; doch ehe sie es sich anders überlegen und sie wieder
ausspucken konnte, würde sie sie schon heruntergeschluckt
haben, und wenn sie die Schale in der Hand hatte, würde sie
an dem kleinen weißen Parkplatz nagen, auf dem die Auster
gesprossen und fest und sicher angeklebt gewesen war.

*

– Noch Kaffee? Träumen Sie noch immer von unserem Orgelkonzert? Wissen Sie, es tut mir gut, dass Sie so davon angetan
sind. So viele von unseren Freunden sitzen einfach teilnahms-
los und stumpf da.

– Dad kann es nicht leiden. Für ihn ist es ‹klassische› Musik. Ich weiß nicht, ob Sie auch so aufgewachsen sind, Grace,
aber bei uns zu Hause waren im Radio immer die Reklame-
sender eingestellt, und klassische Musik war allen ein Graus.

– Ja, ja, das war bei uns genauso, sagte Grace.

– Ich sag's ja. Barbaren. Da habt ihr es wieder.

Philip lächelte befriedigt über seinen Scherz.

– Ach?, sagte Grace. – Ich habe klassische Musik erst auf dem College kennengelernt. Ich hatte dort einen Freund … ich hatte eine Freund…

(Ich werde es ihnen nicht erzählen, dachte sie. ‹Der arme Tom friert.› Im Octagon blühten die Krokusse, die Wege waren nass von Frühlingsregen, und die Studenten, die auf dem feuchten Gras im Logan Park herumlagen, sangen das Lied vom Pfarrer, der zum Beten in den Keller ging und sich stattdessen betrank:

‹The deacon went down,
o the deacon went down
to the cellar to pray.›)

– Haben Sie je ein Instrument gelernt?

– Ja. Als ich klein war. Aber nur ganz kurz.

(Meine Mutter trug Handschuhe, wenn sie mitkam, um mich im Wohnzimmer eines Hauses am Ende eines langen, langen von Akeleien gesäumten Weges Klavier spielen zu hören.)

Unsicher sah Grace auf die Uhr.

– Aber ich muss los … ich meine … ich muss noch packen, doch vorher … darf ich beim Spülen helfen?

– O nein, nein. Aber trotzdem vielen Dank.

Das ‹Packen› dauerte keine fünf Minuten. Grace versuchte, Zeit zu schinden, indem sie ihre Tasche mehrmals umpackte, das Bett abzog und die Decken faltete, als wäre sie gestorben, in den Büchern im Regal blätterte, die Saatkartoffeln neu ordnete – eine hatte einen kleinen braunen Keim, aufrecht wie ein Horn; sie sah aus dem Fenster zum Nachbarhaus hinüber, wunderte sich über die Stille, wusste, dass in dem Zimmer mit dem blankgeputzten Fenster und den weit aufgezogenen Vorhängen in der Ecke gleich hinter der Tür ein Teewagen stand; dass auf dem Kaminsims eine Uhr tickte, unerschütterlich, von jeglicher Vermenschlichung unbelastet und anders als die vielbesungene großväterliche Standuhr, ganz ohne ihr Leben mit dem Schlagen des menschlichen Herzens zu verwechseln. Oh! Grace musste grinsen, als ihr dazu das lustige Lied aus der Kinderzeit einfiel:

‹Gleich gekauft auf den Schlag
an seinem ersten Lebenstag,
war sie immer sein ganzer Stolz!›

Dann beschloss sie mit einem Blick auf die Armbanduhr, dass sie fertig gepackt hatte, begab sich langsam nach unten, fühlte sich zur Küche hingezogen. Sie klopfte leise an die Tür und trat ein. Anne war dabei, das Geschirr zu spülen, Philip trocknete ab. Sie standen nebeneinander, sahen sich an, lächelten, plauderten. Grace wollte sich zurückziehen, aber es war zu spät. Sie bilden ein Ganzes, dachte sie. Erschrocken, mit dem Gefühl, ausgeschlossen zu sein, nahm sie Platz. Lautlos glitten die Türen zu, und die Lippen bewegten sich hinter Glas, und sie konnte nichts hören als ein leises Fft-fft des Abschieds. Fast wollte sie zu ihnen gehen und rufen:

– Ich bin ein Zugvogel. *Ferne blickt uns an; die Godwits entfliehen wieder sommerwärts, und keiner weiß, wo er sich abends betten wird,*

doch sie rührte sich nicht vom Fleck und sagte nichts, aber sie riefen munter:

– Ah, Sie sind so weit,

und ergossen ihre Gastfreundschaft in alle leeren Taschen

und Ecken, und auf einmal war das Zimmer wieder dick mit Wärme ausgepolstert.

Trotzdem wiederholte Grace stumm für sich: – Ich habe nichts gesagt, ich habe nichts gesagt. Sie sind mein Schweigen und meine Stoffeligkeit gewohnt. Ich habe versagt, wie ein Automat, der noch nicht ganz leer ist, aber durch einen Fehler in der Mechanik nicht mehr reagieren kann. Ich frage mich, was eigentlich mit den ganzen Maschinen geschieht, die an Süßigkeiten, Fahrscheinen, Wahrsagungen, Gewichtsangaben, heißer Schokolade ersticken und schließlich in irgendwelchen Geisterstädten an irgendwelchen verlassenen Ecken abgeladen werden, weil sie keinen Mucks mehr gemacht haben?

*

Als Zugvogel, stumm, von allen Menschen weit entfernt, ging Grace mit Philip, Anne, Noel und Sarah (zusammen im Kinderwagen) zur Haltestelle, um auf den Bus nach Relham zu warten.

Feierlich bestiegen sie und Philip nacheinander den Bus (‹wir gehen nach vorn, nicht wahr, um besser rausgucken zu können›) und blickten durch die Scheibe zurück auf Anne, die so abwesend und müde wirkte, dass in Grace auf einmal ein schlechtes Gewissen erwachte, weil sie für sich allein leben durfte, vor allem geschützt, isoliert und ohne sich Tag und Nacht für Ehemann, Vater, Kinder zu verausgaben. Als der Bus an der verlassenen kleinen Gruppe vorbeifuhr, winkte Philip munter, und Grace winkte aus Pflichtgefühl ebenfalls ein paarmal mit der Hand auf und ab. Ihr fiel wieder ein, wie sie sich den ersten Abend bei Anne und Philip ausgemalt hatte –

Bitte, nehmen Sie doch einen Cocktail! – und wie großartig sie in ihrer Phantasie die Unterhaltung bestritten hatte. (‹So geistreich und so intelligent›, bemerkte Philip Thirkettle zu seiner jungen Frau Anne, während er in seinen Seidenpyjama schlüpfte. Die Rede war von ihrem Wochenendgast, Grace Cleave, der Schriftstellerin – von beschränktem Talent, gelegentlich guter Auffassungsgabe, doch in Gesellschaft ach so schillernd und eloquent: der perfekte Gast fürs Wochenende.)

Die Schulmädchenphantasie bedrückte Grace. Auch der Anblick von Anne aus dem Busfenster war bedrückend – wie sie sich mit dem Kinderwagen abplagte, ärmlich gekleidet, auf der anderen Straßenseite; wie ihr von oben herab zugewunken wurde und wie sie dann um die Ecke in den grauen düsteren Winternachmittag verschwand, ohne jede Hoffnung auf Rettung, ob sie nun in die Finsternis oder ins Himmels- oder Höllenfeuer ging; sie konnte von Banditen, Wegelagerern überfallen werden; ihr Mann würde nicht bei ihr sein, um ihr zu helfen, o nein, er fuhr mit Grace im Nahverkehrsbus nach Relham.

– Von Ihnen wird bald ein neues Buch erscheinen?

– Ja, im Sommer. Es ist überhaupt nicht gut. Und ein paar Erzählungen kommen auch.

– Sie hatten welche im *New Yorker*?

– Ja, von dem Honorar habe ich das ganze letzte Jahr gelebt. Sie zahlen – sie zahlen einen gigantischen Betrag, der in keinem Verhältnis –

Sie sah, wie Philip darauf wartete, dass sie den Betrag nannte, aber sie scheute davor zurück – wie sollte sie erklären, dass es ihr peinlich gewesen war, dass sie sich geschämt (und gefreut) hatte, so viel Geld für ein paar Stunden Arbeit zu bekommen, während ein ganzes Buch mit einem winzigen

Klacks belohnt wurde, der ungefähr so viel brachte wie ein Zahnpastarest, den man aus einer fast leeren Tube quetscht.

– Ja, der in keinem Verhältnis steht.

Der Bus hielt. Schaffner und Fahrer hatten Dienstschluss. Grace lächelte in sich hinein, weil sie an die Londoner Busse denken musste und ihr jeweils unterschiedliches, ärgerliches Verhalten – an die verspäteten Busse, die rücksichtlos durch die Straßen brausten, wenn man eigentlich eine geruhsame Fahrt hatte antreten wollen, an die Busse, die, weil sie zu früh waren, trödelten und schließlich in einer ruhigen Nebenstraße stehen blieben, wenn man in Eile war; an die Fahrer und Schaffner, die ausstiegen, weil sie Dienstschluss hatten, und nicht ersetzt wurden; wie schließlich ein Beamter, den man ungeduldig geholt hatte, einstieg und den rastlosen Fahrgästen zurief:

– Alles aussteigen und in den nächsten Bus umsteigen!

Trampeln, schieben, Fahrscheine vorzeigen; schimpfen, schimpfen –

– In London passieren merkwürdige Dinge, sagte Grace zu Philip, – wenn Fahrer und Schaffner den Bus verlassen.

Sie war es gewohnt, wilde Behauptungen aufzustellen, die nicht hinterfragt, sondern einfach hingenommen wurden, deswegen war sie überrascht und bestürzt, als sich Philip, hellwach, begierig ihr zuwandte, weil er meinte, sie könnte endlich etwas Interessantes, Intelligentes, Phantasievolles mitzuteilen haben:

– Was denn zum Beispiel?

In Grace wallte Verzweiflung auf. Sie musste sich eingestehen, dass sie dazu neigte, das Gespräch für eigennützige Zwecke zu missbrauchen; wenn sie mit jemandem redete, geschah das weniger mit dem Wunsch, sich über eine Beobachtung oder eine Idee auszutauschen, als aus dem Bedürfnis heraus, ihre Ängste zu beschwichtigen. Unterhaltungen im üblichen Sinn waren für sie etwas so Ungewohntes, dass die meisten Worte, die sie aussprach, nahezu ohne Bedeutung waren. Sie waren eine Geste, vergleichbar der einer Gastgeberin, die auf den Möbeln in ihrem Zimmer die Schonbezüge zurechtschiebt, um sich zu vergewissern, dass alles für ihre Gäste bereit ist. Grace arbeitete so viel mit Worten, dass ihre Art, sie zu prostituieren, sie bedrückte und beschämte – doch boten sie nicht auch eine furchtbar *praktische* Möglichkeit, nichts zu sagen und dabei, ohne sich allzu viel Spott oder Feindseligkeit auszusetzen, mit selbstbewusstem Blöken die eigene Identität zu proklamieren, und dies, so es zur rechten Zeit am richtigen Ort gelang, sogar als ein Herausposaunen der eigenen Bedeutung zu verkleiden?

– Nun?

Das ist nordische Beharrlichkeit, dachte Grace, als sie spürte, wie entschlossen Philip auf ihre Antwort wartete.

– Ach, eigentlich passiert gar nichts … oder jedenfalls nicht viel. Der Fahrer und der Schaffner steigen aus und kommen nicht wieder, und der Bus kann nicht weiterfahren.

– Ich verstehe, sagte Philip höflich in enttäuschtem Ton.

Eigentlich sitze ich gar nicht gerne vorn im Bus, dachte Grace ärgerlich, da sie das Rütteln des Motors und die aufsteigende Hitze spürte und die Füße in der Enge zu bewegen suchte und schließlich auf der Schräge abstellte wie in einem Schuhgeschäft beim Anprobieren von Schuhen.

– Die Bemerkung hätte ich mir auch sparen können, sagte sie.

– Ach, ich weiß nicht, ich weiß nicht, sagte Philip.

– Aber es passieren schon manchmal rätselhafte Dinge.

Einen Augenblick wirkte er besorgt.

– Ja, natürlich.

Sie gingen zum Bahnhof. (– Sie müssen nicht mitkommen, wirklich nicht; ich finde den Bahnhof und den Zug schon.) Philip erläuterte die Architektur. Ermüdet sagte Grace:

– Ja, ja.

– Ich langweile Sie doch nicht mit diesem Zeug? Es interessiert Sie doch?

– Aber ja, ja.

Ja: eine hässliche, abgehackte Bestätigung; ein Gefängnis für Ideen, die sich hinter den Gittern drängen.

25

Auf dem Bahnsteig:

– Möchten Sie was zu lesen?

– Nein, nein danke.

Philip lachte mit unvermittelter Fröhlichkeit laut auf:

– Sehen Sie? Ich habe Ihnen versprochen, dass Sie den Zug nicht verpassen würden!

Sie war es gewohnt, dafür ausgelacht zu werden, dass sie zu früh zu Verabredungen, zu Zügen und Bussen erschien. Sie war stolz auf ihre Gewohnheit wie auf ein persönliches Eigentum, das sie sich verdient und das sie bezahlt hatte; es war wenigstens eine Art, sich der Welt zu präsentieren.

– Oh, ich bin immer überall zu früh da. Ich bin überpünktlich!

Philips Lachen tat ihr wohl. Seine kurze Äußerung von Fröhlichkeit hatte sie erreicht und berührt und einen Teil von ihr wiedererweckt, dem sie keinen sprachlichen Ausdruck zu geben vermochte (Ja und Nein hatten so wenig Taschen); sein Lachen war wie einer von diesen Stöcken gewesen, die Verkäufer als verlängerten Arm benutzen, um sich nach Paketen mit verstaubten altmodischen Waren auf fernen hohen Regalen zu recken und sie zum Verkaufsgespräch herunterzuholen.

Sie wanderten den Bahnsteig entlang.

– Sie wollen vermutlich nicht in einen Durchgangswagen?

– Doch.

Er wirkte verdutzt, beinahe verärgert, als hätte sie unbedingt im Abteilwagen reisen wollen müssen. (Hatte sie nicht gesagt: – Ich gehe nicht an Orte, wo viele Menschen sind, nicht in Konzerthallen, volle Theater …?)

– Also gut.

Er war enttäuscht. Er liebte Konsequenz.

Er fand einen Eckplatz für sie gleich hinter der Lokomotive und blieb so lange stehen, dass er sich mit ruhigem Gewissen sagen konnte, er habe sie zu einem guten und sicheren Platz für die Reise geleitet. Dann eiste er sich los – es war ein physischer Akt, ähnlich dem Abwerfen einer Raketenstufe, wenn die Rakete die nächste Phase ihrer Reise ins All antritt. Sie fühlte sich plötzlich allein, ungeschützt.

– Sie werden wiederkommen, jederzeit, ohne sich vorher lange anzumelden?

– Ja, danke.

– Bye-bye.

Der absurde Abschiedsgruß verstimmte sie; sie konnte sich einfach nicht daran gewöhnen, dass in England erwachsene Männer und Frauen allen Ernstes ‹Bye-bye› sagten.

– Goodbye, sagte sie unbeugsam.

Dann war er weg. Sie winkte nicht aus dem Wagenfenster, sondern beugte sich auf dem Sitz nach vorn, als wollte sie etwas vom Boden aufheben, und als sie sich wieder aufrichtete, hatte er den Bahnsteig verlassen. Rasch stand sie auf, eilte zur Toilette, setzte sich über das Gebot hinweg, das lautete: ‹Nur bei fahrendem Zug›, kehrte an ihren Platz zurück, schnürte das Schleifenband um die Schachtel auf, die von Anne gebackene Schokoecken mit Kokosraspeln enthielt, und begann zu essen. Als sie die oberste Schicht vertilgt hatte, verließ der Zug Relham. Sie setzte den Deckel wieder auf die Schachtel, band die Schleife wieder zu und wollte sich gerade zurücklehnen und die Augen schließen, als ihr auffiel, dass die Polster luxuriöser wirkten als üblich und dass nur wenige Fahrgäste im Wagen saßen. Argwöhnisch, ängstlich sprach Grace einen Mann an, der schräg gegenüber am Fenster saß.

– Verzeihen Sie, dies ist doch ein Wagen der zweiten Klasse, oder?

Der Mann blickte von seiner Sonntagszeitung auf.

– Ja, sagte er.

Maßlos erleichtert seufzte Grace auf.

– Gott sei Dank, sagte sie. – Einen Moment, einen kleinen Moment lang, habe ich gedacht, es wäre die *erste Klasse*.

Sie döste. Der Zug fuhr durch Schneestürme; durch den pulverigen Dunst der Flocken glühten Koksfeuer; alles Hässliche war zugedeckt, die Landschaft glatt und weich wie ein Kissen. Einmal, als Grace unversehens die Augen aufmachte, meinte sie, Blut im Schnee zu sehen, doch war es nur der Widerschein brennender Kohlenpfannen.

Schub um Schub ließen sie die kleinen Bahnhöfe hinter sich, dann war alles glatt und verschleiert, und Grace sah im Fenster nichts als die Wagenlichter und ihr eigenes Spiegelbild. Dann ruckte der Zug, schaukelte von einer Seite zur andern, schwang sich über einen unsichtbaren Abgrund, wurde langsamer und zog seine Last gen London.

*

Grace atmete die verrauchte stickige Luft ihrer Wohnung ein, bedachte den einzigen Brief, eine Stromrechnung, die auf dem Teppich lag, mit einem bösen Blick, schaltete alles an – Lampen, Heißwasser, Heizöfen; nahm ein Bad, genüsslich, allein; stellte die Schreibmaschine auf und legte alles für den nächsten Arbeitstag zurecht, blätterte im unvollendeten maschinengeschriebenen Text, war erschüttert von ihrer Unfähigkeit, auch nur einen schönen, würdevollen Satz zu formulieren; und während sie noch versuchte, sich im Kopf die Ereignisse des nächsten, des übernächsten, des überübernächsten Tages aufzuzählen, die das Leben erträglich machen würden, und Schwierigkeiten hatte, auf mehr zu kommen als Essen, die Verfertigung eines einzigen vollkommenen Satzes, den einmal wöchentlichen Besuch beim Psychotherapeuten.

(-Ich war übers Wochenende verreist. Ich bin ein Zugvogel),

kroch sie zwischen die Laken ihres erstklassigen Federkernmatratzenbetts, Kopfbrett gegen Aufpreis, und schlief, sich von Zeit zu Zeit wälzend und stöhnend; sie sah Noel, Sarah, Philip, Anne vor sich – Anne, die sagte: – Ich dachte, ich kaufe ein wenig Leinen, ich dachte, ich kaufe noch Parmesan – und flog danach an Philips weite wilde Westküste, ‹Die Unterrrrnehmung warrrr von Anbeginn ein Irrrrsinn›, und von dort nach Hause, Hallihallo Mum und Dad, in die Stadt aus weißem Stein, in die Eden Street 56, mit Fliegen im Zimmer und Fliegenfängern an der Decke und Fliegen, ganzen Schwärmen summender Fliegen in ihrem Haar; und dann die Panik, erste Klasse oder zweite Klasse? – doch was macht das schon, denn *Ferne blickt uns an; die Godwits entfliehen wieder sommerwärts, und keiner weiß, wo er sich abends betten wird.*

Danksagung

Es ist vielen sehr zu danken: Harriet Allan und dem ganzen Team von Random House, New Zealand, für ihre Sorgfalt bei der Verwirklichung dieses Projekts; Jane Parkin und Claire Gummer für das fähige Lektorat; dem Anglistischen Institut der University of Otago für die tätige Mithilfe; Michelle Bennie für die digitale Übertragung; dem Community Trust of Otago für die Vergabe eines Stipendiums an den Janet Frame Literary Trust, mit dem die Hintergrundrecherchen in Archiven und Sammlungen finanziert werden konnten; den Direktoren der Hocken Library in Dunedin, NZ, der Alexander Turnbull Library in Wellington, NZ, und der Pennsylvania State Special Collections Library, USA, für ihre Mitarbeit; June und Wilson Gordon für ihre Ermutigung; Alan Roddick, dem Verwalter des literarischen Nachlasses von Charles Brasch für die freundliche Genehmigung des Abdrucks des Charles-Brasch-Gedichts The Islands, das Janet Frame in diesem Roman als zentrales Motiv verwendet; dem Literaturagenten des Janet Frame Estate Andrew Wylie und den Mitarbeitern der Wylie Agency für ihre fachmännische Handhabung des Verkaufs der englischsprachigen Rechte und der Auslandslizenzen; Lawrence und Marion Jones für ihre weisen Ratschläge und moralische Unterstützung.

Am meisten habe ich meinen Vorstandskollegen Denis Harold und Lawrence Jones dafür zu danken, dass sie die Verantwortung für die Entscheidung mitgetragen haben, dieses Manuskript zur Veröffentlichung freizugeben. Janet Frame hat ihren literarischen Nachlass samt Stiftung in unsere Obhut gegeben, ohne jedoch spezifische Anweisungen für *Towards Another Summer* zu hinterlassen. Sie hat deutlich gesagt, dass es zu persönlich sei, um zu ihren Lebzeiten zu erscheinen, doch da sie zwei Exemplare des Typoskripts gebunden und an verschiedenen Orten aufbewahrt und kein Geheimnis aus der Existenz des Romans gemacht hat, sind wir zu dem Schluss gelangt, dass sie mit einer posthumen Veröffentlichung rechnete. Auch für die Mithilfe bei der Verfassung der Sitzungsberichte und der Aufsicht über das Lektorat und das Korrektorat des Textes möchte ich Denis und Lawrence danken.

Pamela Gordon
Vorsitzende
Janet Frame Literary Trust

Ein paar Anmerkungen zur Übersetzung

Janet Frame unterbrach ihre Arbeit an einem anderen Roman, *The Adaptable Man*, um das vorliegende Buch zu schreiben. Es war wirklich so, wie sie auf den ersten Seiten schreibt, *Towards Another Summer* drängte sich einfach dazwischen. Sie schrieb es 1963 innerhalb von knapp drei Monaten nach einem Wochenendbesuch bei Geoffrey Moorhouse und Familie, den Thirkettles des Romans. Sie seien phantastische Menschen, heiter, sanft, die Kinder wunderschön, berichtete sie einer Freundin. Und einem Freund schrieb sie, das Wochenende habe eine «roots crisis» ausgelöst. Sie wisse nicht mehr, wo sie hingehöre, sie träume von Neuseeland, sie müsse zurück, sonst werde ihr Schreiben schlechter und schlechter werden, und das sei wie der Tod.

Es wurde ein Buch über das Wandern zwischen Welten, quer über den Globus zwischen England und Neuseeland sowie von innen nach außen und wieder zurück, ein Buch über das Gefühl, nicht dazuzugehören, und eine Erkundung der eigenen Innenwelten, auch wenn die Protagonistin einen anderen Namen bekam. Und es wurde so privat, dass Janet Frame sich nicht zur Veröffentlichung entschließen konnte. Jetzt ist es doch erschienen, und es stellt sich heraus, dass man sich durchaus für das Buch begeistern kann, ohne der Autorin in irgendeiner Weise zu nahe zu treten. Einmal weil sie viele der autobiografischen Versatzstücke inzwischen selbst auch andernorts erzählt hat, zum andern aber, weil sie nicht entblößerisch daherkommen, sondern absolut klar in den Dienst des Themas gestellt werden. Das kann man nur bewundern und genießen.

Die Übersetzerin allerdings sieht sich vor einen Text gestellt, der ungewöhnliche Entscheidungen fordert. Das Schreibmaschinenskript wurde nicht für die Veröffentlichung vereinheitlicht. Dialoge etwa sind auf ganz unterschiedliche Weise vom durchgehenden Text abgesetzt, vermutlich intuitiv, je nachdem, was der Kontext zu verlangen schien. Deswegen wurde nun auch im Deutschen auf Vereinheitlichung verzichtet. Der Zeilenfall folgt schlicht Janet Frames Vorlage. Mit der Zeichensetzung wurde ein wenig freier verfahren. Sie folgt mit wenigen Ausnahmen den üblichen Regeln. Wo die Autorin etwa kein Satzende findet, habe ich ihr keines aufgezwungen. Hier, wie auch bei der Wortwahl, schien mir, ist der Text nicht bis zum Letzten durchgeformt. Der Tiefenstrang stimmt hundertprozentig, aber die Oberfläche hat raue Kanten, fließende Grenzen. Mir war es wichtiger, den Kontakt zur Tiefe zu suchen, als oberflächliche Konsequenz zu schaffen.

Was das heißt, will ich an einem Beispiel erläutern: den vielen Episoden aus der Kindheit und Jugend, die Grace im Geist durchlebt, wenn ein äußerer Auslöser sie in ihre Innenwelt katapultiert. Diese Episoden sind mit Emotion gesättigt, werden aber oft nur angerissen, in einzelnen Facetten aus der Erinnerung gehoben. Einzig die Erzählerin kennt sie ganz und wählt die Informationen aus, die sie für die Beschreibung von Grace' Geisteszustand braucht. Diese prägenden Erlebnisse sind weit mehr als nur Anekdoten. Sie sind ein selbstverständlicher Teil ihres Innenlebens. Genauso selbstverständlich werden sie häppchenweise in den Text eingebaut. Und sprechen die Leserin, den Leser unmittelbar an. Unvollständig, gesättigt: Für mich als Übersetzerin heißt das, ich bewege ich mich bei der Suche nach deutschen Entsprechungen auf wackeligem Boden. Meinen Sätzen fehlt die Selbstverständlichkeit des Originals. Wie bekomme ich sie, war mein Problem, trotz der Unvollständigkeit genauso gesättigt? Wie wird die Stimme so stark, dass sie zumindest ähnlich unmittelbar anspricht?

Ich brauchte Information über das übliche Wörtergründeln hinaus – und fand sie bei Janet Frame selbst sowie in der von ihr autorisierten Biografie von Michael King, *Wrestling With the Angel*. Die Geschichten, die sie 1963 in diesen Roman aufnahm, waren offenbar so zentral für ihr Bild von ihrem Leben, dass sie sich fast sämtlich in den drei Bänden ihrer Autobiografie wiederfinden, die zwanzig Jahre später erschienen, *To the Is-Land*, 1982, *An Angel at my Table*, 1984, und *The Envoy From Mirror City*, 1985. Ich musste nur lesen und in Janet Campions Film *An Angel at my Table* nach Details von Wohnungs- und Schuleinrichtungen Ausschau halten. Erst mit diesem Wissen ließen sich die Geschichten im Buch auf Deutsch so wiedergeben, dass das Maß von Andeutung und Sättigung stimmte.

Die so gewonnene Sicherheit ermöglichte auch die Entscheidung, bestimmte Elemente des Textes englisch zu lassen und meinerseits in der Übersetzung ein bescheidenes Spiel zwischen den Welten zu inszenieren, beziehungsweise das vorhandene Spiel noch einmal explizit zwischen England und Neuseeland anzusiedeln. Deswegen sind nur die Gedichte übersetzt, deren Inhalt zum Verständnis des Textes notwendig ist, während alles, was Klang und Atmosphäre von Kindheit und Jugend ausmacht, englisch geblieben ist. Wörter, die Grace zu Schreckgespenstern wurden, weil sie abstruse Assoziationsketten auslösten, oder die anderweitig Verwirrung auslösten, sind so gewählt, dass ihre Assoziationen erhalten bleiben. Das gilt ebenfalls für das Wort *godwit*, den Namen des Vogels, den sie für sich auswählt, nachdem sie entdeckt hat, dass sie ein Zugvogel ist und gar kein Mensch. Natürlich wollte ich sie nicht zur «Pfuhlschnepfe» machen, bloß weil das biologisch richtig wäre. Denn gewiss hat ihr an dem Gedicht von Charles Brasch, das sie als Motto ihres Buchs wählte, auch gefallen, dass der Name des Vogels aus *god* und *wit* gebildet ist, Gott und Geist. Dass seine Etymologie eine andere ist, dürfte die Assoziation nicht wesentlich gestört haben.

Karen Nölle

Nachwort

Die Biografie-Erfinderin
Janet Frame 1924–2004

Dem neuen Sommer entgegen (*Towards Another Summer*) ist Janet Frames aufschlussreichstes Buch. Sie schrieb es 1963 und legte es in zwei Kopien in die Schublade. Zu intim, dachte sie sich, nur für sie selbst, nicht für die Öffentlichkeit geschrieben. Drei Jahre nach ihrem Tod erschienen 2007 die Aufzeichnungen in Neuseeland. Die Verwalter des «Janet Frame Literary Trust» hatten sich zur Veröffentlichung entschieden. Zum Glück. Zum Glück für die Literatur. Was ereignet sich in diesem Buch? Nichts und alles. Nichts? Nur der Wochenendbesuch einer englischen Schriftstellerin bei einem neuseeländischen Journalisten, dessen Frau und ihren zwei kleinen Kindern auf dem Land in der Nähe Londons. Und alles? Das ganze komplizierte innere Leben der qualvoll schüchternen Grace Cleave, die immer wieder mit sich selbst und über sich selbst als «migratory bird» spricht. Jeder Schritt des ganz normalen täglichen Lebens ist für Grace eine Qual und eine Überwindung. Zum Beispiel so banale Sachen wie der Kauf einer Fahrkarte oder eine kurze Reise im Zug. Grace, Janet Frames Alter Ego, ist eine hochempfindliche und empfindsame Person. Ihr Beobachtungszwang, ihre permanente Selbstanalyse erlauben dem Leser eine unerhörte Nähe. Graces' Zwiegespräch mit sich selbst ist nicht nur die Beschreibung eines Versuchs permanenter Selbstüberwindung, es ist die Darstellung eines anderen, «unnormalen» Lebens. In einer kurzen aufschlussreichen Szene beschreibt Janet Frame ein Gespräch zwischen Sarah, der kleinen Tochter, die mit ihren beiden Puppen ins Wohnzimmer kommt, wo Grace gerade ein Buch zurück ins Regal gestellt hat. Respektvoll und zaghaft sprechen die beiden wie vorsichtige Erwachsene miteinander. «Es ist niemand im Zimmer», sagt das Kind, und Grace antwortet «nein». Beide wissen, dass sie mit «niemand» die «anderen Menschen» meinen.

Dem neuen Sommer entgegen handelt von unausgesprochenen Zwischentönen. Grace sieht sich selbst und ihre Gastgeber, sie erinnert sich an ihre eigene Kindheit und Jugend. Sie betrachtet die realen Dinge des Alltags und berichtet, wie schwer es ihr fällt, die richtigen Worte zu finden, denn sie hat früh gelernt, jedem Wort mit Misstrauen zu begegnen. Das Misstrauen gegenüber dem Vorgefundenen, gegenüber allem, was nicht das eigene Denken und Empfinden durchlaufen hat, dieses große Zögern zeichnet Janet Frames Prosa aus. In *Dem neuen Sommer entgegen* wird der Leser Zeuge einer hochdifferenzierten Wahrnehmung, einer extremen Sicht auf die Welt und den Alltag, den sich die Menschen darin eingerichtet haben. Neben diesen «geheimen» Aufzeichnungen hat Janet Frame zwölf Romane, fünf Sammlungen von Kurzgeschichten, zwei Bände Gedichte und ein Kinderbuch geschrieben.

Das Leben, das sie beschreibt, kann man sich nicht ausdenken. Ein solches Leben hätte eine Katastrophe sein können, und das Verrückte daran ist, dass genau diese Janet Frame, die sich widerstandslos in psychiatrische Anstalten einsperren ließ, die «freiwillig» ihre besten Jahre, von 1947 bis 1954, hinter den Gittern einer geschlossenen Abteilung verbrachte, durch sich selbst gerettet wurde. Und zwar im allerletzten Augenblick.

Sie war fast «an der Reihe». Ihr Name stand auf der Liste der für eine Lobotomie vorgesehenen Patienten. Die Ärzte des «Seacliff Mental Hospital» – ein riesiger Kasten mit Zinnen und Türmen am Rande des neuseeländischen Küstenstädtchens Dunedin – wollten ihr die Nervenbahnen zwischen Thalamus und Stirnhirn durchtrennen, eine Operation, die einen Patienten in ein willenloses Häufchen verwandelt, in eine Person, die keine Mühe mehr macht, weil bei ihr jede Initiative gekappt ist. Da erschien im letzten Augenblick Dr. Blake, der neue Krankenhausdirektor, und sagte: Stopp, Miss Frame! Ich will nicht, dass «eine Veränderung an Ihnen vorgenommen wird. Sie haben den Hubert Church Memorial Award für herausragende Prosa für Ihr Buch Die Lagune gewonnen.» Die Lagune war eine Sammlung von Kurzgeschichten, die drei Jahre zuvor erschienen war. Eigentlich hatte keiner einen Penny dafür gegeben, und jetzt das – gerettet! «Meine Zeit im Zelt nahm ein abruptes Ende.»

So jedenfalls beschreibt Janet Frame die dramatische Wendung in ihrer dreiteiligen Autobiografie Ein Engel an meiner Tafel. Ein Zelt ist ein Schutz gegen die Außenwelt, und wer jahrelang «geschützt» leben musste, ist für das Leben ohne «Zelt» miserabel ausgestattet. Wieder zu Hause fand es Janet Frame sonderbar, dass Freunde und Nachbarn in ihrer Gegenwart über sie sprachen, als wäre sie gar nicht dabei: «Ist es nicht schön», sagten sie, «dass Janet wieder zu Hause ist. Wie geht es ihr?» Damals war Janet Frame eine einunddreißigjährige Frau, die Kafka und Faulkner las und nur deshalb sieben Jahre in der psychiatrischen Verbannung zugebracht hatte, weil sie – so steht es jedenfalls in der Autobiografie – nach bestandenem Lehrerexamen vor dem Inspektor, der ihren Unterricht begutachten sollte, türmte. Sie verließ die Schule, verkroch sich in ihrem Zimmer und kehrte auch am nächsten Tag nicht in die Schule zurück.

Mit Aspirin versuchte sie, sich das Leben zu nehmen. Das war Indiz genug, um ohne weitere Untersuchungen bei ihr das Krankheitsbild der Schizophrenie zu diagnostizieren. Die Autobiografie, die Jane Campion 1990 erfolgreich verfilmte, erzählt das Leben so, wie Janet Frame es empfunden haben mag – wie es aber nicht gewesen ist. Die Geschichte einer Rettung durch einen Literaturpreis ist eine schöne Parabel für das Leben der Janet Frame. Das Schreiben hat sie gerettet. Und damit es dramatischer klingt, erfand sie den Krankenhausdirektor Dr. Blake.

In Wirklichkeit holte ihre jüngste Schwester June sie aus der Klinik. In Wirklichkeit hatte sie sich, nachdem Isabel, ihre zweite Schwester, ertrunken war, freiwillig einweisen lassen. Aber das eigene Leben ist Privatbesitz, und was in einer «Autobiografie» steht, unterliegt keinen anderen Gesetzen als denen der subjektiven Vorstellung. Der Hubert Church Memorial Award für die *Lagune* wurde ihr tatsächlich verliehen, gleich zweimal, 1952 und 1963, im Jahr, in dem sie *Towards Another Summer* verfasste. Da hatte sie bereits seit neun Jahren versucht, in der «Freiheit» das Stigma der Schizophrenie abzuschütteln. Neben den in den sechziger und siebziger Jahren erschienenen Erzählungen über die Familie, ihre Krankheiten, über die Lebensverhältnisse in Neuseeland, ist die zwischen 1982 und 1985 entstandene abgemilderte, zu Herzen gehende Autobiografie *Ein Engel an meiner Tafel* der Bericht einer qualvollen Selbstfindung «mit mir selbst als ich selbst». Nur in der zeitlichen

Distanz lässt sich die sympathische Gelassenheit und der versöhnliche Ton ihres Hauptwerks verstehen.

Auch wer nicht glauben will, dass ein Unglück das nächste nach sich zieht, wer nichts von Fluch oder Verfluchung, nichts vom Horror griechischer Tragödien wissen will, kommt nicht um die Tatsache herum, dass Janet Frames Biografie und die Geschichte ihrer Familie eine Abfolge schlimmster Nachrichten ist. Janet Frame nennt das «Familienverzweiflung». Sie hat ihr ganzes Leben damit zugebracht, hinter die Gründe für das Unglück zu kommen und hinter das Rätsel ihrer eigenen extrem leidensfähigen Person, die sich mithilfe ihrer Imaginationen Schneisen durch ihr Ego bahnt. Literarisch verteilt sie ihren Fall auf Personen, die «selig sind, allein zu sein», die gegenüber von Krankenhäusern oder in Häusern wohnen, die an Bahnlinien stehen, wie das Holzhaus, in dem die große Familie des Eisenbahners George Frame lebte.

Wenn die Menschen, wie die neuseeländischen Schafe, einfach vor sich hin grasend ihr Leben verbringen würden, wenn alles so einfach wäre, wie es nach außen scheint, hätte Janet Frame mit ihren roten krausen Haaren als blitzgescheite Schülerin keinen Anlass zur Selbsterniedrigung gehabt. Ihre Mutter war eine wunderbare Frau, die das Geschichtenschreiben im Haus von Katherine Mansfields Großmutter kennengelernt hatte und eigene Texte an kleine Zeitschriften verkaufte. Als aber der ältere Bruder an schwerer Epilepsie erkrankte, brach zum ersten Mal das Unglück über die Frames herein. Dass zwei ihrer Schwestern (die älteste und die mittlere) ertranken, eine im Schwimmbad, die andere im Meer, überstieg das erträgliche Maß. Jahre später, als Janet Frame schon viele Bücher geschrieben und die unterschiedlichsten Jobs von der

Kellnerin bis zur Platzanweiserin ausprobiert hatte, als sie Reisen nach England und Spanien unternommen und endlich eine erste Affäre mit einem Mann hinter sich hatte, erklärte ihr ein Londoner Arzt, dass sie niemals in ihrem Leben schizophren gewesen sei. Nach den Jahren im Bann dieser Krankheit, so beschreibt es Janet Frame, fürchtete sie sich jetzt vor dem Verlust. Die «eingebildete» Schizophrenie war Teil ihrer selbst geworden.

Ohne die Unterstützung ihrer Mutter hätte sie niemals den Mut aufgebracht, sich mitten im Kuddelmuddel ihres ärmlichen Elternhauses an den Tisch zu setzen und in einem Alter, in dem das Lesen und Schreiben noch eine holprige Angelegenheit ist, ein Märchen zu schreiben, das ganz klassisch mit «Es war einmal» beginnt. Auf knappstem Raum erzählt es die moralische Geschichte vom Mord, den eine Eule an einem kleinen Vogel begeht und für den selbst sterben muss. Das Märchen ist nur ein paar Zeilen lang, enthält kein nettes und kein überflüssiges Wort. Die Natur richtet, das Prinzip des Stärkeren siegt. *Wenn Eulen schreien* heißt 1957 ihr erster Roman. Daphne, die Protagonistin, muss den Kampf um die Differenz zwischen der Wahrheit und der Phantasie, dem Richtigen und Falschen, dem Aufregenden und Langweiligen führen. Sie vegetiert in einer psychiatrischen Klinik auf dem Grat zwischen Normalität und Abnormalität und rettet sich in das freie Land der Imagination. Dabei verwandelt sie das Krankenhauspersonal in stille Insekten, die sich mit langen Fühlern über eisige Berge tasten. Die Ärzte beginnt Daphne für Diebe zu halten, die ihre «gefälschten Warums und Wies und Wos verschachern wie unechte Diamanten und Gold und sie in ihren ledernen Menschenhirnen verschließen bis zum nächsten Raubüberfall …» Daphne wehrt sich, Daphne tut, was die hospitalisierte Janet nicht getan hat. Sie haut ihrer Betreuerin ins Gesicht.

Das wirkliche Drama ihrer realen Biografie erzählt Janet Frame nicht in *Ein Engel an meiner Tafel*. Es ist in ihre Bücher *Gesichter im Wasser*, *Wenn Eulen schreien* und *Auf dem Maniototo* einge-flossen. Im Roman «Auf dem Maniototo» haben eine Bauch-rednerin, eine Klatschbase und eine Schriftstellerin das Sagen. «Maniototo» ist in der Sprache der Maori eine Metapher für die Welt der Imagination. Als sie in einem Interview nach ihrer Sicht auf das Leben gefragt wurde, antwortete Janet Frame: «Ich bin unsicher, ob ich überhaupt einen Blick auf das ganze Leben habe. Was ich kenne, ist das Leben, in dem ich mich bewege. Ich bin ziemlich unsicher über das, was um mich herum passiert, und habe mit einem Teil von mir die Verein-barung getroffen, Dinge zu absorbieren. Dieser Teil über-nimmt die geistige Tätigkeit, denn ich erkenne die Dinge erst, wenn ich sie in einem Licht sehen kann – das hell und ohne Schatten, das eine Art inwendige Sonne ist.» Janet Frame hat das eigene erlebte Leben literarisch verändert, gespiegelt, ver-dreht, immer wieder aus anderen Blickwinkeln und durch andere Personen betrachten lassen und ist dabei älter gewor-den und produktiver gewesen, als sie jemals zu hoffen wagte. 1999, fünf Jahre vor ihrem Tod, gründete sie den «Janet Frame Literary Trust», der neuseeländische Dichter und Romanauto-ren mit Stipendien ausstattet – mit jenen Stipendien, die für ihre eigene Existenz von so großer Wichtigkeit waren. Im Alter von neunundsiebzig Jahren erkrankte sie an Leukämie. Ster-ben, hat Janet Frame einmal gesagt, ist ein Abenteuer, und ich habe Abenteuer immer genossen.

Verena Auffermann

Quellenangaben

Es ist alles unternommen worden, um die Rechteinhaber der zitierten Texte aufzufinden und zu kontaktieren; jede Information zu Inhabern von Rechten, die uns entgangen sein sollte, wird vom Verlag und vom Janet Frame Literary Trust dankbar entgegengenommen. Für die freundliche Genehmigung zum Abdruck der folgenden Auszüge sei gedankt:

Charles Brasch: Auszüge aus ‹The Islands› (Motto, S. 7), ‹Waianakarua› (S. 67) und ‹A View of Rangitoto (S. 80), abgedruckt mit freundlicher Genehmigung des Estate of Charles Brasch.

Allen Curnow: Auszüge aus ‹Time› (S. 75) und ‹Landfall in Unknown Seas› (S. 174), abgedruckt mit freundlicher Genehmigung von Jenifer Curnow, Auckland.

John Masefield: Auszug aus ‹Tewkesbury Road› (S. 238), abgedruckt mit freundlicher Genehmigung der Societey of Authors, New Zealand, als literarischer Verwalter des Estate of John Masefield.

C.K. Stead: Auszug aus ‹Pictures in a Gallery Undersea› (S. 180), abgedruckt mit freundlicher Genehmigung von C.K. Stead.

Die Übersetzung der Gedichte im Text hat Hans-Ulrich Möhring besorgt.